アルテーミスの采配

Baton of Artemis Yukiko Mari

真梨幸子

幻冬舎

目次

アルテーミスの采配

プロローグ　女《ぜ》衒《げん》

——ＡＶ《アダルトビデオ》女優になるきっかけで一番多いのはなんだと思いますか？

「そりゃ、やっぱり、お金ですよ。それが圧倒的でしょう。今も昔も、それだけは変わらないと思いますよ」

——自己表現したくて……という人は？

「まあ、もちろん、ちやほやされたいとか誰かに必要とされたいとか、自分探しとか、そういう理由の子もいますけどね」

——単純に、セックスが好きだというのは？

「もちろん、いますよ。でも、どうなんだろう。……これは、私の個人的な見解なんですけれど、セックス好きを公言している人って、やっぱり病んでいると思うんですよね。つまり、好きというより、中毒。中毒ですから、それこそ、アル中やヤク中みたいなもんだと思うんです。もう、理性ではどうにもならない」

――セックス中毒……性依存症ですか。確かに、そうなると、立派な精神疾患ですね。

「そうです。病気です。だって、一日に何度もセックスして、オナニーを何度も繰り返して、話題もセックスのことばかりって。……やっぱり、病気ですよね？　心を病んだ人って、欲が異常になるというじゃないですか。性欲だったり、食欲だったり、物欲だったり。欲が強くなるから心を病むのかもしれませんが。いずれにしても、病気です。でも、日本ではまだまだ認知度が低いせいか、病気なのに、『ヤリマン』とか『淫乱』で終わらせちゃう。本人もそれで納得しちゃって。だから、ちゃんとした治療をすることもなく、どんどん深みにハマっていくという……」

――なぜそんな中毒になると思いますか？

「アルコールも薬もそうですが、入り口は、『ちょっとした好奇心』とか『ダイエットにいいと聞いて』とか『カッコいいから』とか『みんながしているから』とか、そんな軽いノリなんじゃないですか？　中毒になりたくてわざわざ足は突っ込まないと思いますよ？」

――なるほど。中毒を促すトラップはあちこちに散らばっているってことですね。

「でも、ちゃんとしている人は、そんな入り口《トラップ》にはそもそも近づかないものですけどね」

――でも、アルコールも薬もそうですが、AV女優だって、ちゃんとしている人……学校の先生とか、……国立大学の学生とかいるわけでしょう？

「ああ、うちのプロダクションにもいますね、国立大卒のフシギちゃんが。有名私立大学に在学中の子も何人かいるかな。でも、彼女たちは、やっぱりどこか壊れている。……思うんですけど、いわゆる偏差値が高いなどの頭の良さと、生物としての賢さって、比例しないときがありますよね？　学校の勉強はできるのに、生物として欠陥がある人っているじゃないですか」

――生物として？

「生物というか、動物として？　だって、ほら。どんな動物のメスだって、交尾するときは慎重ですよね？　相手をちゃんと選ぶ。でなければ、いい子孫が残せないし、なにより自分自身も危険に晒《さら》される。本来、交尾は死と隣り合わせで、だからよりナーバスになるのが本能だと思うんですけれど、そういう、動物としての基本的な本能が欠落している人って、ＡＶ業界に限らず、風俗業界にも多い気がしますね。……ここだけの話ですけれど。実際、この業界、バカが多いんですよ」

――バカとは？

「文字通りのバカ。知能指数がちょっと足りない人。いわゆる、軽度の……。軽度の人は、見た目は普通なんですが、でもやっぱり、ちょっとしたことができなかったり、理解できなかったりして、いつのまにか、人間関係や社会からはみ出してしまうんでしょうね。それで、こっちの世界に流れてくる。聞いた話だと、売春がまだ合法だった頃は、ほとんどの売春婦が、このちょっと足りない人だったみたいですよ。……今も、そこんところは変わらないみたいです。……まあ、いずれにしても、人間のメスだけじゃないですか？　こんなに性に無防備なのは。だから、世界の宗教には、必ず、性のタブーが存在するんじゃないですかね？」

――宗教上のタブーは、もともとは寄生虫や風土病、そして伝染病を防ぐためだと聞いたことがあります。一族を滅ぼしかねない事象から身を守るための掟《おきて》だと。

「でしょう？　やっぱり、セックスはリスクを伴うわけですよ。病気のリスクが最たるものですけれど、あと、……まあ、これも個人的な見解ですけど、肉体の劣化というか老化も早くなると思いますよ、過度のセックスは。私が見てきた感じだと」

——でも、セックスは美しさの秘訣とか、アンチエイジングにいいとか……。

「そんなの、信じます？　それもトラップのひとつじゃないですかね？」

——ある女流作家は、女の性欲は墓場まで……みたいなことを言ってますが。

「それこそ、セックス依存症ですよ。それとも、そういうキャラクターを演じているのか。いずれにしてもそんな不健全な例を挙げて、『セックス最高！』みたいな風潮は、北関東あたりのヤンキーがセックス自慢しているのとあまり変わりない気がしますね。そういうセックス至上主義ってなにかうさん臭くて、嫌いです。それに、セックスだけじゃ勤まりませんよ？　この業界」

——どういうことですか？　AV女優はそもそもセックスが好きでなければ勤まりませんよね？

「セックス好きというのは、AV女優の必須条件ではありません」

——では、なにが必要なんですか？

「順応性があってまじめでいい子で、頑張り屋さん。業界が求めるのは、そんな扱いやすい子です。下手にセックス中毒の子なんかは、むしろ、長続きしませんよ。この業界、言ってみれば、工場ですから」

——工場？

「そう。粗製濫造《そせいらんぞう》工場です。しかも、大量生産の。だから、知能は人並み以下の子のほうがいいし、言われる通りになんでもやる従順さが重宝されるんです。ＡＶ女優や風俗嬢なんて、所詮、生きたダッチワイフですからね。奴隷です」

——ダッチワイフ。過激ですね。

「過激ですか？　男の人は、風俗嬢やＡＶ嬢をときには女神だの菩薩だのなんだのと奉りますが、それってつまり、人間扱いしてないってことですよね？　まさに、フリークスとして見ている。その証拠に、彼らは、自分の妻や娘などには、その世界に踏み込んでほしくないと切に望んでいます。前に、ＡＶ嬢との浮気現場を写真誌にスクープされた芸人がテレビで言っていたんですけどね、浮気相手がＡＶ嬢で、めちゃめちゃ恥ずかしかった……と。そんな扱いなんですよ、所詮」

——なのに、ＡＶ界の門を叩く女性は多いと聞きますが。

「トラップが、あちこちにありますからね。うっかり、踏んでしまうんですよ。でも、そのトラップは、そんな巧妙なものではなくて、生物として賢い人なら、まず、近寄らない」

——でも、知能が低い子ばかりじゃないでしょう？

「もちろんそうです。金銭的な問題でこの世界に突き落とされてしまった人も多いです。自傷行為のひとつとして、この業界を選ぶ子もいる。でも、やっぱり、賢い人は、この世界にはなじめないはずです。若気の至りで、うっかりこの業界に足を踏み入れてしまったとしても、なんとか足がかりを見つけて、足抜けしています。でも、この世界の怖いところは、そんな賢い人であっても、『慣れてしまう』ことですね」

——慣れてしまう？

「慣れって怖いですよ？　適応能力ってやつですが、どんなに劣悪で非人道的な環境であっても、そこにい続けると、それが標準《デフォルト》になってしまって、平気になってしまう。まあ、戦争がそのいい例でしょうが。普通、殺人なんて悪いことですよ。でも、戦場では、それが日常となってしまって、疑問とか葛藤とか感じている場合ではないでしょう？　なにかのテレビで見たんですけどね、戦場ではばんばん人を殺して活躍していた人が、戦後、平和な日常に戻ったとたん、使いものにならなくなるという衝撃映像だったんですけれど。所構わず体がびょんびょん痙攣して、日常生活がままならないんですよ」

——この業界は、戦場ですか？

「戦場みたいなもんでしょうね。少なくとも、健全な場所ではないです。でも、その不健全さに慣れてしまうと、いざ、通常の世界に戻ったとたん、機能不全に陥ってしまう。だから、足を洗ったとしても、結局は、こっちの世界に戻ってきちゃうんですよね。一度、この世界の水に慣れてしまったら、もう抜けられません。だから、その水に慣れる前に、足抜けするのが一番です。というか、本来は、生半可でこっちの世界には来てはいけないんですけれど。……なのに、次から次へと、こっちの世界にやってくるバカが多くて。うちの事務所も、今日だけで、八人が、面接に来ましたよ？」

——自らですよね。

「もちろん。あくどいスカウトマンに騙されて連れてこられる……というのも、あることはあるんですけど、今は、ほとんどが、自ら、ドアをノックするんです」

——確かに、この事務所はビルも奇麗ですし、抵抗感はないでしょうね。オフィスもこんなにおしゃれですし。昔は、女衒と言われる人買いが、各地を回って貧しい家の娘を「年季奉公」という名目で集めていました。娘たちも女中奉公かなにかに行くつもりで、人買いについていくわけです。が、蓋を開ければ……。今は、そんなことをしなくても、女の子自ら、来てくれるというわけですね。

「この世界への垣根がこれほど低くなったのは、タレントI・Aの成功でしょうね。AV女優の成功例を見せつけられて、そんなに怖い世界ではないのでは？　むしろ、素敵な世界なのでは？　というイメージが出来上がってしまったんでしょう。江戸時代で言えば、花魁《おいらん》でしょうか。花魁の華やかな衣装と道中を浮世絵にして、娘たちの抵抗を和らげる……みたいな？」

——今もAV嬢がアイドル並みにちやほやされて、ブログやツイッターで優雅な私生活を披露していて、とても輝いて見えますね。それを見た女の子が憧れても不思議ではない。

「ネットの影響は大きいでしょうね。今や、女性向けのエロサイトもある。いや、あってもいいんですが、内容は全然女性向けではなくて、むしろ、男性向け。なのに、サイトのデザインはおしゃれだし、人気タレントのコラムはあるし、女流作家のインタビューはあるし、芸人の企画コーナーはあるしで、なにかひどくおしゃれ」

——ファッション誌でも取り上げられていますしね。

「性をファッションにして、風俗や売春に対する女性の抵抗感をなくしているんですよね。ひどい話ですよ。これこそ、一番巧妙な、トラップかもしれません」

——大手出版社が出版するティーンエイジャー対象の少女漫画でも、セックス特集や快感特集といったものが見受けられます。そのせいで、日本の少女は、セックスに対して抵抗感がないどころか、憧れすら抱くようになって。

「トラップがあちこちに張り巡らされているんですよ。かつての女衒という役割を、世の中そのものが広く浅く担うようになっていると言ってもいいかもしれません。まあ、こんなところで働いている私もまた、女衒ですけどね」

——ところで、あなたはなぜ、この事務所を?

1

二〇一四年一月十日金曜日。正月仕様の番組が終わり、いつものレギュラー番組がようやく再開された頃。

南の島にでも行っていたのか、新人女子アナの肌が少し焼けている。彼女の少し舌っ足らずなレポートを聞きながら、「ああ、この子、ＡＶに出るかもしれないという噂があったな」などと呟きつつパソコンの電源を入れたところで、ふと、フリーメールの受信ボックスを開けてみようかと思い立った。

プロローグ　女衒

いわばブログ専用の捨てメールだ。が、ジャンクメールしか届かず、半年ほど前から放置していた。それを開けようと思ったのは、やはり、世間の「仕事始め」という雰囲気のせいかもしれない。さあ、去年のことは忘れて心機一転、新しく仕事をスタートさせましょう。そんなようなことを、うっすら日焼けした女子アナも言っている。……相変わらず、私は流されやすい。自嘲しながらメールボックスを開けてみると、案の定、大量のジャンクメールが届いていた。

そのまま一括削除して閉じてもよかったが、もしかしたら、仕事に役立ちそうなものや、必要なメールも交ざっているかもしれない。そもそもが、未練がましい質《たち》だ。きっぱりと捨て去ることができないのが、私の欠点でもある。が、その欠点のおかげで、仕事にありつけたことも、活路が拓《ひら》かれたことも、少なからずある。

未練がましいというよりは、欲深いのだ。宝石はないかと、灼熱の砂漠の中を骨になるまで探し求める愚か者なのだ。

が、宝石は案外簡単に見つかった。

メールをひとつひとつ削除しだしてから三分ほど経った頃だ。

「出版に興味はありますか？」

というサブジェクトを見つけた。

これのどこがお宝だ。ただのジャンクメールじゃないか。そう笑う人もいるかもしれないが、実際、私もそう思ったのだが、その差出人の名前には見覚えがあったのだ。

それは、マルチタレント西園寺《さいおんじ》ミヤビの名前だった。「元ＡＶ監督」を武器に、五年ほど前からテレビに出まくっている。去年は官能小説を出版、いきなりの十万部を叩き出し、一躍ベストセラー作家の仲間入りを果たした。

だったらなおさら、怪しいじゃないか。有名人の名前をかたった詐欺メールじゃないか？

もちろん、私もそう思った。だからこそ、私はメールを開封してみた。なにかのネタになるかもしれない。

が、どうやら本物のようだった。その証拠に、そのメールアドレスは、大手出版社州房《すぼう》出版のものだ。間違いない。

西園寺ミヤビが書いたメールを、州房出版の編集者が送ってよこしたらしい。末尾に編集者の署名がある。

メールの内容を簡単に説明すると、西園寺ミヤビの手伝いをしてくれないか、という仕事の依頼だった。

私は、マウスを握りしめた。

その人差し指の何気ない動きが、まさに、分岐点だった。

私は、今も思うのだ。あのとき、この人差し指がクリックしなかったら。

あのとき、こちらではなく、あちらの道を選んでいたら。

仮定の話は無駄なことだ。だって、人生なんて所詮、一本道。分岐点はただのお飾り。……そんなことを言った女優がいた。その子は、「私がこの世界に入ったのは生まれたときから決まっている運命」という言葉をよく使った。どのインタビューを見ても、必ず、笑顔でそんなことを言う。その屈託のない物言いには一切陰りがない。それは、「運命の人」を語る乙女と同じ表情だ。しかし、私はこの笑顔が恐ろしかった。どんなホラーよりも、背筋が凍った。

運命など、一本道であるはずがない。なのに、人は、人生を逃げ道のない一本道と決めつけることで、自身の選択を正当化しようとするときがある。それは防衛本能であり、人間の自然な生理だ。過去を振り向くな、くよくよするな、大人たちもそう言って、子供たちにありとあらゆる教訓を与える。しかし、そんなことを言う大人たちは一度、疑ったほうがいい。

「自分の人生の不甲斐《ふがい》なさは、自分自身の選択ミスなのではないか」

ということを。

この疑問を自身に投げつける勇気がある者のみ、あるいはリベンジのチャンスがあるのかもしれない。過去を振り返り、その選択ミスの原因を慎重に探り出す努力をした者だけが、人生を修正することができるのかもしれない。そう、それが六十歳でも、八十歳でも、九十歳でも。人は、自分の人生を軌道修正する権利を生まれながらに持っているのだ。それをしないのは、「諦め」という呪縛のせいだ。

私もまた、「諦め」のぬるま湯の中にいた。

なにに対しての諦めなのかは、よく分からない。ただ、もういろいろと考えるのが面倒になっていた。ただ、目の前の仕事をこなす。それだけで、十分だった。

だから、そのときも、私はいつものルーティン仕事をこなすように、返事を出した。

「詳しく、お話をお聞かせください」

その四日後の火曜日、私は指定された場所に行くために丸ノ内線に乗っていた。平日の午後三時過ぎ。しかし、車内は大変な混雑で、駅に着くたびに、外回り中のサラリーマンたちが饐《す》えた臭《にお》いとともに乗り込んでくる。私は、ハンカチで口と鼻を押さえながら、すでに後悔をはじめていた。

この仕事は、断るべきなのではないか。

メールをくれたあの人は、そもそも私という人物を誤解しているに違いない。確かに、私は、世間から眉を顰《ひそ》められるような仕事ばかりしてきた。だからこそ、今回、白羽の矢も立ったのだろうが、……本心を言えば、ポルノグラフィには、嫌悪しかない。特にアダルトビデオ……AVは。

——初めてAVを見た者のリアクションは、大きく分けてふたつではないだろうか。嫌悪を示す者もしくはショックを受ける者。そして、興奮する者。その二者の割合がどのぐらいなのかは調査したことはないが、少なくとも、私は嫌悪を抱いた。嫌悪も性欲のうちだと言う人もいるだろうが、なら、嫌悪という言葉は取り下げて、他の言葉を使おう。「エンガチョ」。そう、この言葉が一番、しっくりくる。実際、私は、そのビデオを見ている間、ずっと、両手の人差し指と中指を交差させていた。

私がそのビデオ……いわゆる性的興奮のためだけに作られた「裏ビデオ」を初めて見たのは、もうかれこれ三十年以上前のことだ。私は十九歳の誕生日を迎える寸前だった。高校を卒業し、専門学校に通っていた頃だ。東京都の八王子市で一人暮らしをしていた。

あれは、冬だった。そう、雪が降っていたから、冬に違いない。

ラーメン屋のバイトから戻り、近所のほか弁で買ったノリ弁を座卓に置き、ストーブをつけようとマッチを探していたとき、女友達から電話がかかってきた。

「ね、『洗濯屋ケンちゃん』、見てみない？」

女友達の名前は忘れた。「ちぃちゃん」と呼んでいたから、チエコとかチズコとか、そんな名前だったのだろう。彼女は、私が住んでいたアパートから五分ほど歩いたところにある新築のワンルームマンションの住人で、大学生だった。歳は私と同じで、山梨県出身だったと思う。

私たちは近所のほか弁の常連で、そこでちょくちょく顔を合わせた。自己紹介するまでに半年ほどの時間を要したが、互いの部屋を行き来するようになったのはそれからすぐだった。

とはいえ、それは月に一、二回程度のことで、週末に限られていた。彼女には一緒に過ごさなくてはならない大学の友人が沢山いたようだったし、彼氏もいた。私も私で、週のほとんどをバイトに明け暮れていた。

だから、その日、彼女から誘いを受けたとき、ちょっと戸惑いはした。その日は平日で、明日も早い。今日はノリ弁を食べたら、もう寝てしまいたい。本当は、銭湯に行く日だったが、銭湯に行けば、優に一時間はかかってしまう。だから、簡単に体を拭いて、それで寝るつもりだった。

が、彼女の誘いは、いつになく、しつこかった。

「でも、今日しか見られないんだよ？　今日中に返さなくちゃいけないんだって」

そういうふうに言われると、弱い。それに、「洗濯屋ケンちゃん」の噂は聞いていた。学校でもアルバイト先でも、ときどき話題になっていたのだ。

少しだけ、好奇心がざわついた。学校での話のネタになるかもしれない。なにより、彼女の誘いを断れば、もう二度と、あのおしゃれなワンルームに行けなくなるのではないかという懸念が過《よぎ》った。銭湯通いだった私にとって、彼女の部屋のシャワー室ほど魅力的なものはなく、それを借りる幸福に恵まれた日ほど嬉しいときはなかった。

「シャワー、使っていいから」

彼女は言った。いつもなら、その言葉を引き出すために、ありとあらゆる理由と媚《こ》びを彼女の前に山積みにするのだが、その日は彼女のほうからお許しが差し出された。

銭湯を諦めていた私は飛びついた。

「うん、行く。……あ、ご飯、そっちで食べていい？　持っていくから」

そして私はノリ弁だけを持って、部屋を出た。

夜の十時を過ぎていたと思う。

彼女の部屋の玄関には、男性のスニーカーが置いてあった。女子学生専用のこのマンションは、建前上、男子禁制だ。が、彼女は彼氏をよく、この部屋に招き入れていたようだった。彼氏は駅前の電器屋で働いていて、彼女のテレビが故障したときに来てもらったのが縁で、付き合うようになったらしい。

そんな話は聞いていたが、彼に実際に会ったのは、その日がはじめてだった。猫の額ほどのキッチンを抜けると、こたつの中でひょろ長い男が、蛇のような目つきでタバコを吸っていた。

彼の名前も覚えていない。

ただ、その趣味の悪さに、言葉がすぐに出なかったことはよく覚えている。彼女は有名私立大の女子大生で、その大学名を言うだけで出会いは向こうからやってくるようなそんな女子大生ブランド時代の当時、なにが悲しくて、こんな貧相な男と？　と思ったのが、正直な印象だった。

男は、私の顔を見るとにやりと笑ったが、その歯はヤニで汚れ、上の前歯二本は虫歯で溶けていた。私は促されるままこたつに入ったが、そのとき男の足の臭いがぷんと顔にあたり、今でもそれと似た臭いを嗅ぐと、吐きそうになる。

男は、息も臭かった。なのに、どこかの俳優にでもなったつもりで、斜に構えてタバコを吸い続ける。男のせいで、狭いワンルームは、さながら、薫製室のようだった。

それでも、私は、笑顔で挨拶した。

「はじめまして。彼氏さんのお話は、ちぃちゃんからよく聞いてますよ」

たぶん、そんなことを言った。

男は、再びにやりと笑うと、言った。「今日は、いいものを見せてあげるよ」

それから、この男の講釈のもと、例の「洗濯屋ケンちゃん」を見ることになるのだが、画像も汚ければその内容も汚らしくて、私は、エンガチョを唱え続けた。なにより、彼の息が臭くて、たまらなかった。

シャワーなどもうどうでもいい、もう帰ろうと腰を浮かせたとき、彼女が「お腹空いた、なにか買ってくる」と部屋を出た。それと入れ違いに、数人の男たちがどかどかと、入室してきた。

気がつくと、私は持参したノリ弁をぶら下げながら、外にいた。

コーヒー色の空から、ぼた雪が無遠慮に次々と落ちてくる。

ノリ弁はもうきっと、冷えすぎてかたくなっているだろう。

そんなことを思いながら、私は、傷だらけの体を引きずりながら、自分の部屋へと戻っていった。

＋

午後四時五十分。約束の時間の十分前。私は赤坂見附駅に到着した。出口を大幅に間違えなければ、遅刻することはないだろう。駅を出て、みすじ通りを五分ほど歩けば、待ち合わせ場所だ。

プロダクションZEGEN。

名前だけなら、普通の芸能プロダクションにも見えなくはない。

だが、少しでもその名前の意味を知っていれば、その分岐点で立ち止まり、引き返すだろう。

なにしろ、ZEGEN。……女衒だ。実に、親切な道しるべだ。いや、やはり、阿漕《あこぎ》だ。最低限の誠意は示した、それでもこちらを選択したからにはこれからのことはすべて自己責任だ……ということなのだから。その意味を知っていてそれでも門を叩く者に責任を押しつけるのはもっともだが、意味も知らずに門を叩いてしまった迂闊者《うかつもの》には、手荒いやり方だ。

要するにここは、アダルトビデオに出演する人材を、ビデオを制作するメーカーに斡旋《あっせん》する事務所だ。芸能界にたとえれば、テレビ番組を制作する会社にタレントを送り込む事務所。

「芸能界」にたとえたのは、アダルトビデオ業界は決して、芸能界ではないからだ。その境界線は細く薄いが、実際は、台地と谷のような落差がある。……谷といえば。明治時代、赤坂の御用地と貧民街は地図上では隣り合っていたが、実際に行ってはじめて知るのだ、ふたつのエリアを隔てているのが深い崖であることを。

ネットの地図を見ただけでどこにでも行ったような気分になっているのが今の世の中の雰囲気だが、地図は、まやかしに過ぎない。それを過信すれば、必ず、罠にはまる。足を掬《すく》われる。そして、堕《お》ちるのだ。一度そこに堕ちたら、這い上がるのは至難の業だ。

気楽に誰もがアダルトビデオの世界に飛び込んでくる時代だとよくいわれもするが、しかし、その世界は神代より、崖の下……谷底であることには変わりがない。そこに自ら飛び込んでくるのは、ネットや地図といった二次元でしかその世界を眺めてこなかった無知なおのぼりさんだけなのだ。

アダルトビデオが売春であることは、誰も疑わないだろう。芸能界でも似たようなことが行われているかもしれないが、それはパトロンまたは谷町《たにまち》といった特定の客相手のみのサービスであり、十九世紀のパリで言えば、高級娼婦のようなものだ。一方、不特定多数の客に安値で体を売る、夜鷹《よたか》の街娼こそが、アダルトビデオの女優なのだ。単体で主役を張ろうが、企画でエキストラ扱いされようが、世間から見れば、同じ穴の狢《むじな》なのだ。

……そんなとりとめのないことを考えながら、私は、赤坂見附駅の上りエスカレーターへと靴を進めた。その時点で、私は、すでにある覚悟を固めていたのかもしれない。

「そうだ。これは、最後のチャンスなのだ。私はまだ、諦めたわけではない。諦めてはいけないんだ」

そんな内なる声に急《せ》き立てられるように、私はひたすら、靴を進めた。

＋

通された部屋にはすでに三人の女性と一人の男性がいた。

標準体重を大幅にオーバーしている小柄な中年女と、標準体重をややオーバーした長身の若い女性。そして中肉中背で若作りの五十女。彼女たちは奥のソファに座り、無精髭の小男が、手前のソファに座っていた。

ソファの一番奥にどっかり座っている、標準体重オーバーの女性が、西園寺ミヤビ。テレビで見るより、小柄だなとは思ったが、その分、ぽっちゃりが強調されているような印象だ。その服が原因か。胸元が大きく開《あ》いたボーダーのチュニックドレスに、藍染めのマフラー。絞首刑直前の、囚人にも見える。

そして、手前に座っている長身の女性が、州房出版の編集者、富岡朝子《とみおかあさこ》だった。

「よく来てくれました」

彼女はすっくと立ち上がると、私を小男に引き合わせた。

「名賀尻龍彦《ながじりたつひこ》です」

小男も慌てて立ち上がり、名刺を差し出した。

私も少し遅れて、名刺を渡す。

「ああ、あなたが」名刺を見ながら、小男がぎこちない視線でこちらを見た。その視線は、戸惑いながらも、私の顎から頬までのラインを執拗になぞっている。

「そうです。こちらが――」富岡朝子が、私の代わりに紹介をはじめた。「……というわけで、今回、プロダクションZEGENの社長直々の推薦で、取材ライターとして参加いただきました。優秀な方です。実はうちの編集部でもお世話になっているんです」

「それも、社長の紹介で？」小男の問いに、

「いえ、ただの、偶然です」と、今度は、私が答えた。「なにしろ狭い、業界ですから」

「確かに。この業界は狭いですよね。僕もそういう偶然は、よくあります」

三人の会話を、西園寺ミヤビは女王然と聞いている。

実際、上座に座る西園寺ミヤビは、この部屋を支配していた。

彼女の企みは、もうはじまっていたのだろう。

やはり、この仕事は、断るべきだった。私は、下座にそっと、腰を下ろした。

が、西園寺ミヤビはお構いなく、ワイドショーでおなじみのあの高音で、第一声を発した。

「私もかつては、この業界にいましたものですから、いつかは、この世界のことを書きたいと思っていたんです。それが、今回、州房出版さんのご協力で、かないました」

そして、右目の付けまつ毛の具合を指でちょんちょんと確認すると、一気にまくしたてた。

「かつては、アンダーグラウンドな裏社会。そこに堕ちる女性はある種の不幸と不運と悲劇をまとっていましたが、今、ＡＶ業界はアルバイト先のひとつに過ぎません。性というタブーを乗り越えて、いいえ、むしろ性を武器に、女たちがそれを堂々と商品と自覚して、この世界に、軽々と飛び込んでくる。これこそ、『性の解放』もしくは『女の解放』なんじゃないかしら」

西園寺ミヤビは、自身の演説に満足したのか、小さなげっぷを吐き出すと、湯呑みの中身をずずずっと飲み干した。

もちろん、私は反論しなかった。

ごもっとも、というように、西園寺ミヤビに向かって、深く頷いてみせた。

だが。

仮に女の意識が変わったとしても、男の意識はさほど変わりはしない。身内に関しては、昔と同じ、「貞操」を強く求めている。ＡＶ女優や風俗嬢とセフレになることはあっても、本命の恋人や妻にするには、まだまだ抵抗があるのだ。そう、男にとって、性を商売にする女は、いまだ「恥ずかしい」存在で、いくら女性側が「セックス」に対して後ろめたさを持たなくなったとはいえ、もう一方の当事者である男性のほうが、「セックス」は、いまだ後ろめたいもの、という意識が強いのだ。

だからこそ、ＡＶや風俗などが存在するのだが。

「でも、ちょっと、疑問もありますね」

小男が、無精髭をかきながら、言った。

「女性は本当にセックスに対して『後ろめたさ』がなくなったんでしょうかね。僕には、『解放された女性』というのは詭弁《きべん》に過ぎず、なんていうか……。確かに、性欲が強くて、性を売る商売が天職のような女性もいるでしょうが。でも、少数派だと思うんですよ。そういう少数派の意見を、『全女性の本音』と言い換えていいのか。かつて『女性にはレイプ願望がある』などという説がまことしやかに流れ、それを真に受けてしまった男性もいましたが、確かに、中にはそういう女性もいるかもしれないが、しかし、それはほんの一握りで、大半の女性は暴力を憎んでいる。なのに……」

「ええ、分かるよ、君の言うことも」

西園寺ミヤビは、ぶはっという鼻息を吐き出しながら、身を乗り出した。

「でも、それは、男の幻想に過ぎないのよ。女性に処女性、貞操を求めるのは、やめようよ。女の性欲は、底なしだよ？　みんな、快感を貪《むさぼ》りたいと思っている。だって、女は子宮に支配されているんだもん。子宮は男の性器が欲しくて仕方ないんだもん。それを邪魔しているのが、君のような男なのよ」

西園寺ミヤビは、両のバストを両手できゅっきゅっと中央に寄せると谷間を作り、さらに身を乗り出した。

「いい？　女は女として生まれた瞬間から、性欲の塊なのよ。やりたくてやりたくて、仕方ないの。それを押さえつけているのが、男」

そして、西園寺ミヤビは、テレビでおなじみのドヤ顔をしてみせた。

この顔を生で見ることができただけでも、今日、この場に出向いた価値があったのかもしれない。が、私にはやはり、後悔しかなかった。

それを察したのか、編集者の富岡朝子が口を挟んだ。

「では、ここで、今回の企画を簡単に説明させてください」

言いながら、私と小男の前に、レジュメの束を差し出した。

『アルテーミスの采配（仮称）』

というゴシック体のタイトルの下には、簡単なコンセプトとそして目次案が記されていた。

「プロダクション ZEGEN の協力をいただき、プロダクション所属の女優さんを何人か、ご紹介いただけたらと思います。女優さんの下取材は、取材ライターさんにお任せします」富岡朝子が、私をちらりと見た。続いて小男に視線を移すと、「女優さんたちにインタビューして書き起こすまでが、ライターさん」そして肥満女に目配せすると、「その原稿を元に西園寺ミヤビさんがエッセイをお書きになります。今のところ、五人の女優さんを予定しています」

レジュメには、希望する女優のキャラクターが事細かに記されていた。たぶん、西園寺ミヤビの中にはある程度ストーリーがあり、女優は後付けなのだろう。これに沿った女優を見繕うだけでも、相当難儀だ。

やはり、断るべきか。

「詳細は、また契約の際にお伝えするつもりですが、初版は三万部刷る予定です。ギャランティーは……」

それは、予想以上の高額だった。悪い話ではない。

「こんな感じですが、お引き受けいただけますか？」

「分かりました。やってみましょう」

断るつもりが、結局はこうなるのだ。……これもまた、私の欠点だ。

「あ、ちょっと、待ってください」

小男が、腰を浮かせた。小男のレジュメは、すでにメモ書きで埋め尽くされていた。

「提案なのですが、……プロローグとして、女優さん以外の人に登場願うというのは、いかがでしょう？」

「女優さん以外？」

西園寺ミヤビが、乳房を揺さぶりながら、小男に詰め寄る。

「そうです。女優さんの本編に行く前に、プロダクション側の人間にお話を聞くというのは」

「あら、いいわね！」

そう声を上げたのは、西園寺ミヤビだった。「うん、いいんじゃない？　そのほうが、深みが出る」

「でも、どなたに？」編集者の問いに、小男は間髪を容れずに言った。

「それは、もちろん、この事務所……プロダクションZEGENの社長さんに」

三人の視線が、同時に、中肉中背で若作りの五十女を捉えた。

「鮫川《さめかわ》しずかさん、ぜひ」

自分の名前を呼ばれた社長は、後ろを振り返った。いつのまに入室したのか、そこには、レジュメを手にした芽美がいた。元女優で、今はこのプロダクションのスタッフだ。頭のいい女で、今では社長の懐刀だ。最近結婚したらしく、その左薬指には指輪が光っている。

彼女がこくりと頷くと、社長はそれに従うようにそろそろと立ち上がった。

「あら、そう？……大した話はできませんよ？　それでもいいんなら、……よろしくお願いしますね。名賀尻さん」

2

――ところで、鮫川しずかさん、あなたはなぜ、この事務所を？

「さっきも言ったように、一度、この世界の水に慣れてしまったからには、もう堅気《かたぎ》の世界には戻れないんですよ。遊女が歳をとってやり手ババアに回るように、私も出演する側から、管理する側に回っただけです」

——しずかさんも、かつては女優さんだったんですか？

「ええ、裏ビデオとか呼ばれていた時代ですけどね」

——どうして、この世界に？

「話すと長くなるけれど……『洗濯屋ケンちゃん』って知っている？」

——もちろん。裏ビデオの草分けですよね。ビデオデッキの普及に一役買ったとかなんとか。

確か、電器屋がビデオデッキのおまけにつけていたと聞きました。

「それは、本当です。私が見たビデオも、電器屋が持ってきたものでした。友達の彼氏だったんですけどね。……結局、友達だと思っていたのは私だけだったんですけど。でなきゃ、あんな形で私を騙しませんよ」

——騙す？

「『洗濯屋ケンちゃん』を見に来ない？　と誘われて、その子の部屋に行ったはいいんですが。ビデオを見ているうちに気持ち悪くなって。……そういうものを見るのも初めてだったし、私自身もバージンだったし、とにかく、頭が真っ白になったんですよ。そんな私に、あの男が酒をしつこく勧めてきたんです。あの子も飲め飲めって。頭がすっきりするからって。私、昔から、押しに弱くて。未成年だったんですけれど、結構、飲んでしまいました。そして、眠くなって……。

体が重いな……と思って目を開けると、全裸の見知らぬおじさんが、私の上に乗っていたんですね。声を上げようと思ったら、口に何かを押し込まれて。……おじさんがもう一人いて、その人の性器を突っ込まれたんです。つまり、私、二人のおじさんにレイプされていました。快感なんてまったくなくて。ただ、痛くて、辛くて、臭くて。そんな私の姿を、三人目のおじさんがビデオに撮っているんです。おじさんはあと一人いて、その人は、あれこれと偉そうに指示を出していました。

分かるでしょう？　バージン喪失の強姦3Pプレイを、ビデオに撮られていたんですよ。私は、気を失ったり、目を覚ましたりを何度も繰り返していました。たぶん、三時間ほど、そんなことをしていたと思います。『カット』の声がかかると、ようやく、おじさんたちは、私の体から離れました。そして、私に、一万円札を握らせ、契約書のようなものにサインもさせられました。そう、私は合意のもと、この撮影に参加したという体《てい》を取り繕ったのです。

呆然と横たわる私に、カメラマンのおじさんが説明してくれました。

私は友人に売られたのだと。友人の彼氏に借金があり、その借金返済に彼女が売られそうになったけれど、彼女は自分の身代わりに、私を差し出したのだと」

——ひどい話ですね。

「でしょう？　誰にも相談できずに、死んでしまおうかとも思ったんだけどね、なんで私が死ななくちゃいけないんだ、全部、あいつらがいけないんじゃないかって思ったら、バカバカしくなって。……変な話、そう言って、励ましてくれたのは、例の裏ビデオを撮った監督で。本来なら、憎い悪党のはずが、いつのまにか、いろいろと相談するようになっていたんですよ。

だって、相談できるの、その人ぐらいなんだもん。親にも警察にも言えないんだから。
それで、気がついたら、二本目の裏ビデオにも出ていて。その二本目があまり売れなかったらしくて、そうなると、なにか悔しいじゃない？『よし、今度は売れるものを撮ろう』って、三本目にも出て。……五本目ぐらいかな。抵抗感がまったくなくなったのは。そのあとは、仕事。だから、罪悪感もなにもなし。……二十二歳になるまでに、五十本ぐらい、撮ったかな。

　二十二歳で引退したんだけど。就職もして。でも、堅気の世界に戻ると、それまでまったくなかった罪悪感がどぉっと押し寄せてきて。体が、ぴくぴく痙攣して、頭が所構わずパニックになる。仕事もなかなか続かなくて、絶望のあまり手首も何度も切った。とにかく、不安で怖くて、たまらなかった。でも、セックスしているときだけは、そんな不安感やパニックから解放されて。……セックスしまくったな。ときには、電車の中で痴漢してきたおじいちゃんと、駅のトイレで本番したもんよ。そう、私こそが、セックス依存症なんですよ。だから、こっちの世界に戻ってきた。こっちの世界にいれば、罪悪感もパニックも不安も恐怖も、治まるからね。……もう、この世界で骨を埋《うず》める覚悟。本音を言えば、いまだに、ＡＶとかポルノとか、あまり好きじゃないんだけれど。……でも、仕方ないわね」

　――しずかさんを騙した友達とその彼氏を憎いとは？

「そりゃ、憎みましたよ？　復讐してやりたいとも思ったけれど。……でも、これも、運命なんだなって。私がこの世界に入ったのは生まれたときから決まっている運命なんだなって、今では思うようになりました。案外、私、この世界の水に合っているんですよ。だから、あの二人のことは、今となってはどうでもいい」

――それでも、そいつらはイヤな人間ですね。まさに、クズ。

「私が、クズだと思うのは、もっと違うかな。……ここからはオフレコでお願いしたいんだけど、……私が嫌いなのは、西園寺ミヤビとか州房出版の富岡朝子みたいな女。

あいつらは、なんだかんだと奇麗ごと並べてるけれど、結局、性産業を見下してんのよ。堕ちた女たちをせせら笑っているだけなのよ。そして、自らのコンプレックスを埋《う》めようとしている。堕ちた女が美人であればあるほど、あいつらのコンプレックスは、優越感へと昇華するんだろうね。

この企画じたい、そうでしょう？　インタビューの必須条件が、美人の女優よ？　レジュメを見たときに、鳥肌が立ったわ。

『アダルトに出るのは、自己責任。自分もちやほやされたいから出ている。彼女たちは決して被害者なんかじゃない』って、あいつらは言っていたけれど、何様って感じ。

あいつらこそ、女を売りさばく女衒。あの手この手でハードルを下げて、向こう側の女たちをこちら側におびき寄せる。一方、自分からは決して、泥はかぶらない」

――手厳しいですね。

「今のは、ほんと、オフレコでお願いね。私、基本、気が小さいのよ。波風立てずに、うまくやっていきたいの。この仕事、割と美味《おい》しいし」

――もちろんです。では、本題に移りましょうか……。

第一部

第一の采配

並玉《なみだま》

1

ボンジュール☆
ゆなぴょんです☆
今日は、とても嬉しいことがあったのだ☆
事務所から連絡があってね☆
このわたくしめにインタビューの依頼があったのだ☆
いろいろ聞きたいんだって☆それに、インタビューの内容は、本になるんだって☆
しかも、ちゃんとした出版社さん
からの依頼なのだ☆大きい出版社だよ☆たぶん、誰でも知っている出版社☆
ワオ！　ってなぐらい、超メジャーだよ☆
でも、名前はまだ言えないんだけど☆ごめんちゃい☆
さっそく、ママにご報告☆

ママもとっても喜んでくれたのだ☆
「ゆなのありのままを、ちゃんとお話ししなさい」だって☆
ゆなのママは、とっても話が分かるのだ☆ゆなが今の仕事をはじめたとき、ママは泣いちゃったけれど、でも、「ゆなが決めたことだから」って、それからは応援してくれているの☆
パパはまだ怒っているみたいだけど☆だって、パパは大きな会社の偉い人だから、それも仕方ないね☆でも、ママが教えてくれたんだ☆
「パパ、こっそりゆなのＤＶＤ買っているよ。何枚も。応援しているんだよ」って☆
なにそれー☆ちょー恥ずかしいんだけど☆まさか、中身も見ているかな？　娘のあんなところやこんなところを見て、パパ、どんな気持ちだろう？　ホント、ゆなは親不孝だね☆
でも、ゆなが選んだお仕事だもん☆ゆな、誇りを持っているんだ☆
ママだって言ってくれた☆
「胸張っていいんだよ。ゆなは、立派な仕事をしているんだから。職業にキセンはないのよ」
って☆
そして、
「誤解の多い今のお仕事だけど、誰かがやらなくちゃいけないお仕事なんだよね。すごいことだよ。偉いことだよ。ファンのみんなに少しでもいい作品を届けたくて、ゆなは毎日頑張っているんだもんね。ゆなはママの自慢だよ。ママはずっと応援しているからね」
うん。ゆな、頑張るよ☆

東城《とうじょう》ゆな。

プロダクションZEGENが選んだ最初の取材対象は、いわゆるキカタン女優だ。

キカタンとは「企画単体」の略称なのだが、ここで、AV女優のランクについて簡単に言及しておくことにする。

AV女優には「単体（専属）女優」「企画単体女優」「企画女優」というランク分けがあり、江戸時代の遊郭で言えば、「太夫《たゆう》（花魁）」「格子《こうし》」「端《はした》」にあたる。江戸時代、そのランクにより待遇にもしきたりにも値段にも大きく差がつけられていたように、現在のAV女優も、ランクによって待遇に厳しい格差をつけられている。そして、そのランクは下がることはあっても、上がることは決してない。かつての遊女もそうであったように、デビューした時点のランクが彼女たちの最高位となる。あとは、落ちていくだけだ。

では、ランクによってどのぐらいの格差があるのか。それは、ギャランティーの設定を見ると分かりやすい。

単体女優は作品一本あたり百万〜二百五十万円。企画単体女優は日当三十万〜八十万円、そして企画女優は日当十五万〜二十五万円。ただし、これらは制作会社（メーカー）からプロダクションに支払われる額で、実際に女優が手にする金額はその数割となる。それでも、単体女優と企画女優では十倍の格差があることは間違いない。

それでは、東城ゆなが属するランク、「企画単体」というのは、どういうものか。

江戸時代、「格子」と呼ばれる中間層の遊女がいた。格子つきの座敷の前方に座り、客を呼び込む遊女たちだ。時代劇などで見かける、格子越しに「ねぇ、寄っていってよ〜」などと声をかける遊女たちがそれである。ちなみに、「格子」の後方に座っているのが「端」と呼ばれる最下層の遊女たちで、彼女たちは客を呼び込むことはできない。

直接客を呼び込む「格子」が遊郭の主流だったのと同様に、ＡＶ界を支える稼ぎ頭が、「企画単体」と呼ばれる女優たちだ。彼女たちは一本の作品に主役として出演するものの、大掛かりな仕掛け《プロモーション》の対象にはならない。特定の制作会社と専属契約する格上の「単体」とは異なり、複数の制作会社を渡り歩いて、数をこなす。専属の縛りがないことで多くの作品に出演することもでき、中には「単体女優」の稼ぎを上回る女優もいるほどだ。

では、どういう女優が「企画単体」となるのだろうか？

元は「単体」を張っていた女優がランクを落として「企画単体」になることも多いが、今は、あえてはじめから「企画単体」を自ら選ぶ女優のほうが多いと聞く。

＋

「だって、『ＡＶ界のアイドル』として大々的に売り出されて各メディアで露出しちゃうと、あとが大変じゃないですか。……私には、それほどの覚悟はないというか。だから、事務所のママさんのすすめで、キカタン女優になったんです」

東城ゆなは、ストローの端を噛みながら、肩をすくめた。

その表情は、確かに可愛らしい。が、それは、あくまで「一般人」としての可愛らしさだ。女優としての華はない。だから、プロダクションも、彼女にキカタンをすすめたのだろう。

そう。東城ゆなは、「並玉」と鑑定されたのだ。

並玉とは、文字通り、「並」の商品ということだ。

かつて、女衒たちは、女性たちを「極上」「上玉」「並玉」「下玉」と格付けした。その格付けによって、買い取り価格にも大きな差が出た。女衒たちは「極上」あるいは「上玉」を見つけたら、多額の金を積んで、「太夫」候補として彼女たちを買い取った。極上、上玉は、そうそういるものではない。見つけたとなると、女衒たちはあの手この手で彼女たちを籠絡《ろうらく》したという。ＡＶで言えば、「単体女優」候補ということになる。お金をかけて売り出される単体女優候補は、今でも目利きの「スカウトマン」が見つけてくることが多い。

が、「並玉」の女性たちは、自らプロダクションのドアを叩く。そして、「企画単体女優」か「企画女優」になるのだ。残酷な話だが、この時点で、……もっと言えば、生まれた時点で、彼女たちの「格」は決定しているといえよう。

が、東城ゆなは、「自らあえて、企画単体女優」になったと譲らない。

「だって、こっちのほうが稼げますもん、確実に」

東城ゆなは、ストローの袋を細かく引きちぎりながら言った。

東城ゆな。

取材ライターが用意した公式プロフィールによると、年齢二十四歳、東京都三鷹市生まれ、M大学卒業、趣味読書、身長百五十八センチ、体重四十九キロ。

見た感じでは、身長、体重には偽りはなさそうだ。歳も、多少はさばを読んでいるかもしれないが、ほぼ実年齢だろう。ただ、二十代半ばにしては、肌の艶は悪かった。リップはしているが、唇の皮がところどころ剝がれ、その瞼も痛々しく、もしかしたら二重瞼の手術を受けたばかりかもしれない。声も灼《や》けたように嗄《しやが》れていて、どこか疲れを感じさせる。カラーリングを繰り返したせいか、髪にも艶はない。簡単に言えば、「すれた」印象だ。

僕は、この日のために、できるだけ多くの彼女の作品を見ておいたのだが、デビューしたての彼女はさらさらの黒髪で、皮膚もふっくらと艶があり、若さにみち溢れていた。いわゆる「可愛い」系で、特にエクボが魅力的だった。クラスにいたら間違いなく「マドンナ」的な存在になっていただろう。

それから一年と少ししか経っていないのに、同窓会で十数年ぶりに初恋の人に会ったときのような、なんとも残念な印象のギャップを感じる。

プロダクションZEGENの女社長が言っていたように、この世界にいると、老化のスピードが速まるのかもしれない。一般社会よりも早く時間が過ぎるのかもしれない。

「単体でやっても……」

東城ゆなは、言い訳を続けた。

「単体でやっても、所詮、一年が限界じゃないですか。あとは、落ちるだけ。一度単体をやってキカタン落ちした女優さん知っているけど、とても辛そうで、見てられませんよ」

東城ゆなは、一度引きちぎったストローの袋を、今度はかき集めはじめた。

その表情には、どこか憂いがある。それは、一年前、デビュー作の中で見せた表情だ。男優に指で性器を汚され、快感と戸惑いとそして少々の怒りを含んだ表情。

僕は、思わず「可愛い」と呟きそうになった。

そう。東城ゆなは、十分、可愛いのだ。多少すれはしても、その顔は、上等な作りだ。たぶん、これが二十年前だとしたら、間違いなく、AVアイドルとして大々的に売り出されただろう。が、この十年、AV女優は飽和状態、その分、レベルも上がっている。もともと表の世界である芸能界でアイドルとして売り出されていた子までもがAVに出る時代である。東城ゆなのような「並玉」にとっては、受難の時代かもしれない。

実際、東城ゆなの仕事は減ってきているようだった。てこ入れでもしようと考えたのか、ブログもはじめた。

僕は、プリントアウトしたブログの抜粋をおもむろに取り出した。これも、取材ライターが用意したものだが、なるほど、評判通りのいい仕事をする。目がくらむような大量のブログの中から、東城ゆなを特徴づける記事だけを、ちゃんとセレクトしてくれている。僕は、その束を、東城ゆなにも見えるようにテーブルに置いた。

東城ゆなの表情が、少しだけかたくなる。

「世間にはあまり知られたくない」と言いつつ、ブログでせっせと自己主張を繰り返すというのは、どういうことなのだろうか。しかも、東城ゆなのブログの更新は頻繁だった。一日に、三十回を超えることもある。しかもどれも長文なのだ。

更新頻度が高くて長文が続くブログには、「自分を知ってほしい」「自分はここにいる」という、切羽詰まったSOSが隠れている場合が多い。ブログの更新は、人によっては、手首をカミソリで切る行為と同等なのだ。手首を切るなどの自傷行為は、死ぬためではなくて生きるためだとよくいわれる。体を傷つけて血を見ることで、「生」のリアルを感じ取る。そうすることでしか、自身の生命を持続できないのだ。

僕はかつて、毎日大量の長文をアップしていた三十代の独身女性ブロガーを取材したことがあるが、彼女は一日の大半をブログ更新に充てていた。トイレの中でもお風呂の中でも布団の中でも更新するほどの中毒ぶりで、その内容も「セックスしたい、セックスしたい、セックスしたい」の繰り返しだった。が、彼女は小説家としてデビューしたとたん、ブログをやめた。そう、彼女が欲していたのは「セックス」ではなく、「承認」だったのだ。他者に存在を認められたい、尊重されたい、価値があると思われたい。この欲求は、「小説家デビュー」したことで満たされたのだ。

この「承認欲求」は誰もが持っているものだが、ネット百科事典のウィキペディアによれば、「承認欲求は、主に子供や何らかのハンデキャップを抱えている人々などの社会的弱者、劣等感に悩んでいる人間、そして情緒が不安定な精神病患者やパーソナリティ障害を持つ者に強いという傾向がある」らしい。前述のブロガーは、「小説家デビュー」したことで重度のブログ依存から解放されたわけだが、東城ゆなはどうなのだろうか？

僕は、言ってみた。

「ブログ、毎日見ていますよ」

「ブログを？」

東城ゆなは、躊躇《ためら》いがちに少しだけ視線を逸《そ》らせた。それは、照れから来るものだろうか。それとも。

ブログは、三ヵ月前からはじまっている。三ヵ月前といえば、東城ゆなが、それまでの清純派から脱皮した時期だ。……ＡＶ女優で清純派というのもなにかおかしな感じだが、東城ゆなはそれまで「清純女子高生」「清純看護婦」「清純ＯＬ」といった「清純」シリーズの作品に多く出演していた。

デビューは約一年前だが、そのときの作品も「飛び出せ！　精子」というタイトルの、往年の青春ドラマをなぞった学園もので、東城ゆなはセーラー服で登場、本番プレイはあるものの、それほど過激なものではなく、女性でも嫌悪感なく鑑賞できるソフトタッチの作品だった。

このデビュー作はそこそこ売れて、東城ゆなもそこそこ名前を売るのだが、しかし、他のＡＶ女優もそうであるように、東城ゆなも作品を追うごとにその内容が過激になってくる。デビュー作から数本は和姦ものでそのプレイも穏やかなものだったが、デビュー四ヵ月後……作品数にして十五本目で、ハードな輪姦ものに挑戦している。そして、とうとう、三ヵ月前、スカトロものに出るまでになった。

スカトロとは、スカトロジーの略で、古代ギリシャ語で「糞便」を意味する「スコール」と「語ること」を意味する「ロギア」の合成語だ。スカトロジーは学問、または芸術の対象として認められている立派なひとつの分野だが、AVでも、古くから人気のあるコンテンツとして確立されている。むろん、学問や芸術とはまったく無縁の「糞尿趣味」に特化したものであるが。そう、糞尿を出したり、または人が出した糞尿にまみれたり、または食したり、そんな悪趣味に徹している。そんな作品に出演しだした頃から、東城ゆなの表情は明らかに変わった。それまでは、プレイ中も、どこかで自分自身を手放してはいけないというような「意志」が窺えたが、スカトロ作品では、まるで意志は感じられず、感情すら感じることはできない。なすがまま。あるいは、抜け殻。そんな言葉が相応《ふさわ》しい。

AV女優ほど、鮮度を重要視される職業もない。生鮮食品がそうであるように、とれたてのときは高値がつくが、一分一秒ごとに鮮度は落ち、そして価値も下がる。鮮度が落ちた肉や魚にもそれなりの使い道はあるが、食するには煮込んだり漬け込んだりソースまみれにしたりと、なにかしら工夫がいる。それと同じように、AV女優も、作品ごとになにか「工夫」がいるのだ。鮮度が落ちた肉や魚にとって「スパイス」が効果的であるように、AV女優にも、より刺激的な「スパイス」が不可欠になるのである。

それにしても、それが一年も経たないうちにやってくるというのだから、ＡＶ女優業のコストパフォーマンスの低さには呆れるばかりだ。東城ゆなクラスの企画単体女優なら、事務所から支払われるギャランティーは、日当三万円ほどだろうか。月に二十日稼働したとして、六十万。一年で七百二十万円。もっとも、東城ゆなの出演作品数から割り出すと、月に稼働五日もないと考えられるので、もっと少ない計算だ。せいぜい、二百万前後といったところではないだろうか。中小企業の二十代ＯＬの年収程度の収入だ。ＡＶは儲かるという世間一般のイメージとは異なり、それほど美味しい金額ではないことが分かる。同じように儲かるといわれる花形の職業に女子アナウンサーがあるが、彼女たちの初年度の年収はキー局の社員の場合一千万円。それに遠く届かないのだ。もっと言えば、アナウンサーやＯＬならば、会社を辞めない限り数十年にわたり年収も保証されるが、ＡＶ女優が稼げるのは、たった一年。むろん、数年にわたり稼ぐ女優もいるが、それは一握り、例外だと言っていい。その例外だけを見て、「ＡＶ女優」は儲かると言ってしまうのが、問題なのだ。

僕は、ここで断言しておきたい。

ＡＶ女優は儲からない。むしろ、低賃金労働、底辺職業、今風に言えば、ブラック業界だ。法の網をくぐってグレーゾーンで成り立っている業界ゆえ、法によって救済されることもない。運が悪ければ、法によって裁かれる立場なのだ。

低賃金、賞味期限一年、肉体労働のリスクに加え、犯罪者と並ぶほどの世間体の悪さ、そして逮捕の危険性。どう考えても、メリットよりもデメリットのほうが多い。というか、メリットのほうはすぐに思いつかない。だからこそ、以前は、堅気の女性がおいそれと足を踏み入れることはなかった。踏み入れることがあったとしたら、それは金か男が原因だった。が、今は、堅気の女性が、アルバイト感覚で自ら足を踏み入れるという。手元の資料によるとその数、年間六千人ともいう。

そこが分からない。これほどのデメリットを知りつつ、それでもなぜ、ＡＶ女優という道を選ぶのか。いや、それとも、リスクもデメリットも知らないのか。

確かに、なにも考えずにそのときのノリだけで出演してしまう子もいるのだろう。

しかし、目の前の東城ゆなは、そんな迂闊者にはどうしても見えなかった。ブログの内容を見ても、割としっかりしている。現役女子高校生を意識したような軽い文体ではあるが、文章には破綻がない。その真偽は別として。

「いい、ご両親ですね」

僕は言ってみた。

「あなたのこと、応援してくれているんですよね」

東城ゆなは、頷くでもなく、曖昧な笑みを浮かべた。

その笑みから、僕は、やはりあのブログはフェイクなのだ、と確信した。

東城ゆなのブログは、ひどく幸せに溢れている。やりがいのある仕事、充実した毎日、理解ある両親、親切な友人たち、そして優しい恋人。毎日がバラ色だとも書いている。が、本当にそんな生活をしているならば、あんなブログを、そもそも立ち上げない。立ち上げたとしても、一日に何十回も更新しないだろう。

僕は、ここでも断言するが、ブログは心の隙間を埋める充塡材《じゅうてんざい》に過ぎない。隙間がなくなれば、自然と、ブログを更新する必然性もなくなるのだ。興味本位でブログをはじめた者も、実生活が充実していれば……いわゆるリア充ならば、一週間もすればブログには飽きてくるはずだ。アカウントはとったが、一週間で放置してしまった人を僕は数多く見ている。彼らは、みな、実生活を生きるのに忙しい連中だ。むろん、根っから、書くことが、そしてそれを人に見せるのが好きな者もいるだろう。が、そんな人でも、せいぜい、一日に一、二度の更新だ。

東城ゆなは違う。今、こうして取材を受けている最中でも、傍らに置いたスマートフォンをのぞき込み、そわそわと落ち着かない。そして、念仏でも唱えるように、ぶつぶつと、その内容を復唱している。その様子はさながら、カンニングに熱心な受験生のそれだ。

東城ゆなにとって、僕とこうしてテーブルを挟んでいる世界のほうが虚構で、スマートフォンの中のブログこそが、リアルなのかもしれない。

僕は、こうも考えた。彼女は、事実とはまるで正反対のことをブログの中で構築しているのではないか。つまり、やりがいのある仕事も充実した毎日も理解ある両親も親切な友人たちも優しい恋人もすべてが虚構で、その正反対のことが現実なのではと。

だとしたら、彼女がＡＶ女優となった動機もまた、虚構なのかもしれない。彼女は、ブログで、「エッチが好きだから。エッチができてお金がもらえるなんて一石二鳥だと思った」と書いている。ここ数年のＡＶ女優に多い、動機だ。「自分の意志」「エッチが好き」「自己表現」。だが、僕は、どうしてもそれを鵜呑《うの》みにできない。男の身勝手なのかもしれないのだが、僕は、女性が自ら、こんな苦界《くがい》に身を投じるなどと、どうしても思いたくないのだ。その動機は、やむにやまれぬ事情であってほしいのだ。悪い男に騙されて不本意にこの世界に身を沈めたのだと、いっそ、「お金」のためだと、はっきり言ってほしいのだ。でなければ、僕は、女性そのものを信じられなくなる。女性がそれほど、愚か者だと思いたくないのだ。

「動機は、なんですか？」

僕は、改めて訊いてみた。「ＡＶに出ようと思った動機が、知りたいんです」

「だから、エッチが好きだからですよ？」

彼女は、スマートフォンに意識を置いたまま、しかし、視線だけはこちらに向けて、微笑みながら答えた。

「エッチが好きじゃなければ、そもそも、この世界に興味を持たないじゃないですか。私、昔からＡＶがとても好きだったんです。ＡＶをはじめて見たのは、小学校五年生のときかな？　なにをやっているのかよく分からないなりにも、とても興奮したんです。お×××も濡れちゃって」

東城ゆなは、声を潜めるでもなく、女性器の俗称をさらっと言ってのけた。

動揺したのは、僕のほうだった。

「そのとき、はじめて意識してオナニーをしたんですよ。もちろん、その前から、お×××を無意識に触ったり机の角とかにこすりつけたりしてはいたんですけどね。でも、自分の指でやったのは、はじめてで。すっごく気持ちよくて、それからは癖になっちゃって。ふふふふふ」

東城ゆなは、僕の動揺を楽しむかのように、「オナニー」と「お×××」を繰り返した。

所構わず猥褻《わいせつ》な言葉を言わずにはいられない「コプロラリア（汚言症）」というのがあるが、それなのだろうか？　いや、違う。ある種の水商売、または性産業の中にいると、猥褻な言葉も性器の俗称も、「普通の言葉」となり、禁忌語ではなくなるのだ。だから、深い意味もなく、彼女たちは猥褻語を羅列する。いや、そんな言葉に慣れてしまった時点で病が深いのだ……と言う人もいるかもしれないが、業界用語やネットスラングを自慢げに披露する人とさして変わらないのだ。それでも時と場合を選んだほうがいいのだが。

隣のテーブルから、商談中とおぼしきスーツ姿の中年男性の視線がちらちら飛んでくる。東城ゆなはそれに気づかないのか、声量を上げた。

「とにかく、オナニー中毒みたくなっちゃって。学校の授業中でも我慢できなくなって、椅子の端を使って、オナニー、してましたよ。パンツが濡れて、大変でした。オナニーでこんなに気持ちがいいなら、セックスしたらとんでもなく気持ちいいんだろうな……って。早くセックスしたくて仕方なかったんですよね。とにかく、どスケベなんです、私」

「それでは、初体験は？」

隣の中年男性を気にしながら、僕がこそこそと訊くと、

「初体験？……高校二年生の頃かな」と、東城ゆなは、スマートフォンを片手にさらに声量を上げた。

「……小学生からセックスに憧れていた割には、ちょっと遅いんですね」

「そうなんですよ。憧れはあったんですけど、根が、内向的なもんで。なかなか、そういう機会に巡り合えなかったんです。こう見えて、かなりの奥手なんですよ？」

「お相手は？」

「家庭教師の東大生」


どれもこれも、ブログの内容そのものだった。まるで、録音された電話アナウンスのように、東城ゆなは僕の質問に次々と答えていく。

僕は、軽い自己嫌悪に陥っていた。これでは、わざわざ取材している意味がない。ブログの内容をまとめればいいだけのことだ。こうやって、面と向かって取材している以上、彼女の隠された本音と真実を引きずり出さなければ。それが、僕の仕事であり、役目なのだ。

「動機を、教えてください」

僕は、ペンを握り直すと、再び訊いた。

僕が、この仕事を引き受けた一番の理由は、ＡＶ女優たちの、その動機を聞くためだ。彼女たちのプライベートなことや過去、そして未来にはさほど興味はない。いや、興味があるからこそ、「動機」が知りたい。「動機」を知れば、過去、現在、未来、すべてが分かる。

「動機を、知りたいんです。どうして、ＡＶに？」

「だから……」

東城ゆなの上唇が、警戒心の強い牝馬のように、めくれ上がる。それはきっと苛つきのサインだが、僕は、剝き出しになった歯茎に、しばし、目を奪われた。奇麗なピンク色だ。そして、歯並びもいい。歯も、真っ白だ。……が、それは、どこか作りものめいていた。

「なら、質問を変えます。プロダクションZEGENのドアを叩いたきっかけはなんですか？」

「広告を見たんですよ」

それは、嘘ではなかった。取材ライターが用意した資料にも、そう書いてある。東城ゆなは、今の企画単体女優の多くがそうであるように、求人広告を見て、この世界に入ってきたのだと。

「ＡＶ女優募集の広告は、そう簡単に見つけられるもんなんですか？」

僕は、なにも知らない素人のような質問をぶつけてみた。

「見つけられますよ？　私は、ネットで見つけました」

それも、嘘ではなかった。プロダクションZEGENの女優募集は、主にネットで行われている。だからといって、誰もが見られる場所で広告を打っているわけではない。十八歳以上の者しか見ることができない、アダルト系のサイトに限られている。むろん、中には、「モデル」「タレント」「アイドル」などといったきらきらした名称だけを謳《うた》って、誰もが見ることができる一般のサイトやダイレクトメールで募集をかけている阿漕なプロダクションもある。が、プロダクションZEGENはその点では割と良心的で、ちゃんと「アダルト女優」と銘打って募集をかけている。つまり、アダルトサイトに行くような、ＡＶという職業もちゃんと認識している女性を対象にしているのだ。

　プロダクションZEGENの女社長は言っていた。

「騙して募集したところで、厄介なトラブルしか呼びませんからね。だから、募集をかける時点である程度、ハードルを高くして、篩《ふるい》にかけるんです。それでも応募してくる人なんですから、『騙されて』なんて、口が裂けても言いませんよ。というか、言わせません」

　なるほど。自己責任というやつだ。

「ネットで広告を見つけたとき、すぐに応募してみようと思ったんですか？」

　僕が訊くと、

「……どうだったかな」

　と東城ゆなは、少しだけ、視線を揺らした。

「まあ、少しは悩んだと思いますよ？　でも、広告を見たその日に、応募しましたけど」

「そこが訊きたいんです。なぜ、応募したのか。……つまり、動機です」

「だから」

「なぜ、応募したんですか？」

　僕は、たたみかけるように、繰り返し質問した。

「なぜ？」

「だから……」

「なぜ？」

東城ゆなのめくれ上がった上唇がシャッターのように閉まり、視線が、加速をつけて揺れはじめた。そして、その揺れと同期するように、視線の奥に小さな切れ目が入った。その切れ目から、まったく違う表情がのぞいている。

来た。

僕は、ある種の手応えを感じた。どんなに厚いポーカーフェイスの仮面をかぶっている相手でも、時折、ふと、仮面に切れ目が入るときがある。釣りで言えば、「あたり」のようなものだ。それを見逃すか、見逃さないかで、その人の腕が決まる。だからといって、ここで勢いをつけてリールを巻いたら逆効果だ。

さあ。どうするか。その切れ目が再び閉じてしまわないうちに、次の手を繰り出さなければならない。彼女の不意をついて、切れ目の下に隠された本当の表情を露わにしなくてはならない。

僕は、ボールペンの先を手帳に押しつけると、身を乗り出した。

「あ、あなた、歯」

しかし、東城ゆなのほうが一瞬早く、僕の言葉を封じた。

「あなた、右上二番と、左下一番に虫歯が認められるわ」

「え？」

「前歯、疼《うず》きませんか？」

「ええ、……まあ、ちょっと」

「早いうちに、歯医者に行ったほうがいいですよ。今なら、そんなにお金もかけないで治療できるけど、放っておくと、差し歯ですよ？　差し歯にしたら、すごくお金、かかりますよ？」

僕は、呆気にとられていた。狐に摘《つま》まれたという感じだろうか。目の前にいたのは、まるで知らない別人だった。僕は、咄嗟《とっさ》に、椅子の肘かけを握りしめた。瞬間移動でまったく違う場所に飛ばされた感覚に陥ったからだ。

が、目の前の女性は、間違いなく、東城ゆなだ。

「詳しいですね……」

僕は、動揺を隠して、笑ってみせた。

確かに、虫歯の自覚症状はあった。だが、まさか、それをこんなところで、しかもＡＶ女優から指摘されるとは、夢にも思っていなかった。

呆気にとられた僕の表情を見て、東城ゆなは、けらけらと笑いだした。

もしかしたら、彼女が笑ったのは、この日、これが初めてかもしれない。

それまでの笑いは、どこか作りごとめいていたし、どちらかというと「冷笑」に属するものだった。

が、虫歯の話題になったとたん、東城ゆなから本物の笑いが飛び出したのだ。蛹《さなぎ》の殻から這い出る蝶のように、東城ゆなという皮から、もうひとつの別の人間が現れた。それこそがきっと、「本性」というやつだ。

今だ。

僕は、釣り竿のリールを巻き上げるがごとく、言葉を繰り出した。

「東城さんは、もしかして、歯科関係のお仕事に就いているんですか？」

「え？」

東城ゆなの表情に、デビュー作のときに見られた、初《うぶ》な戸惑いの色がさす。

「いえ」言葉では否定しながら、かすかに、その顔は頷いている。

「もしかして、歯医者さんなんですか？」

追い討ちをかけるように訊くと、彼女は、すがるように、スマートフォンを握りしめた。その手は迷子のように震えている。

「……いえ。あの、……その、……違います。……でも」

しかし、それは、当たらずといえども遠からずといった感じだった。

「では、……歯医者のスタッフさん？　受付とか？」

「いえ」

彼女はスマートフォンをテーブルに置くと、自分に言い聞かせるようにひとつ、頷いた。そして頭を上げると強い意志を持って、僕を見た。

「歯科衛生士です」

「歯科衛生士？」

「受付とは違って、国家試験に合格した者でなければ、なれないんです」

そう語気も強く言い切った彼女の表情の中からは、先ほどまで卑猥な言葉を並べ立てていた〝東城ゆな〟はすっかり消えている。今、僕の前にいるのは、凛《りん》とした歯科衛生士に他ならない。

ＡＶ女優の東城ゆなとしてではなく、一人の歯科衛生士としてなら、その本音を聞けるかもしれない。

「先生は、いつから歯科衛生士に？」

僕は、あえて〝先生〟と呼んでみた。本来、医者や薬剤師以外は〝先生〟とは呼ばないのが通例だが、僕の今までの経験上、医療従事者の場合とりあえず〝先生〟と呼んでおけば間違いがない。

「三年前に国家試験に受かり、学校も卒業しました」

案の定、彼女はまんざらでもないという表情で、アイスコーヒーを引き寄せた。

「そういえば、聞いたことがあるんですが。歯科衛生士というのは、女性しかなれないって。本当なんですか？」

「あ、それは本当です。ちょっと前までは、法律で、女性しかなれない職業だったんですよ」

「本当だったんですね。まさに、女尊男卑」

「でも、今は違いますよ。今は、ちゃんと、男性でもなれます。でも、数はかなり少ないけど」

彼女は、穏やかに笑いながら、すぅぅっと背筋を伸ばして、優雅にストローを唇に押し当てた。その仕草には、〝東城ゆな〟の影はどこにもない。

「だって、どの歯科診療所も、女子しか採用しませんから。男性には不利なんです」そして、彼女が銜《くわ》えたストローが、ゆっくりとアイスコーヒー色に染まっていく。

「なるほど。確かに、歯科衛生士さんといえば、女性のイメージです。さらに言えば、奇麗な人ってイメージですね。実際、僕が会った歯科衛生士さんは、みな、美人さんでした」

「だって、若くて奇麗な人を採用しますから」

「ビジュアル重視なんですか？」

「そうです。そういうところ、あります。この業界も、先細りですから。あの手この手で生き残らなくちゃいけないんです。だから、歯科衛生士も、ただの人ではダメなんですよ。人寄せパンダのようなところがないと」

「厳しいですね……」

「本当に。そんなに給料が高いわけでもないのに」

「失礼ですが、収入は？」

「月給にして……手取り二十三万ぐらいでしょうか」

「三年目にしては、なかなかのものではないですか？」

「そうでもないですよ。歳いっちゃうと、追い出されるリスクもあるし、次もなかなか決まらないんですよ。待遇を下げなくちゃいけません。旬の短い職業なんです」

「手に職があれば一生安泰ってわけではないんですね」

「安泰なんて言葉、いったいどこの誰に当てはまるんでしょうかね？」

彼女の表情に、少しだけ〝東城ゆな〟が戻ってきた。僕は慌てて、次の質問を繰り出した。

「歯科衛生士の学校というのは、やはりお金がかかるものなんですか？」

「まあ、そこそこかかりますよ。学校は三年制なんですけれど、初年度に百五十万、それからは一年ごとに、だいたい、百万円とちょっとかかりました」

「では、三年で、三百五十万ぐらい？」

「まあ、そうですね。……四百万円近かったでしょうか？　でも、それは学校にかかるお金で、私、一人暮らしをしていましたから、生活費なんかも入れると、三年間で、一千万円近くかかりました」

「その一千万円は、どうやって？　やはり、ご両親から？」

「両親？……父は、いません」

彼女は、ずるずると音を立てながら、アイスコーヒーを飲み干した。まずい質問をしてしまった。そう反省しながら、僕も、冷えたコーヒーを一気に飲み干した。

沈黙が、落ちる。

調子に乗ってしまった。もっと、慎重に質問するべきだった。家族の話は、なにかとナーバスになるものなのだ。それがきっかけで話題が転がることもあるが、止まってしまうことも多い。

が、これは、ひとつの収穫でもあった。東城ゆなのブログには、父親も多く登場している。

大会社のお偉いさんでもある自慢の父親。が、それが、やはり虚構であることが証明されたのだ。

見ると、彼女は、破綻した〝東城ゆな〟というキャラクター設定をどう取り繕おうか、考えを巡らせているようだった。ストローを引き抜くと、風呂上がりに瓶の牛乳を一気飲みするように、グラスを直接唇に持っていった。そして、中の氷をいくつか吸い込み、それを力任せに噛み砕きはじめた。

がりがりがり。

ホテルのラウンジには似つかわしくない音が、鳴り響く。

隣のテーブルにつくスーツ姿の中年男性の視線が、またちらちら飛んでくる。

東城ゆなは、グラスの中の氷がなくなるまで、同じことを繰り返した。

そして、最後の氷を噛み砕き終わると、彼女はひとつ、大きなため息を吐き出した。

「両親は、私が小さい頃に離婚して。そのあとは、ずっと、母一人です」

よし、来た。とうとう、東城ゆなというキャラが消滅し、本物が露わになった。

僕は、止《とど》めを刺すように言った。

「よかったら、本名を教えていただけませんか?」

「本名?」

「ぜひ。……もちろん、これはオフレコです」

「オフレコ?」

「ここだけの話ということです。つまり、今日、あなたがここで話したことは、あなたの同意なしで文章にすることはないということです。あなたがダメだとおっしゃるものは、文章はもちろん、僕の記録からも抹消いたします。ですから、思いのまま、お話しください」

「本当に、内緒にしてくれます？」そう懇願する彼女の唇が、かすかに震えている。それは、何かを話したくて仕方がないというサインにも見える。

「はい。もちろん」僕は、僕の中にある誠意すべてを持ち出して、応えた。「僕を信じてください」

「本当に？」

「はい」

彼女は、僕の顔をまじまじと確認すると、うんと小さく頷いた。

「分かった。信じる」

「では、本名は？」

問われて彼女は、テーブルに置いたスマートフォンを再び握りしめた。そして、カンニングを企む受験生の仕草でそれを腕で隠すと、小さく呟いた。

「ヤマダサオリ」

「これからは、ヤマダさんでいいですか？　それとも……」

「ヤマダでいいです」

「では、ヤマダさん。あなたのご出身は」

「九州です。九州の熊本」

「熊本。いいところですね。一度、行ったことがありますよ」

「ただの、田舎ですよ」

「先ほど、お母様だけだとおっしゃってましたが……お母様はなにを？」

＋

母ですか？

うちの母は看護師で。

私が小さい頃からずっと言ってました。

「とにかく、手に職をつけろ」って。

手に職があれば、……なにか資格があれば女でも暮らしていける。そう、母は信じていました。

事実、母は看護師という資格を盾に、女手ひとつで私を育ててきました。

父はどんな人かよく知りません。でも、ダメ男だったのは確かです。だって、離婚したあとも、母にお金をせびっていたような人ですから。母はよく言ってました。「父親のような人間にはなるな。そして、父親のような男を選ぶな」って。

それを聞くたびに私は思いました。下手に女に生活力があると、男はダメになるんじゃないか。いいえ、ダメな男しか寄ってこないんじゃないか。

いずれにしても、母は、父だけじゃなくて、他にも数人のダメ男にいいようにお金を吸い取られていました。

だから、うちは、貧乏でしたよ。

借金だらけでした。

母の手取りは、毎月四十万近くあったと思います。家は公団住宅で、家賃は三万円ぐらいでしたから、親子二人なら、十分暮らしていける収入です。なのに、かつかつでした。母が、「あの人が可哀想だから」って、どんどん、男にお金を貸してあげるからです。男だけじゃなくて、可哀想な人を見ると、お金を貸してしまうんです、うちの母は。借金の保証人にもなってしまうんです。まったくの病気です。私は密かに「幸福な王子症候群」と呼んでました。『幸福な王子』って話、ご存知ですよね？　私、あの話が大嫌いなんです。あれほど傲慢な話もありません。あんな自己犠牲、余計なお世話もいいところです。自分の自己満足で人に分け与えるのはまだいいです。でも、関係ない者まで巻き込むのはどうなんでしょう？『幸福な王子』の場合は「つばめ」が犠牲になりましたが、母の犠牲者は、私です。母のせいで、私は中学校の頃からアルバイト漬け。私のアルバイト代も、「可哀想な他人」に貸してあげる始末。これが、パチンコとか浪費とかだったら、まだいいんです。だって、そうすれば、周囲が私に同情してくれるでしょう？　毒母のせいで、娘が苦労しているって。でも、母は、世間では「観音様」だの「菩薩様」だのと呼ばれていて。だから、誰も私のことなんか同情してくれません。それどころか「あんないいお母さんはいない、親孝行してあげなさい」なんて言われる始末。そんなことを言ったのは、高校のときの、進路指導の先生。

私は、本当は大学まで行きたかったんですけど、母がそんなですから、余裕がなくて。

専門学校がやっとでした。

専門学校なんか、行きたくもありませんでした。だって、私が行きたかったのは、四年制の大学の、文学部。私、本が好きで。できるなら、出版関係の仕事に就きたかったんです。

なのに、進路指導の先生は言うんです。「出版関係は不況で厳しい。それより、手に職をつけたほうがいい。資格をとれる学校に行ったほうがいい」って。母と同じことを言うんです。

それで、仕方なく、先生のすすめ通りに、ふたつの学校を受験しました。看護師学校と歯科衛生士学校。看護師のほうは落ちてしまいましたが、歯科衛生士の学校には合格しました。だからといって、特に嬉しくもなかった。だって、歯科衛生士の仕事に、そんなに興味もなかったし。でも、その学校は東京にあったので、上京できるというのは、ちょっと嬉しかったかな。

でも、うちには本当にお金がなくて、合格したのはいいけれど、入学するのに必要なお金が払えない。それで、高校の進路指導の先生に、「奨学金」をすすめられたんです。でも、それでも足りなくて、他に、国の教育ローンも利用して。それで、ようやく入学がかなったんです。

そして、東京で一人暮らしをはじめました。

三鷹市に家賃六万円の小さな部屋を借りて。ほんと、東京って、家賃高いですよね。ワンルームの本当に小さな部屋なんですよ？　最寄りの駅からバスで十五分もかかるようなところ、なのに、六万円なんですから。実家の公団住宅の家賃は三万円台でしたが、とても広かったし奇麗でしたよ？　ほんと、東京って、いちいち高くて。家賃以外にも、光熱費だ通信費だ食費だって、月に十二、三万円ぐらいはかかりました。仕送りは当てにできませんから、全部バイトでまかなわなくてはいけなくて。でも、学校に通いながらですから、それほど稼げません。それで、時給がいいバイトを探す癖がついちゃって。高給求人のサイトにも行くようになったんです。風俗やアダルト系の求人もよく目にしましたが、さすがにそちらには行く勇気はなくて。学生時代は、もっぱら、キャバクラのアルバイトホステス。吉祥寺とか中野とか、あのあたりのキャバクラを転々としてました。時給はだいたい三千円で、週に三回ほど出勤すれば、なんとか暮らしていけるだけの収入にはなりました。

そんな感じで、三年間をやり過ごし。どうにか国家試験にも合格して、学校も卒業して。これで、晴れて一般の社会人。アルバイト漬けでヘトヘトになることもない、ちょっと楽ができる……と思っていたのに、そう簡単ではありませんでした。奨学金と教育ローンが重くのしかかってきたのです。

奨学金は、月に六万円借りていたのでそれが三年で、合計二百十六万円。これを月に約一万八千円ずつ返済しなければなりません。そして、国の教育ローン。こちらは二百万円借りていたので、月に約二万円の返済。奨学金と教育ローン合わせて、月に三万八千円の返済。実は、それだけじゃなくて、銀行の教育ローンも利用していたので、その返済もあります。それも合わせると八万円ほどでしょうか。学校を卒業してすぐに、渋谷の歯科診療所に勤めましたが、そこの給料は、一年目の手取りは月に十八万円ほど。そのうち八万円が返済に回るわけですから、残り十万円で生活しなくてはなりません。はじめのうちは、それだけでなんとか生活していたんですが、なんだかんだと慢性的に赤字が続いて、ちょくちょく消費者金融のキャッシングを利用するようになって。

でも、一番大きかったのは、歯の治療です。歯科衛生士として歯科診療所で働くからには、自分の歯も奇麗にしておけと、雇い主のドクターに言われて。歯並びがよくなかったので、インプラント矯正をすすめられました。その費用、百万円。こちらもローンを組みましたが、その返済が月に三万円。

もう、こうなると、ワケが分からなくなりました。いったい、私にはどれだけの借金があるのか。いや、そんなことよりも、とにかく、今月の返済をどうにかしなければ。……そんな感じで、目先のことしか考えられないようになっていって。

返済のために消費者金融から少額借金をするというのを繰り返しているうちに、麻痺してしまったんでしょうね。借金そのものに歯止めがきかなくなり、気がつけば、一万円からはじめた借金が、百万円を超えていました。その返済も加えると、……月に十五万円ほど返済していたでしょうか？　ええ、もちろん、それだと、お給料だけでは全然足りません。それで、学生時代にお世話になったキャバクラで再びアルバイトすることになったんです。昼は歯科衛生士の仕事、そして夜はキャバクラ、もう、それこそヘトヘトでしたよ。私、割とお酒が強いほうなので、お酒をがんがん飲んで稼ぐ系のホステスだったんですけど、一度、お酒が完全に抜けきらない状態で出勤したことがあって。患者さんからクレームつけられて。それからは、ケチのつきっぱなし。夜のアルバイトのせいでミスが続き、とうとう解雇されてしまって。

……その月に返済しなければならない金額は、十八万円近く。でも、手元にあるのは三万円だけ。家賃も払えません。

気がつけば、高給求人サイトにアクセスしてました。

そこで、それまでは自分には関係ないと無視していた風俗関係の求人に応募してみたんです。まさに、藁をも摑む状態です。でも、無理だった。面接まで行きましたが、猥雑な雑居ビルの汚らしい一室で、いきなり脱げと言われたんです。挙げ句、ハゲ散らかしたデブのおじさんがやってきて、そいつのあそこを嘗《な》めろと言われて。……無理でした。本当に無理でした。私は、逃げるように部屋を出ました。

実は、風俗関係のお店に面接に行く前に、一度、プロダクション ZEGEN の面接に行っていたんですね。本当にお金がなかったから、「準備金支給」という言葉に引かれて。ＡＶはそこそこ見たことありますから、もちろん抵抗はありました。でも、お金がないという状況は、そんな抵抗すら軽々と乗り越えてしまうほど、強力なんです。それに、プロダクション ZEGEN の求人広告には「スタッフは全員女性」とあったので、それも抵抗感を和らげる一助となりました。

でも、最初に行ったときは、やはり、「無理」だと思って、面接もそこそこに、逃げ帰ってしまったんです。

ところが、風俗関係の店に行ってみて、そこがあまりに劣悪だったせいか、プロダクションZEGENがとても良心的で、いいところに思えてきたんですね。だって、オフィスが入っているビルは立派で奇麗だし、オフィスもまるでヘアーサロンのようにおしゃれなんですもん。応対してくれた女性スタッフも親切で。

それで、もう一度、面接に行くことにしたんです。

……長くなりましたが、以上が、私がこの世界に入る「きっかけ」です。

あれから、一年。まるで、遠い昔のようです。でも、まだあと一年はこの世界で働かなくてはなりません。もちろん、歯科衛生士の仕事は続けています。あれから割と待遇のいい職場を見つけて、そこで頑張っています。でも、そこだけじゃ、全然、お給料、足りません。だって、借金がまだまだありますから。だから、AVも続けるつもりです。なるべく長く、続けるつもりです。どんな仕事でも、ありがたく、引き受けるつもりなんです。

ですから、今後とも、よろしくお願いします。

2

僕が、その連絡をもらったのは、テープ起こしをしているときだった。東城ゆなの声をイヤホーンで聞きながら、キーボードを叩いていた。

僕は、東城ゆなの姿を思い出していた。

一ヵ月前。西新宿にあるシティーホテルのラウンジ。そこをリクエストしてきたのは東城ゆなで、彼女は、「あのラウンジのパンケーキが食べたい」と言っていた。が、結局、彼女はパンケーキは頼まず、アイスコーヒー一杯だけで、インタビューに応じてくれた。遠慮していたのかもしれない。よれたTシャツと汚いチノパン姿の僕を見て、彼女は一瞬、哀憐《あいれん》の表情を浮かべた。それは母親譲りの表情のようにも思えた。みすぼらしい人を見てしまうと、つい、手を差し伸べてしまう。

だから、彼女は二千五百円するパンケーキを頼まず、九百円のアイスコーヒーだけを頼んだ。その九百円も自分で払おうとした。

彼女の本性は「優しさ」と「気遣い」に違いない。だからこそ、スカトロ系の作品にも出るに至ったのかもしれない。気が強く、我が儘な女優ほど、こういった作品は避ける傾向がある。いやなことはいやだ、とちゃんと言える人間だからだ。が、東城ゆなは、それが言えない。そう、彼女は「断れない」人なのだ。「優しさ」と「気遣い」の裏の顔こそが、この「断れない」という性質だ。だから、僕の無茶な質問にも答えてくれたのだし、その動機についても、赤裸々に語ってくれた。

本来なら、「本名はなんですか?」といきなり訊かれて、それに素直に答えるAV女優はそうそういない。

実際、僕はこの一ヵ月で五人のＡＶ女優にインタビューしたが、本名を教えてくれたのは、東城ゆなだけだった。

その東城ゆなについての連絡があったのは、「ですから、今後とも、よろしくお願いします」という言葉をキータッチしているときだった。

一通のメールが入った。

――東城ゆなが死体で発見されました。

極上

1

東城ゆなの訃報は、僕にある人物を思い出させた。

井草明日香《いぐさあすか》。元ＡＶ女優だ。

彼女ほど、この世界で成功した人物もいないだろう。一万本売り上げれば大ヒットといわれるこの世界で、彼女の作品は必ず五万本は売れた。デビュー作など二十万本を売り上げ、一般紙にもニュースとして取り上げられたほどだ。彼女が主演したＡＶ作品は十六本と少ないが、その売り上げ総数は百万本を超える。まさに、ＡＶ界のミリオンセラー女優だ。

それだけじゃない。井草明日香の成功譚は、ＡＶを引退したあとがまさに本番だった。引退後、彼女は表の芸能界へと進出し、マルチタレントとして大成する。

かつて、ポルノ女優が一般の女優として成功する例は多く見られた。が、ＡＶ女優となると訳が違う。ポルノ女優は「ポルノ映画」というれっきとした作品に出演が許された演技のできるプロであったが、ＡＶ女優は、残念ながら、「演技」ができるプロとしては扱われない。だから、ＡＶで成功したとしても、その後、表の芸能界で引き上げられることはほとんどないのだ。引き上げられたとしても活躍の場は数えるほどしかなく、一般に名前が知られる前に消耗されて捨てられる。

そういった意味でも、井草明日香の成功は、「異例」だった。そう、「特別な例外」だったのだ。決してよくある話ではない。が、世間の一部の女性たちはそうは見なかった。井草明日香のようになりたい。私も井草明日香になれる。ＡＶ女優になれば。……実際、井草明日香に憧れて、ＡＶの世界に入ってきた少女たちは少なくない。じめじめとした暗がりだった裏通りに、井草明日香が一気に真昼の太陽の光を当てた格好だ。ＡＶという裏世界を一般女性に開放した功績者ともいえる。……いや、これを功績と呼んでいいのかどうか。

そんな井草明日香に、僕は、三度、インタビューする機会があった。

一度目は、十一年前の二〇〇三年。井草明日香が、「アスカ」という名のアイドルだった頃だ。

そうなのだ。井草明日香が特別な例外なのは、まさにそこだ。ＡＶ女優になる前は、正統派のアイドルだったという経歴。アイドルといっても、そんじょそこらの名の知れぬアイドルではない。年末恒例歌番組の常連でもあった国民的アイドルユニット「夏休み少女組」のセンターだったのだ。

その名を知らぬ者はいないと思うが、その背景を知らぬ者は多いと思うので簡単に説明しておくが、「夏休み少女組」というのは、素人参加バラエティー番組から偶発的に生まれたユニットで、はじめはその名が示すように夏休みが終わるまでの期間限定の活動が予定されていた。メンバーは、中学生から高校生までの七人。最年少が十三歳で最年長が十八歳の、東京近郊在住の少女たち。乱暴に言えば、寄せ集めだ。

が、しゃれで出したCDが百万枚を超える爆発的ヒット、一躍スターダムにのし上がる。

市場が動けば手練手管の商売人たちがこぞって群がってくるのはどこの世界でも同じだが、「夏休み少女組」の場合は特にそれがひどかった。ヒットの兆しがあるやいなや、それまで特定の事務所には所属していなかった少女たちの争奪戦がはじまったのだ。複数の大手事務所がその争奪戦に参加し、結局は、七人それぞれ違う事務所に所属することで手打ちになる。ひとつのユニットではあるがメンバーの事務所は異なるという例は珍しくはないが、しかしその場合、必ずユニットを統率するプロデューサーなり組織が存在するものだ。「夏休み少女組」は、そのようなシステムができる前に、メンバーがばら売りされた格好となった。

「夏休み少女組」は常に大小のスキャンダルを内包していたが、裏返せば、それは事務所間のパワーバランスに他ならなかった。簡単に言えば、足の引っ張り合いだ。その顕著な例が、アスカのプライベート写真の流出だった。その事件は、「夏休み少女組」がデビューして三年目に起きた。アスカが二十歳のときだ。

僕が、彼女にインタビューを申し込んだのはまさに、そんな騒ぎのまっただ中だった。ある週刊誌の企画だったが、正直、イエスの返事がもらえるとは思っていなかった。が、あっけなく、インタビューの場は設けられた。忘れもしない。六本木にあるシティーホテルの一室、一泊十万円する三十二階のセミスイートだった。

＋

現れたアスカは、テレビで見るよりもずっと小さかった。身長百五十センチと少しだろうか。しかし、その胸はほどよく発達し、ウエストもちょうどよくくびれていた。

僕は、目のやり場に困った。というのも、アスカが着ているドレスは、まさに夜の蝶のそれだった。たぶん、勝負服というやつだろう。男性も女性も、ここ一番というときは、普段は着ないような服を着ることがある。特に女性はその傾向が強いのではないだろうか。デートや飲み会はもちろんのこと、「ここは負けてはいられない」というような仕事での局面を迎えたときに、女性はあえて、とがった服装をチョイスする……ということを聞いたことがある。いわゆる、威嚇だ。

たぶん、アスカは、このインタビューにある種の覚悟を持って臨んだに違いない。それを物語るように彼女は最初から饒舌《じょうぜつ》で、そして必要以上にくだけていた。それは「強がり」に見えた。

「ほんと、参っちゃいましたぁ」

アスカは、チャームポイントの八重歯を見せながら、ケラケラと笑った。

「また、ハメられちゃったみたい、私」

「ハメられた？」

慌ててボイスレコーダーのスイッチを入れると、僕は訊いた。「ハメられたとは？」

「前に、年齢詐称の噂が流れたことあったでしょう？」

「ああ、半年前でしたっけ？」

「そう、私は正真正銘、一九八三年生まれの今年、二十歳。なのに、本当は二十六歳だ……なんて噂を流されて、もう、ほんと、むかつく」言葉とは裏腹に、アスカは豪快に笑った。「まあ、噂の火元は分かってんだけどね」

「火元？」

「だから……」しかし、アスカの言葉は、マネージャーに遮られた。アスカは、肩をすくめると、「はい、はい、分かりました」と、しおらしく、開きかけた脚を閉じた。

アスカが言わんとしていたことは、おおよそ、見当がついていた。

「夏休み少女組」内の不協和音、もっと言えば、センターをめぐる仁義なきバトル。それはメンバー間だけでなく、事務所とファンを巻き込んでの争いとなっているというのは、業界内では誰もが知るところだった。特に、ファンの過激な行為が問題になっていた。ご贔屓《ひいき》のメンバー可愛さに、ネットを使って他のメンバーの誹謗中傷を書き込み、そして悪い噂を広める。やられたメンバーのファンは、仕返しとばかりに他のメンバーのスキャンダルを暴く。パパラッチ顔負けの暴露合戦は、まさに熾烈《しれつ》を極めていた。

「でも、あの人たちにとっては聖戦なんだよね。正義の戦いなんだよ」アスカは、鼻の頭にできかけたニキビを気にしながら言った。「そういう〝正義〟が一番、たちが悪い」

そのとき、ニキビを触るアスカの指が震えていたのを、僕はまざまざと覚えている。どんなに強がっていても、やはり、アスカは怯えていたのだ。それはそうだ。顔の見えない有象無象から、二十四時間標的にされているのだ。しかも、まだ二十歳。成人とはいえ、芸能界という名の修羅界を器用に泳ぎきるには、まだまだ若年だ。

「あーあ、ほんと、いやんなっちゃう」

言いながら、アスカは、ひとつニキビをつぶした。白い幼虫のような脂肪がにょろりとその指に貼り付く。アスカはそれをしばらく眺めていたが、マネージャーが差し出したティッシュを受け取ると、ゆっくりと指を拭きだした。

その動作は、長く続いた。もう汚れはすっかり落ちているはずなのに、皮膚ごとこそぎ落とすかのように、アスカは指を拭き続けた。

その様子を見守りながら、僕は、なにか息苦しさを感じていた。部屋の空気がすべてなくなってしまうような恐怖にもとらわれた。それは、きっと、アスカの恐怖そのものだったのかもしれない。

「まあ、この世界、いろいろありますから」アスカの手からティッシュを取り上げると、マネージャーはとってつけたように笑顔を作った。「それにしても、アスカちゃんは、ちょっと、いろいろありすぎますけど」

ったようだ。

アスカは、「夏休み少女組」の中心的な存在で、人気も群を抜いていた。だから、罠も多かった

最初のスキャンダルは、アスカが家出少女だったと暴露されたことだ。デビューして二年目のことだったか。アスカの複雑な家庭環境の詳細も白日の下に晒された。が、これはアスカに同情票が集まり、かえってファンが増える結果となった。それまでのイメージをかなぐり捨てて、ヤンキー風の姉御路線に転換したのもこれがきっかけだ。

「でも、彼らのおかげで、素のキャラに戻れたのは、よかったけどね」

ティッシュを取り上げられてようやく我を取り戻したのか、アスカはまたもやケラケラと屈託なく笑った。

「デビューしてから二年ぐらいは、ほんと、面倒だった。だって、〝お嬢様キャラ〟だよ？私とは、正反対。だから、ストレスがたまりっぱなし」

その言葉通り、彼女は、デビューして二年ほどは「お嬢様キャラ」で売っていた。長いまっすぐな黒髪をさらさらとなびかせた、色白の深窓の令嬢。

「あれは、当時出演していたバラエティー番組の、寸劇のキャラだったんだけどね。それが、そのまま私自身のキャラになって。……ほんと、私がお嬢様だなんて、とんだ罰ゲームだよ。だって、実際の私とは、真逆のキャラだもん。なのに、それがいつのまにか一人歩きしちゃって。〝アスカ〟イコール〝お嬢様〟になっちゃって。仕方ないから、それに合わせていたけど。マジ、辛かったよぉぉ」

アスカは、手足をばたつかせながら、またもや豪快に笑い飛ばした。

「でも」

しかし、ふと、真顔になった。

「今回のことは、ちょっとしゃれになんない」そして、静かに脚を組むと、ひとりごちるように言った。「そりゃ、確かに、メグは可哀想だったよ? だからって……」

メグとは、アスカに次いで人気のある、二番手のメンバーだ。クールビューティーキャラで、アスカより一つ年下の、当時十九歳。彼女の着替え中の盗撮画像が流れたのはその前の月だった。これは、どうやらアスカのファンの仕業だった。メグがラジオ番組でアスカの悪口を言ったから、というのがその理由らしい。

そのあとだった。まるで仕返しとばかりに、アスカのプライベート画像が流出したのだ。それは、とある無名の俳優と半裸で絡む画像だった。

「あれは、完全にハメられたね」

これは、当時、業界で流れた主な見解だった。そう、アスカは俳優との食事の席に呼ばれ、酒を飲まされ、服を脱がされかけ、そして写真を撮られたのだ。でなければ、あのようなクリアな写真が撮れるわけはないし、なにより、その画像の構図には、悪意が滲み出ていた。さらに悪いことに、その男優は、AV専門の男優だった。

「まあ、どんな理由であれ、あれは私の過失だけどね。私が、迂闊だった。誘われるがままあの席に行ってすすめられるがまま酒を飲んでしまった私が悪い。芸能界を甘く見てた」

窓の外は、いつのまにか茜色《あかねいろ》に染まっていた。その光景を見ながら、アスカはぽつりと言った。

「でも、私は、絶対、つぶされない。踏ん張ってみせるよ」

が、アスカの受難はまだ続いた。画像流出事件のすぐあとに、今度は恋人と思われる男性との入浴画像が流出したのだ。

この二連チャンは、痛かった。

さすがのアスカも、なにかしらのアクションを求められた。

一週間の沈黙のあと、アスカは三ヵ月の自粛を発表し、それが明けると今度は、持病を理由に無期限の休業に入った。

折しも、「夏休み少女組」のセンターは新加入の中学生に移り、すでにアスカのセンター時代は終わりつつあった。そのせいか、今まで全力でアスカを守ってきた事務所も、今回ばかりは、積極的にはアスカを守ろうとはしなかった。そればかりか、「奇行」「遅刻魔」「男狂い」などという悪評判を事務所側が暴露する始末で、挙げ句の果てには、それを理由に、アスカを解雇してしまう。

アスカは完全に終わった。

誰もがそう思った。

珍しいことではない。それが芸能界だ。商品価値のなくなった者は、あっけなくつぶされ、捨てられる。なにも、アスカに限ったことではない。芸能界史を辿れば、そこに広がるのは死《し》屍累々《しるいるい》たる光景だ。屍《しかばね》の山が無数に築かれ、その中に、また一人、哀れなアイドルが放り込まれたに過ぎない。

しかし、アスカは、屍の山から這い出してきた。

事務所解雇から、わずか三ヵ月。アスカは「井草明日香」と名を変え、AV女優としてデビューしたのだ。二〇〇五年のことだ。これは、大ニュースとなった。海外のニュースサイトにも取り上げられたほどだ。

国民的アイドルが、脱ぐ。それだけでも大事件なのに、セックスを見せるというのだ。前代未聞のスキャンダルと言ってもいい。

しかも、アスカのAVデビュー作は、いきなりのハードコアだった。本来、芸能人のAVデビュー作は疑似と呼ばれるソフトな作りになるものだが、アスカは、フェラチオも挿入も、すべてガチで臨み、肛門まで晒して五回にも及ぶ本番にも挑んだ。

まさに、ベテランのAV女優顔負けの、渾身のデビュー作だった。

＋

「一種の復讐。『夏休み少女組』に対しての」

AV女優となった井草明日香にインタビューを試みたとき、彼女はそう言った。

最初のインタビューから二年と経っていないにもかかわらず、まるで別人のようだった。その変わりように、僕は、言葉を失うばかりだった。

どこか顔をいじったのかと、その隅々を観察もしてみたが、手術の痕は一切見つけられなかった。確かに、髪型は違っていたが、それだけでこうもイメージが変わるものだろうか。

そう、変わるのだ。人の印象を決めるのは、造形そのものではなくて、表情に他ならない。表情は内面に引きずられ、その内面は、環境によって大きく変わる。つまり、それだけ明日香の環境は激変したということだ。一見して別人になるほどに。

「私は、本当に、『夏休み少女組』を愛していたし、骨を埋める覚悟もあったのに、私はいらない子にされてしまった。それがどうしても悔しくて。……だから、最も卑劣な手段で、復讐してやりたかったの」

それは、まるで呪いの言葉だった。それを言うと、

「呪い？　そうだね。呪いだね」と、明日香は冷ややかに笑った。その表情には、ケラケラと転げるように笑っていた天真爛漫な少女の面影はどこにもなかった。

「でも、人を呪わば穴ふたつ……と言いますよ？」

僕が言うと、

「穴ふたつ？　もう、ふたつあるよ、穴」と明日香は、僕を揶揄《からか》うように股に手を添えた。しかし、すぐに真顔になると、

「穴がいくつ開こうが、もう、私には怖いものはないよ。だって、私、肛門まで曝《さら》け出したんだよ？　知ってる？　肛門を晒すという行為は、全面降伏、つまり服従を意味するんだって。

自尊心を挫《くじ》けさせる最も効果的な行為なんだって。だから、刑務所に入るときは、肛門検査をするんだって。お前は最低の人間だということを思い知らせるためなんだって。これをやられると、どんなに凶悪な罪人も、嘘のようにおとなしくなるんだって。……私も撮影初日にいきなり、二人の男に押さえつけられて、脚を大きく開かされて……肛門を晒されたんだ。なにかが、壊れた音がした。私の奥の何かが。そしたら、ほんと、なんか、どうでもよくなった」

明日香の呼吸が少々乱れる。が、彼女は目をかっと見開くと、続けた。

「私なんか、罪人以下だよ。だって、罪人の肛門は特定の人にしか晒されないけれど、私は世界中に向けて晒しちゃったんだから。だって、ネットに流れてるじゃん。それを見つけたときは、さすがに凹《へこ》んだ。ああ、私は、一生、ううん、死んでからも、この無様な姿を見られるんだな……って。そこまでの代償を払ったんだもん。私の呪い、きいてくれなくちゃ、やってらんない」

果たして、明日香の呪いは届いたようだった。AV女優を出したアイドルユニットは、台頭してくる他のアイドルに押される形で衰退、そして、こっそりと解散した。

が、僕には、これがただの復讐劇にはどうしても思えなかった。井草明日香は自分の意志で復讐したつもりだったろうが、彼女は、復讐心を煽《あお》られただけなのではないか？

というのも、当時から、ある噂が業界内には囁かれていた。

井草明日香をAV女優にする前段階として、正統派アイドルとしてまずはデビューさせた。

つまり、アイドルがＡＶデビューしたのではなく、未来のＡＶ女優が、アイドルになったのだ。そもそも、「夏休み少女組」というユニットじたいが、ＡＶ女優の箔づけのために結成されたものだというのだ。

ここで、「極上」というキーワードを出さなくてはいけない。

その名前だけで作品を売ることができる単体女優、その中でも一握りの逸材しかなれないドル箱女優。ＡＶ業界の中でも最高ランクに君臨する、その名の通り、「極上」の女優のことだ。

このランクの女優をデビューさせるとなると、プロダクションもただ待っているだけではいけない。「極上」が、自らプロダクションのドアをノックすることは、まずないからだ。つまり、プロダクション側が積極的に探さなくてはならないのだ。

ところが、「極上」は、そう簡単には見つからない。容姿が美しいだけの女性はあまたいるが、何億という金を生み出すカリスマ性とスター性を持つ女性はそうそういない。だから、作るのだ。カリスマ性とスター性を兼ね備えた「プロフィール」を。

一番手っ取り早い方法は、芸能人や有名人を引っ張ってくることだ。容姿がそれほどでもなくても、歳をくっていても、元芸能人、または有名人というプロフィールは大きい。表の世界で成功した人物が裏の世界に堕ちる……という物語はいつの時代でも訴求力があり、その話題性だけで作品は売れるのだ。芸能人専門のＡＶ制作会社もあるほどだ。

だが、言うまでもなく、ＡＶに出たがる芸能人は多くない。では、どうするか。弱みにつけ込むのだ。芸能人の弱みは、たいがい、金だ。目の前に数千万、場合によっては億単位の金を積まれたら、金銭トラブルの渦中にいる者ならば、ついよろめいてしまう。先頃、清純派女優で鳴らした往年の女優のＡＶ出演が話題になったが、彼女は裏の世界から多額の借金をしており、背に腹は代えられない状態だったという。

が、もっと手堅い方法がある。これぞと決めた標的に、芸能人なり有名人の冠をかぶせて、いい頃合いで、ＡＶに引っ張ってくるのだ。その中でも、アイドルという冠は一番お手軽でおかつ、カモになるファンを作りやすい。

そういう意図を含んで作られたのが、「夏休み少女組」だというのだ。期間限定ではあるけれど、一度でもアイドルという冠をかぶせられた少女たちなら、その裸は高く売れる。……なるほど、言われてみれば、「夏休み少女組」を生んだ番組を制作している会社は、別の会社名でジュニアアイドルのイメージビデオも制作している。

ジュニアアイドルとは、Ｕ18と呼ばれる十八歳未満の少女アイドルの中でも、性的興奮を促すために作られたイメージビデオに出演している、小学生から中学生までの少女たちを指す。乳房や性器の露出こそないが、ＡＶに匹敵する猥褻なビデオが多く存在し、児童ポルノ法に抵触するのでは？　と常に問題視されている分野だ。

が、この業界もすでに飽和状態。ただの小学生や中学生が小さな水着を着て猥褻なことをしただけではビデオは売れず、ならば付加価値をつけるしかないとばかりにあの手この手が使われているのだが、「夏休み少女組」の結成がまさにそれだというのだ。

つまり、「夏休み少女組」は、本来は、猥褻なイメージビデオに出演させるために集められた少女たちで、プロモーションの一環でバラエティー番組に出演させた……というのだ。ところが瓢簞《ひょうたん》から駒とはよく言ったもので、「夏休み少女組」は大化けしてしまい、大手事務所が絡んできてしまった。こうなると、下手なことはできない。少女たちの性を商売にするというシナリオはいったん棚上げにされたのだが、だからといって、このまま指を銜えて見ているだけで終わりたくはない。自分たちもその分け前が欲しい。……そう虎視《こし》眈々《たんたん》と狙っていたのが、まさに、「夏休み少女組」を結成させた制作会社。彼らは粘り強く待ち、そして、一番人気の「アスカ」のスキャンダルをこれ幸いと、彼女に照準を定めた。アスカの復讐心を煽るような境遇を作り、さらに追い込み、ついにはアスカをこちら側の世界に引きずり込んだ。

……もちろん、これらは噂の域を出ない。だが、僕はどうしても気になった。

井草明日香は、なぜ、芸能界に入ったのか。

「そもそも、あなたが、芸能界デビューした経緯を伺いたいのですが」

僕は、斬り込んでみた。

「あなたが、『夏休み少女組』に参加したきっかけです」

井草明日香は、僕の質問に、しばらくは答えなかった。

視線をゆっくりと巡らせながら、「のど渇いた」とか「お腹空いた」などと、独り言を言うだけだった。僕はそのたびに、お酒を注文し、料理を追加した。

そのとき、僕たちは、赤坂の高級中華レストランの個室にいた。

明日香は、よく食べ、よく飲んだ。

「だって、肉体労働だもの、この仕事」

そう言って笑う明日香の口元を見て、僕は今更ながら気づいた。そうだ、歯だ。八重歯がなくなっている。

「インプラントにしたのよ」

僕の視線を感じたのか、明日香はにっと笑ってみせた。なるほど、確かに、その歯はどこか人工的だ。真っ白で奇麗だけれど、冷たい感じもする。

「これ、いくらしたと思う？」

明日香の質問に答えられないでいると、

「AVの一本分のギャラが消えた」と、明日香は大口を開けて笑った。

明日香の契約金は、三億円ともいわれている。そして、一本のギャラは一千万円。……一千万円？

「まあ、歯だけじゃなくて、顎もちょっといじったんだけど」

「整形したんですか？」

「整形じゃなくて、治療よ。私、昔から噛み合わせが悪くて、そのせいで、肩こりもひどくてさ。下の奥歯を二本抜いて、その分、がくっと奥に引っ込めたの。……それにしても、歯のメンテナンスって、ほんと、お金かかる。このメンテのためだけに、これからも働かなくちゃいけないのかな……と思うとさ、ちょっといやになるときあるよ」

「やはり、今の仕事は、きついですか？」

「仕事なんて、なんでもそうじゃん？　なにかしら、きついものじゃん？　楽な仕事なんてないよ。違う？」

「まあ、……そうですね」

「楽じゃないから、お金ももらえるんだよ、違う？　あなただってそうでしょう？　いやな仕事だって、するでしょう？」

「ええ、まあ」

「だいたいさ、仕事なんていうのは、どんな仕事も売春みたいなものなんだよ。自分の時間と体を売って、お金をもらう。……違う？」

「………」

「なんか、みんな、甘いんだよね。うちの事務所にもさ、軽い気持ちでＡＶに出たいって子が毎日のように来るんだけど。その動機を聞くと、……自分探しとか、心の隙間を埋めたいとか、認められたいとか、……そんなバカを言うわけよ」

「バカ？」

「だって、そうでしょう？　自分探しとか、心の隙間を埋めたいとか、自分を認めてほしいとか、そんな理由でこの世界に入ってくるのは、それはなんか違うと思うんだ。ＡＶもれっきとしたエンターテインメントなわけだよ。人様を喜ばせるのが重要で、自分の満足のためじゃない。自分探しとか自分を満たすためとか認められたいとか、そんなエゴ丸出しの動機でやったって、長続きはしないし、見ているほうもしらけちゃう。というか、そんなやつは、プロとして、失格」

明日香は、フカヒレをちゅるちゅると飲み込むと、繰り返した。

「プロとして、失格。……違う？」

「ええ、まあ、……そうですね」

同意はしたが、なにか、はぐらかされている気がして、僕は、今一度、手帳を確認した。手帳には、その日、どうしても訊いておきたい項目が並んでいる。が、まだ、どの項目も訊けずにいた。もう一時間以上も経っていたが、明日香は僕の質問を器用にかわし、自分のペースで話を進めていく。アイドル時代もその傾向はあったが、それはますます顕著になっている気がした。饒舌な人は秘密を隠している……というのが持論だが、それは間違っていないと、僕は、明日香の唇を見ながらつくづくと思った。

「プロとして、失格」

明日香のこの言葉は、まさに、僕に向けられている気がした。そして、挑発されているような気もした。

あなたもプロなら、もっと斬り込んできなさいよ。

僕は、隠し球をそっと手にした。そして、明日香が箸を置いた隙を狙って、投げてみた。

「明日香さんのお母さんとお父さんは、明日香さんが小さいときに離婚されたそうですが」

明日香の顔色が変わった。

やはり、明日香の秘密は家族にあるようだ。

アイドル時代のインタビューのときは言葉を濁されてしまったが、今日こそは、家族のことを知りたい。それはゲスな好奇心に他ならなかったが、しかし、明日香がＡＶにまで堕ちた遠因であることは間違いないのだ。

僕は、続けた。

「離婚後、明日香さんを引き取ったお母さんは、しかし、すぐに再婚しますね？　新しいお父さんとはうまくいっていましたか？」

「どこで……それを？」

明日香の視線が、頼りなげに揺れた。

「だから、どこで？」

明日香の質問に、僕は応えないでいた。実は、「夏休み少女組」の元メンバーの一人から聞いたことなのだが、それを言えば、明日香の復讐心がさらに煽られてしまうと考えたからだ。

その代わりに、僕は質問を続けた。

「新しいお父さんとお母さんの間には、弟さん、妹さんと立て続けに生まれて……」

明日香の視線に、いつもの挑戦的な輝きが戻ってきた。

「ああ、なるほど。マキか、情報源は」と、箸を再び摑むと、シュウマイを突き刺した。

「だって、あの子にしか話してないもん、そのこと。……ああ、いやんなるなぁ。マキだけは信用してたんだけどなぁ。やっぱり、怖いね、この世界」

明日香の饒舌がまたはじまりそうだったので、僕は質問をねじ込んだ。

「新しいお父さんと、うまくいってなかったんじゃないですか？」

「…………」明日香は、シュウマイをまるごと、口の中に押し込んだ。僕は、その隙に、言葉を並べていった。

「お父さんだけじゃなくて、種違いの兄弟とも、ぎくしゃくしていた。唯一の味方である実のお母さんとも、なにか距離がある。そして、あなたは、気がつけば、家族で一人、孤立していた。実のお父さんに頼りたくても、あちらはあちらで、家庭があり――」

「もう、どっちの家族も関係ないから。だって、分籍したし」

明日香が、僕の言葉を遮った。

「つまり、あなたが筆頭の戸籍を新たに作ったんですね」

「うん、そう。……あんときは、なんか嬉しかったな。ようやく、居場所ができた感じがして。だって、それまでは実の父親の戸籍に居候していた感じだったからさ、なんか居心地が悪かったんだよね。でもさ、笑っちゃうんだけど、私が分籍しようとしたとき、実の父親の奥さんが、引き止めたんだよ？　このままでいいじゃないですかって。しかも、新しい父親までもが養子縁組するから、自分の戸籍に入れって。……バカみたいでしょう？　当時、私、『夏休み少女組』で、超売れてたからさ。それで、取り合いがはじまったってわけ。なのに、私がAVに出たら、音沙汰なし。っていうか、私の存在を完全消去する勢い。……まったく、分かりやすい連中だよ。でも、なんだか、すっきりした。これで、あいつらにも復讐することができたからね。実の父親なんて、私のせいで会社をクビになったらしいよ。あーあ、ケッサク」

2

僕は、本棚から『アスカという他人』というタイトルの本を抜き出した。

四六判並製本、税抜き千三百円。

これは、よく売れた。確か、百二十万部発行されたと思う。

価格の一割が著者の取り分だとすると、単純計算で、井草明日香は一億五千万円超の印税を手にしたことになる。

この本には、僕も助けられた。僕にもその分け前として、いくらか振り込まれたからだ。

そう。僕は井草明日香のゴーストライターとして、この本を仕上げた。

この本が発売されたのは二〇〇七年。明日香がAVを引退した年だ。彼女はこの自叙伝を最後に芸能界からの引退も考えていたようだったが本が予想以上に売れて……特に女性層に圧倒的に支持されて、見事、芸能界の表舞台に帰ってきた。その後の活躍は、僕が言及するまでもないだろう。

一方、僕も仕事が増えた。それまではページ単位で記事を仕上げる下請け仕事が多かったが、『アスカという他人』以降、書籍の仕事が次々と舞い込んできた。

「お稼ぎでしょう」

人に会うたびに、僕は言われたものだ。が、人が思うほど、僕の生活は変わらなかった。事実、『アスカという他人』の原稿は買い取り契約だったために初版時に受け取った二百万円以外は、僕は受け取っていない。それでも当時の僕としては大金だったのだが。しかしそれもあっというまに使い果たし、部屋に大型液晶テレビが加わった時点で、僕の生活は完全に元に戻った。変わったのは、僕を取り巻く人々の対応のほうで、打ち合わせ場所がファストフードショップからカフェに格上げされた。

僕が井草明日香の本を書くことになったきっかけを簡単に説明しておく。当時、僕はとあるサブカル誌のインタビューページを任されており、インタビューの対象も特別な事情がない限り僕のチョイスが優先され、僕は三度、明日香に登場願った。それが縁で、彼女は自身の自叙伝を僕に託したのだった。

託されたといっても、明日香の言葉を文章にし、そして構成しただけだ。その内容は僕が勝手に作り上げたものではなく、明日香自身から語られた、明日香自身の言葉に他ならない。そういう意味では、明日香が「著作者」であることには間違いないのだが、世の中はたびたび誤解した。

「どうせ、プロのライターが書いたんでしょう。嘘っぱちなんでしょう」

芸能人や有名人が出す自叙伝のほとんどにゴーストライターが存在することは否定しないが、その内容もゴーストだと信じる者が多いのは甚だ残念としか言いようがない。むろん、創作のような自叙伝もあるが、そんな仕事なら僕は請けなかっただろう。多少の演出やデフォルメを試みることはあったとしても、自叙伝である以上、真実をねじ曲げたりはしない。これが、僕の信念だ。

それにだ。『アスカという他人』が仮にフィクションであったとしたら、あれほど売れただろうか？　あの本がミリオンセラーになったのは、明日香の赤裸々な半生が詳《つまび》らかに語られたからに他ならない。両親の離婚、新しい家族との確執、家出、アイドルデビュー、スキャンダル、ＡＶ出演までの葛藤、人前でお尻の穴を晒すということ……。どの章もアスカのリアルな生き様が生々しく綴られている。だからこそ、市場は動き、読者は千三百円を支払ったのだ。

僕は、断言する。

『アスカという他人』に、僕は捏造《ねつぞう》やフィクションはひとつも入れてはいない。

なのに、あとになって、「あれはすべてフィクションだ」と言われるようになった。

しかも、明日香本人の口で。

「あれは、私が書いたのではない。ライターが書いたのだ。おもしろおかしくするために、言ってもいないことを書かれ、真実ではないことを真実と書かれた」と。

三年前……二〇一一年のことだ。

二〇一一年といえば、明日香が朝のワイドショー番組のMCに抜擢された年だ。大手芸能事務所に移った時期でもあった。

大きな仕事だ。この仕事をこなせば、明日香もれっきとした一流芸能人の仲間入りをし、その後の活躍も保証される。

しかし、それには、多少の履歴ロンダリングが必要だったのかもしれない。

とはいえ、AV女優であったことは隠しきれない。隠すには、彼女のAV作品は売れすぎた。だとしても、それ以外のことはなるべく伏せておきたいと思ったのだろう。いや、AV女優であることすら、浄化しようとした。「裸にはなったが、あれは芸術活動の一環だ」と。

そう。明日香が出演したAV作品は、すべて芸術作品となってしまったのだ。それはかなり無茶なロンダリングだったが、明日香の作品を独占的に制作販売していたメーカーが倒産したことが幸いし、明日香が出演した作品の権利はすべて彼女の事務所に買い取られ、そして絶版になる。とはいっても、ネットの時代だ。探せば明日香のAV映像は見ることができるし、作品じたいもオークションサイトなどで簡単に入手することができる。が、年を追うごとにそれは地下へと潜り込み、今では相当な労力とリスクを覚悟しなければ安易に見ることはできなくなってしまった。それと反比例して、明日香のAV時代は美化されていった。それはさながら、マリリン・モンローのそれに近い。マリリンもかつてポルノに出演していた時代があったがその事実は伝説になり、そしてその過去はかえって、マリリンの華麗でミステリアスな一生に花を添えることとなる。

そして、僕がまとめた『アスカという他人』も、フィクションとされてしまった。

僕はそのことで、世間から多少のバッシングを受けることになったが、その代わりとばかりに、仕事はさらに増えた。明日香の所属事務所のお膳立てであることは、言うまでもなかった。僕を悪者に仕立てたその詫びといったところか。それで手打ちにしてくれというわけだ。

僕もそれで、文句はなかった。いや、言いたいことは山とあったが、これも明日香という芸能人の生き様だ。僕はそれを邪魔する立場にはない。

それでも時折、心の奥に沈めた思いが、ぷくぷくと濁った泡を立てて浮かび上がってくる。それは悪臭を伴った腐乱死体のようなもので、あまり気分のいいものではない。だから、僕は、なるべく明日香を思い出さないように努めてきた。『アスカという他人』も、本棚の奥にしまい込んでいたのだ。

今までは。

＋

しかし、東城ゆなの死は、僕に、否が応でも明日香の面影を思い出させた。

西新宿のシティーホテルのラウンジ。

東城ゆなは、僕の名刺を見ながら言った。

「ああ、この名前」

東城ゆなの表情が、少しだけ綻《ほころ》んだ。

「もしかして、あなた、『アスカという他人』を書いた人？」

僕は、その問いにどう答えていいか分からなかった。

僕が書いたと言えば、この本がフィクションであると認めてしまう気がした。だからといって、アスカの言葉をまとめただけだと言えば、明日香の事務所に義理が立たない。……これだから面倒なのだ。だから、僕は、明日香からも『アスカという他人』からも、逃げてきたのに。なるべくその話題に行かないように、慎重に会話も進めてきたのに。

「……どうして？」

僕は、そう答えるのがやっとだった。

「だって、あの本の最後に、『名賀尻龍彦』って名前が。『名賀尻龍彦さんに感謝』っていう謝辞があったな……って」

「よく、覚えてましたね」

「……だって、名賀尻って名前、あまり見ないじゃないですか。だから、なんか、印象的で」

「そんなに、珍しい名前でしょうかね」

「うん。少なくとも、私は初めて見た」

「でも、それで、どうして、僕が書いたと？」

「だって」東城ゆなは、アイスコーヒーのストローを銜え込んだ。「そういう謝辞がある場合、その名前の人が実際に書いているって、聞いたことあるんで」

「誰から？」

「患者さんに、出版社の人がいて」

「患者さんに？」

「うん。矯正の患者さん。もう、それはそれは気の毒になるぐらいのがちゃがちゃの歯並びで。……まあ、そんなことはどうでもいいんだけど」東城ゆなは、ストローを軽く噛みながら続けた。「私、『アスカという他人』を読んで、ＡＶに出ることを決意したんですよ」

「そうなんですか？」

「うん」東城ゆなは、さらにストローに歯形を刻みつける。「プロダクションの面接に行ったはいいけど、やっぱりなかなか踏ん切りがつかなくて。で、断ろうかな……とか考えながら、次の日も事務所に行ったら、ママさんに、これ読んでみなさいって、『アスカという他人』を薦められて」

「ママさん？」

「社長さんよ」

「ああ、鮫川しずかさんですね」

「そう。しずかママ」東城ゆなは、ストローをきゅっと噛み締めた。「なんか、あの人、ほんと、フツーのおばちゃんですよね。どこにでもいるお母さんって感じ。なんだか、安心しちゃう」

「そうですね」

「ママさんだけじゃなくて、あそこで働いているスタッフも、フツーの人たちばかりで。みんなでお茶飲んでいるときなんて、近所のおばちゃん連中の井戸端会議みたい。なんか、ほっこりしちゃうんですよね」

「確かに。一見、AVプロダクションだなんて、とても思えません。アットホームな雰囲気で」

「そう、アットホーム！　手作りのお弁当なんかも差し入れてくれたりするんですよ」

「撮影現場に？」

「そう。前なんか、スカトロものを撮っていたら、手作りカレーを鍋ごと持ってきて。……もう、タイミング悪いったら、ありゃしないですよ！」

「それは、ちょっと、……食べられませんね」

「まあ、私は、食べちゃったけど」

「そうなんですか？」

「私、一応、医療関係者の端くれじゃないですか？　医療現場にいると、味噌糞一緒というか、……麻痺してくるんですよね。いや、そうじゃないとやっていけないというか。例えばですよ。外科医が、内臓の手術をしたあとに、レバーやもつ煮を食べるのと同じなんですよ」

「なるほど」

「いちいち気にしていたら、ダメなんですよ。ある意味、鈍感にならないと。……そりゃ、私だって、学生の頃は神経すり減らしてましたよ？　だって、人の口の中をいろいろといじって、唾液まみれになるんだから。しかも、見知らぬ人の口ですよ？　あなた、全然知らない人の、しかも歯垢《しこう》だらけの歯を触れます？」

「いや、……見るのも、ちょっといやですね」

「でしょう？　中には口臭がひどい人もいるんだから」

「それは、もっといやかも」

「もう、ほんと、はじめの頃は凹んでばかりでしたよ。ノイローゼになりそうだった。解剖実習のときなんか、半年は肉が食べられなかったな」

「そういう話は、よく聞きます」

「でも、慣れちゃうんです。ほんと、不思議ですけど、慣れってすごいですよ。一年も過ぎると、どんなに汚い口の中も口臭も平気になって、……というか、リアリティがなくなっちゃうんですよね。患者さんを生身の人間って思えなくなる。所詮、肉の塊。そうなると、汚いとかいう感情もなくなってきて。……麻痺しちゃうんです」

「麻痺……ですか？」

「そう。麻痺。私、撮影初日にオーラルセックス……フェラをさせられたんですけど、……初対面の全然知らないおっさんのアソコを銜えろって。一緒に撮影した子も初日だったんですけど、その子は泣きだしちゃった。でも、私は全然平気だった。治療だと思ったら、なんとも思わなかった」

「治療？」僕は、なにか違和感を覚えた。確か、風俗の面接に行ったときは、どうしてもフェラが無理で逃げ出したと。……でも、今は治療と同じだから、平気だと言う。

「うん。そう、治療。性器なんて、所詮、体の器官に過ぎないわけですから」

「それは、なかなかの悟りですね」

「悟り？　ああ、そうかもしれない」東城ゆなの唇から、ようやくストローが剝がれた。「AVやっている人って、だいたい悟っているんじゃないですかね？　快感とかエロとか羞恥とか、そういうのを超越しちゃっているんですよ。でなきゃ、やってられない」

「開き直りというやつですか？」

「開き直り？……うーん、ちょっと違うかな……？」

東城ゆなの唇が、再びストローを銜え込んだ。

「というか、よくよく考えると、人間ってなんか変ですよね？　性行為なんて、他の動植物にとっては、捕食や排泄行為と変わらない日常じゃないですか？　だから、特別でもなんでもない。なんで、人間だけ、特別視するんだろう？　なんなら、人間もすっ裸になって、植物や他の動物のように性器丸出しで生活すればいいんですよ。そしたら、猥褻なんていう概念もなくなって、もっと言えば、性犯罪もなくなると思いません？」

「そうかもしれません。……心理学の一説では、人間が性器を隠してさらには性行為をタブーとしたのは、人間の生殖本能の低下を恐れての、ある種の知恵だと」

「え？　どういうこと？」

「つまり、文明を手に入れた人間の生殖本能は、他の生物より劣っているということです。……というか、壊れてしまっている」

「性欲が……壊れているってこと？」

「はい、そうです。花を見れば分かりますが、他の生物は生殖行為を最優先にしたスペックになっています。生殖行為のために、その一生があると言ってもいい」

「……まあ、そうかも」

「花は、生殖器そのものです。僕たちが奇麗だ、美しいと愛《め》でているのは、生殖器に他なりません」

「つまり私たちは、生殖器を……もっと言えばセックスを見せつけられているってことですね」

「そうです。一方、人間は、生殖行為だけに特化した一生を捨てて、あらゆる生活行為に価値を見つけていきました。後ろに追いやられた生殖本能は、壊れていくばかり。それを裏付けるかのように、人間の精子は時代を追うごとに脆弱《ぜいじゃく》になっているそうです。事実、男性を特徴づけるY染色体の遺伝子は、消滅する運命にある。そう遠くない未来、男性は絶滅するとまで言われています」

「うそ、男がいなくなっちゃうんですか？　いつ？」

「百年後かもしれないし、五百万年後かもしれない」

「なんだ。まだ先か」

「いずれにしても、人間の生殖本能は、衰えていくのみ。それを止めることはできない。だから、人間は、あの手この手で生殖本能を守ろうとしてきた。そのひとつが、性器をあえて隠すことで、想像力をかき立てる……というやり方です。人間は妄想や想像をすることができる唯一の動物ですが、それは、性器を隠すことで進化した、人間特有の才能だとも言えます。性器を隠しただけではなく、性行為じたいも、宗教の名を借りて、タブーとしてきた。そうすることで、想像力をかき立て、性欲も奮い立たせてきたんです」

「人参嫌いの子供に、あの手この手の演出を施して、人参を食べさせるようなもの？」

「……まあ、簡単に言えば、そうかもしれません」

「じゃ、ＡＶは、星の形にくり抜かれた人参みたいなもの？」

「それは、うまいことを言いますね。まさに、その通りかもしれません」

「なるほど。……そうやって考えると、私たちって、人類にとって有意義なことをしているってことね」

「そうですね。性産業というのは、人類最古の商売とも言いますから」

「だとしたら、人間ってやっぱり、滑稽ですよね」東城ゆなは、もうすでに氷だけとなったグラスの中を、執拗にストローでかき混ぜた。「そんなお膳立てをしてもらわないと、性欲をコントロールできないなんて」

「だから、壊れているんですよ、人間の生殖本能は。壊れているから、一度刺激されるとどんどんエスカレートしていくし、生殖とは本来関係ない行為や対象に性欲のスイッチが入ったりするんです。変態行為なんかは、そのいい例でしょうね。スカトロなんかも――」

「……あなた、おもしろいですね」

「え？」

「あなた、さっき、私に開き直っているのか？　って訊いたけど、開き直っているのは、あなたのほうですよね。……なんていうか、エロに対して、ものすごく冷めている」

「そうかもしれません」

「本音を言えば、私、まだ開き直ってないところがあるんだ。特にスカトロなんて。……はじめてその仕事が来たときは、さすがに凹んじゃいました。私、堕ちるところまで堕ちたな……って」

「断れないものなんですか？」

「もちろん、断れますよ。ＮＧなプレイをあらかじめ申告するんです。契約時に、アンケート用紙みたいなのを書かされるんだけど。そこに、いろんなシチュエーションやプレイが箇条書きで挙げられていて、ダメなものに、チェックするんですけど。……そのチェックが、どんどん外れていくんですよ」

「自分で、外すんですか？」

「うん。自分で。……でなきゃ、どんどん仕事が減っちゃうから。……ときにはＮＧってしておいても、撮影に入るとなんだかんだで、押し切られる形でやらされたり。……だって、撮影に入ると、断れない空気になるから。お前がさっさとやらないから、撮影が終わらないんだ……なんて言われたら、どんなにいやなことでもやらないわけにはいかなくて。だって、私のせいで、いろんな人に迷惑かけるのは、申し訳ないし。……でも、やっぱり、納得できないこともあって……悔しいこともあって……予定にないプレイをさせられたり……集団で強姦されたこともあるし……そのときは、体中傷だらけで……なのに、スタッフや見学者がニヤニヤ笑いながら見てて」

「見学者？」

「西園寺ミヤビとかいう人。あの人、しょっちゅう、撮影を見学しに来るの。先日も一段上の椅子から、脚を組んで、私が犯されていくのを見ていた。……男優や監督さんを側《そば》にはべらせて。あーでもない、こーでもないって、偉そうに、批評して。……私もダメ出しされて。……ほんと、悔しくて。何度も泣きそうになった。でも、絶対、泣かないって決めてたから」東城ゆなは、歯形だらけのストローの端に、再び歯を当てた。「そう、泣いたら、負けだって。だから、……泣きそうになったら、『アスカという他人』を思い出すんです。私にとって、あの本はバイブルだから」

「バイブル……ですか」

「そう。あの本の中に書かれていた、……復讐心は、人間にとって一番のエネルギーでそして武器……という言葉が、好きで」

「井草明日香の口癖です」

「明日香さんは、アイドルの自分をつぶした人たちに復讐するために、ＡＶに出たんですよね？　だったら、私も……って、力が湧くんです」

「あなたも、誰かに復讐したいんですか？」

しかし、東城ゆなは口をつぐんだ。その唇には、すでに原形をなくしたストローの端が銜え込まれている。

「復讐？　そうですね、復讐したいのかもしれない、私」

「誰に？」

「……さあ、誰なんだろう？　もしかして、私自身かな？」

「どういうことですか？」

「私、自分のことが大嫌いで。できたら、別人になりたくて。でも、なれなくて。……ときどき、ものすごく死にたくなる。私、なに、やってんだろう？　って」

「もしかしたら、ＡＶを続けているのは、自傷行為？」

東城ゆなは、ゆっくりと視線を漂わせた。僕はその視線を追ってみたが、それは蜉蝣《かげろう》のように頼りなく、どうしても捕まえることができなかった。しばらくは視線の追いかけっこが続いたが、グラスの氷がカランと音を立てて崩れたのをきっかけに、東城ゆなは長い夢から目覚めたかのごとく、唐突に言った。

「私、死ぬかもしれない」

「え？」

「家族に、バレたみたい。……ホソノさんが、そう教えてくれた」

「ホソノ……さん？」

「そう。だから、私、死ぬかもしれない」

＋

そして、東城ゆな……ヤマダサオリは、死んだ。

そうメールで報《しら》せてくれたのは、プロダクションZEGENの女社長、鮫川しずかだった。二〇一四年三月十三日、午前五時を少し過ぎた頃だったと記憶している。

僕は、その短いメールを、初めは理解できなかった。徹夜明けの浅い夢の中を漂っているような気分だった。

そんなぼんやりとした僕の頭に水をぶっかけるように、電話が鳴った。

受話器をとると、耳障りなつぶれた声が聞こえてきた。鮫川しずかだった。

「メール、見た？」

「ええ、……まあ」

「そういうことだから」

鮫川しずかは、特に抑揚もつけずに言った。「通夜とか告別式の日程は分からないのだけれど、分かったら、行く？」

それは、なにかひどく事務的な確認だった。だから、僕も、飲み会の出欠を答えるように言った。

「ええ、もちろん、行きます。……え、でも、分からないって？」

「司法解剖に回されたのよ。だから、日程が立てられないって」

「司法解剖？……もしかしたら事件ですか？」

「ええ、事件でしょうね。なにしろ、腹を抉《えぐ》られて、死んでいたのだから。顔なんかもぐちゃぐちゃで」

「腹を抉られて？……顔もぐちゃぐちゃ？」

「そりゃ、ひどい死体だったわよ。私、腰を抜かしちゃった。当分は、肉が食べられない」

「どうして、ご存知なんですか？」

「だって、私が発見したからよ」

鮫川しずかは、相変わらず、淡々と言った。だから、僕も、特に驚きもせず「ああ、そうなんですか」と、相槌を打った。

咳払いをすると、鮫川しずかは続けた。

「昨日の昼、撮影があったんだけどね。あの子、現場に現れなくて。電話してもつながらなくてさ。ああ、また逃げたんだなって思った」

「逃げた？」

「以前にもそういうことがあったのよ。撮影すっぽかしの常習犯。何度もクビ切るよって脅かしたんだけど、そのたびに泣きつかれて。仕方ないから、仕事回してやっていたのに。なのに、ちょいちょい、やらかしてくれるのよ、あの子。だから、今度こそクビにしようと思って、あの子の部屋に行ったのよ」

鮫川しずかは、興奮を抑えきれない様子で、息継ぎもなしに、まくしたてた。聞いているほうが息切れしそうだったので、僕は言葉を挟んだ。

「東城ゆなの部屋に行かれたんですか？」

「そう。三鷹のマンション。撮影すっぽかしで、違約金も発生していたからさ。その件についても話し合わないと……と思って。昨夜の十時過ぎのことよ。タクシーを飛ばしてさ。私、頭に血が上ると、後先考えないほうだから。とにかく、あの子を捕まえて、説教のひとつでもしてやりたかったのよ。……でも、あの子、いなくてさ。何度もインターホンを鳴らしたんだけど、出なかった」

さすがに息切れしたのか、鮫川しずかは、ぶはーと濁った息を吐き出した。が、ひゅぅぅと息を吸い込むと、再び一気に言葉を吐き出した。

「諦めて帰ろうとしたとき、マンションの管理人のおじいさんが出てきて言うわけ。三〇五号室のお知り合いですか？　って。三〇五号室っていったら、あの子の部屋番号だから、『はい』って答えたら。……なんでも、部屋の電気が何日もつけっぱなしで、どうやらテレビもついたままみたいだって。なのに、郵便物はたまっている。旅行にでも行っているのか……と思っていたところに、水道メーターの検針作業員が変なことを言う。三〇五室のメーターがほとんど動いてないって」

「水道メーターが？」

「そう。それを聞いて、私、なんかいやな予感がしてさ。管理人さんに合鍵を借りて、……部屋に入ったら、案の定……死体がさ！」

鮫川しずかは、ここでまたしても息を吸い込んだ。耳元で、ぼこぼこと、詰まった排水口のような音がする。きっと、受話器を手にしていないほうの手を大きく振り回しているのだろう。彼女の癖だ。

「そのマンション、なんていうか、入り口からものすごく変な臭いがしたのよね。腐敗臭。はじめは、生ゴミの臭いかな……と思っていたんだけど。管理人にそれを言ったら、私は鼻がきませんので、……だって。それでも、絶対、住人から苦情とかあったと思うのよ？ だって、本当に、すごく臭かったのよ。なのに、ずっと放置しておくんだから、管理人の怠慢と言われても仕方ないわね。実際、警察にもその件について、しつこく訊かれていたっけ、あの管理人」

「警察……」

「そう、私が通報したのよ。私も、さっきまで、ずっと拘束されていたんだから。……まったく、ただの第一発見者だっていうのに。いろいろしつこく訊かれてさ。……この仕事のこともいろいろ訊かれた。ちょっと面倒なことになるかも」

「面倒？」

「事件ってことになったら。……まあ、事件であることには間違いないんだろうけど、マスコミも動くと思うのよ。なにしろ、現役AV女優が死体で発見されたんだから。しかも、めちゃくちゃに切り裂かれた状態で。マスコミの格好のネタよ」

「……それは、餌食になるでしょうね」

「ああ、本当に、いやんなる。私たちまで、痛くもない腹を探られる。あなたも、覚悟しておきなさいよ」

「それでは、……今、書いている本は？『アルテーミスの采配』は、どうなりますか？」

「そんなの、知らないわよ」

そして、電話は切れた。

入れ違いに、取材ライターから電話があった。『アルテーミスの采配』を企画した出版社が連れてきた、女性ライターだ。彼女が用意する資料はどれも完璧で仕事も抜群にできるのだが、どうも、苦手なタイプだった。……こんなことを言ったらアレだが、やはり、その容姿が原因だろう。その頰から顎にかけてのラインがまるで出来の悪い草履で、その歯並びもひどかった。そのせいか滑舌が悪く、こうして声を聞くだけで、何かゾワゾワしてしまうのだ。が、そんな本音を隠して、僕は言った。

「聞きました。東城ゆなが死んだって」

「あら、早いですね。もしかして、鮫川社長から？」

「はい、そうです。たった今」

「あの人、片っ端から連絡しているみたいね。……なんか、声が生き生きしてた。きっと、自分が第一発見者だってことに興奮しているのね」

「はい、たぶん」

「死体の状態は……聞いた？」

「腹が抉られていたとか……めちゃくちゃに切り裂かれていたとか」

「ええ。かなり猟奇的な方法で殺害されたみたい」

「犯人は？　誰が、そんなことを……」

「さあ。でも、大変な騒ぎになるわよ、きっと」

「鮫川さんも、そんなことを言ってました」

「もう、マスコミが動いている。うちの週刊誌も、さっそく動きだした」

「『週刊全貌』ですか？」

「そうです」

いきなり、声が変わった。男の声だ。混乱する僕に、その声は言った。

「あ、すみません。わたし、『週刊全貌』の、ホソノです」

ホソノ？……最近、この名前を耳にした気がする。えーと。僕が記憶を辿っていると、それを遮るように男は言葉をつないだ。

「さっそくだけど、あなたに協力してほしいんですが」

「なにをですか？」

「東城ゆなに、インタビューしたでしょう？　その録音テープを、貸してほしい」

「いや、でも、あれは。……公表するかどうかは、東城ゆなの同意がないと。そういう約束でしたから」

「約束もなにも。東城ゆなは死んだんだよ？」

「それでも、約束ですから」

「もう、なにを言ってるんだか！」

ホソノさんは苛立った声を上げたが、すぐに声を落とした。

「分かりました。なら、こうしましょう。インタビュー原稿を書いているところなんでしょう？　東城ゆなの分だけ、先にもらえるかな？」

「ええ、それなら」

「今すぐ、送ってくれる？」

「でも、まだテープ起こしをしたところで、原稿としてはまとまってません。……一日、時間をいただけますか？　明日の朝には……」

「そんなに待てるわけないでしょう？　明後日にはもう発売されるんだから！　今日の最終入稿に間に合わせなきゃ、意味ないんだから！　今すぐ、送って！」

＋

しかし、その翌々日に発売された「週刊全貌」には、僕が書いた原稿は見当たらなかった。

もちろん、僕は、原稿データをホソノさんに送った。それは、草稿と言うのもはばかられる代物であったが、東城ゆなの言葉を正確に写したものだった。時間があれば、彼女がいやがるであろうプライベートな部分はカットしておきたかったが、先方が求めるのはむしろその部分なので、僕はホソノさんの圧力に押し切られる形で、それを送った。約束を守れなかった罪悪感もあったが、所詮、それがライターの仕事だ。クライアントが望むのなら、約束は後回しにするのが僕たちの常だ。

なのに、僕の原稿は使われなかったのだ。

その理由は、簡単だった。

東城ゆなの死体が発見された事件は、その日の昼過ぎには第一報がウェブニュースに流れたのだが、その記事の一行目を見たとき、僕は間の抜けた声を出さずにいられなかった。

――12日午後11時20分頃、東京都三鷹市のマンションで、「女性が死んでいる」と、110番通報があった。三鷹西署によると、死亡していたのは歯科医師の馬場映子さん（36）で……。

馬場《ばば》映子《えいこ》。

僕は、この字面を、まったくの他人と接するときのように、少々の距離を置いて眺めた。

馬場映子。

事実、はじめて見る名前だった。

が、記事の内容からいって、東城ゆなのことであるのは間違いなかった。

どういうことなのだろう。僕が、東城ゆなから聞いた本名は、「ヤマダサオリ」。決して、馬場映子ではない。

記事は、もうひとつ、僕を混乱させる事実を伝えていた。

――歯科医師。

歯科衛生士の間違いではないのか？　僕はそれを確かめようと、いくつかのニュースサイトを巡った。が、どのサイトも、「歯科医師、馬場映子」と伝えている。

どういうことだろうか？

答えは簡単だ。

つまり、僕は、東城ゆなから嘘を教えられていたというわけだ。職業も、本名も。

こうなると、僕が聞いた彼女の私生活も、信用できなくなる。

「週刊全貌」のホソノさんもそう判断したのだろう、僕の原稿は、すべて、嘘っぱちだと。だから、没にされたのだ。

「嘘だったのか……」

僕は、鼻からなにかが抜けていくような脱力感を味わいながら、天井を仰いだ。

なるほど。道理で、東城ゆなの話にはいちいち違和感が付きまとっていたのか。

それにしてもだ。「ヤマダサオリ」というのは、どこから出てきたのだろう？　彼女が作り出したまったくの架空の人物か、それとも。

僕は居ても立ってもいられず、パソコンの前に座った。東城ゆなが語った「ヤマダサオリ」像には、それなりのリアリティがあった。まったくの創作とは思えない。たぶん、モデルがいるのだろう。

「ヤマダサオリ　歯科衛生士　熊本」で検索すると、「山田佐緒里」のFacebookがヒットした。プロフィールを見ると、東城ゆなが語っていた履歴とほぼ一致する。しかも、最新の投稿では、

「ショック！　以前働いていた歯科クリニックのドクターが、殺されたそうです！　表参道の有名な歯科クリニックのドクターです。信じられない！」

とあった。間違いない、彼女だ。

それにしても、なぜ？

そういえば、

「私、自分のことが大嫌いで。できたら、別人になりたくて」

東城ゆなは、そんなことを言っていた。あの言葉はただの喩《たと》えではなく、本当に実践していたということなのだろうか。同じ職場で働いていた山田佐緒里《やまださおり》という歯科衛生士の人格を借りて、もうひとつの人生を作り上げていたというのだろうか。

あるいは、誰か別の人格にならないことには、ＡＶなどという現実と向き合うことができなかったのかもしれない。解離性同一性障害の患者が、ダメージやストレスから自身の心を守るために自分という人格を切り離すように、東城ゆな……馬場映子もまた、人格を切り替えてい

たのかもしれない。それほど、彼女は追い詰められていたということだろうか。

ああ、そういえば、彼女はこんなことも言っていた。

「復讐？　そうですね、復讐したいのかもしれない、私」

「誰に？」

「……さあ、誰なんだろう？　もしかして、私自身かな？」

下玉

1

東城ゆな……馬場映子さんの葬儀は、親族だけでひっそりと行われたという。

僕もぜひ、彼女に最後のお別れを言いたかったのだが、それはかなわなかった。

密葬だったが、行こうと思えば行けたはずだった。むろん、その場に立ち会うことはできなかったであろうが、それでも出棺ぐらいは見送るつもりでいた。日時も場所も分かっていた。

それを教えてくれたのはプロダクションZEGENの鮫川しずか社長で、彼女は東城ゆなを殺害した犯人に見当がついている、それを確かめに行かないか？　と僕を誘ったのだった。

なのに、当日、僕はそこに行くことができなかった。その理由はあとに譲るとして、ここで少し、「双樹沙羅《そうじゅさら》」のことについて触れておく。

沙羅は、インタビュー集『アルテーミスの采配』のためにプロダクションZEGENが用意したAV女優の一人だ。ランクは「企画女優」。かつての遊郭で言えば「端《はした》」「切見世《きりみせ》女郎」と呼ばれる底辺ランクにあたり、「下玉」と評価された女たちが主にその座につかされた。

だからといって、軽く見てはいけない。プライドが高く大名まで見下していた高位ランクの遊女がその扱いにくさゆえ次第に消滅していったように、その代わりに客を選ばない下位ランクの女郎が遊郭の主流になっていったように、今のAVも女優の価値そのものより、「企画」の内容で勝負するやり方が主流になりつつある。

企画ありきの作品に、その他大勢の扱いで出演する女優が「企画女優」だ。制作会社からプロダクションに支払われるギャラ（日当）は、十五万から二十五万円ほどだが、実際に女優の手に渡るのは数万円。その仕事内容からすれば決して割はよくないのだが、時給千円ほどのアルバイトやパートしか経験したことがない人ならば、一日で数万円というのは魅力的な数字かもしれない。しかも企画女優は名前がクレジットされることもないから、お金は欲しいが名前は伏せたい……という女性にしてみれば、高額アルバイトのひとつとして機能しているのだ。薬品や医療機器の治験アルバイトに応募するのと同じような感覚かもしれない。

さて、繰り返すが、「企画女優」は、作品にその名前がクレジットされることはない。

それなのに「双樹沙羅」とは、またなんとも凝った……というか自己主張の強い名前をつけたものだ。……彼女を紹介されたとき、僕は真っ先にそう思った。どんなに恥部を晒そうが、どれほどの男根をしゃぶろうが、どれだけの汚物にまみれようが、決して名前はクレジットされないランクにあって、「双樹沙羅」という名前はあまりに、痛々しく、哀れすぎるではないか。


「この名前は、やはり、『平家物語』から来ているんですか?」

僕は、どうしても気になって、質問した。

場所は、池袋東口のファミリーレストラン。

いちごのパフェとプリン・ア・ラ・モードをぺろりと平らげた彼女は、カラメルソースを唇の端につけたまま、「はい?」と、ぽかんと僕を見つめた。

沙羅の視線には遠慮というものがなく、よく言えばまっすぐで、いたたまれず僕は視線を外した。親にさえ、これほど無防備な視線を浴びせられることはない。

「ヘイケ?……モノガタリ?」

沙羅は、それを知らなかったようだった。

僕は、もう薄々気づいてはいた。彼女の知能は、歳相応ではないことに。歳は、どう見ても、三十を過ぎていた。事実、会ってすぐに僕が歳を訊くと、「えっと、えっと。……たぶん、三十ぐらい。……うん、そう、たぶん」と、指をぎこちなく折りながら応えた。

ああ、間違いない。彼女は、軽い知的障害があるのだ。見た目は普通だから、もしかしたら、周囲は障害者として扱ってこなかったかもしれない。少し変わった子。勉強ができない子。覚えの悪い子。ぼんやりした子。おバカな子。天然な子。ドジな子。そんなふうに言われ続け、そして、悪知恵の働く連中に利用されてきたのではないか。

僕は、小学校五年生の頃の同級生「かめこ」を思い出していた。

見た目は普通の女子だった。普通に受け応えもする。にこにこと愛想もいい。ただ、そのあだ名が示す通り、なにをしてものろのろと動作が遅かった。九九もあやふやで、漢字はほとんど書けなかった。成績も最下位。僕は、彼女と同じ班だったのだが、とにかく苛つくばかりだった。受け応えはするが、それはたいがい生返事で、その内容を理解して返していたものではなかった。だから、なにを頼んでも、なにを約束しても、「うん、分かった」とは言うが、それが果たされたことはなかった。僕は彼女に何度か伝言を頼んだことがあるのだが、それは相手に届くことはなく、そのせいで、クラスの信用を失うこともたびたびあった。僕だけではなかった。かめこが約束を守らないと、クラスの女子たちはいつも憤慨していた。なにより致命的だったのは、秘密が守れなかったことだ。「内緒ね」と念を押しても、その日のうちにみんなの知るところとなる。そんなだから、次第にかめこは孤立していった。担任教師はそれをどうにか止めようとあれこれと画策したのだが、無理だった。小学生にとって、秘密の暴露は極刑に値する罪なのだ。特に、女子の間では。

結局かめこは親の転勤で転校してしまうのだが、それを嘆く者は一人もいなかった。ただ、僕は、ときどき彼女のことを思い出しては、なんともいえない苦い思いに駆られるのである。

風の便りで、彼女が少年院に入ったと聞いたのは、高校一年生の二学期だったろうか。

「あのかめこが、強盗で捕まった」

それを聞いたとき、「ああ、かめこ、また利用されたな」と、僕は思ったものだ。たぶん、この臆測は正しい。

僕もまた、かめこを利用したことがあるからだ。担任が持ってきた花瓶を掃除のときに誤って割ってしまったことがあるのだが、僕はそれを、かめこのせいにして叱責から逃れようと謀った。担任に責められたとき、僕はかめ子のほうを見て、罪をなすりつけたのだ。「あなたがやったの？」教師の詰問に、かめこはあっさり「はい、やりました」と認めた。自分の罪を軽減しようというのではないが、かめこを利用したのは、僕だけではなかった。クラスで問題が起こると、それはたいがい、かめこのせいにされた。担任も、そのことを薄々分かっていながら、冤罪を黙認していた。なにしろ、かめこ自身が「はい、やりました」と自供するものだから、担任もそれ以上、深入りする必要がなかったのだ。その担任も、またかめ子を利用していた節があるのだが……横道に逸れるので、それは、ここでは触れないでおく。

このように、濡れ衣を着せられる知的障害者は少なくないと聞く。今、刑務所にいる受刑者の何割かは、やってもいない罪をかぶって投獄されているのではないか、僕は、かめこを思い出すとき、そんなことを思い胸が疼《うず》く。かめこは少年院を出たあとも、たびたび逮捕されているようだが、僕が聞いただけでも、窃盗、傷害、売春、覚醒剤、……そして、殺人。むろん、すべてが冤罪ではないであろう。だが、彼女が自らの意思で犯した罪はごくわずかな気がするのだ。

「マンゴーパフェ」

僕がかめこを思い出していると、沙羅はおねだりする子供のように、僕の顔をのぞき込んだ。

「マンゴーパフェもたのんでいい？」

「どうぞ」

僕が言うと、沙羅はすかさずウェイターを呼びつけた。

その嬉しそうな顔が、どことなく、かめこに似ている。人の顔の印象を決めるのが表情だとすると、その表情を作る内面が同質だと、やはり印象も似てくるのかもしれない。

ウェイターが去ると、僕は改めて質問を繰り返した。

「あなたの芸名の由来はなんですか？」

「ユライ？」

「えっと。……どうして、双樹沙羅という名前にしたんですか？」

「ヘンなナマエでしょう？」

「そんなこと、ないですよ。カッコいいですよ」

「ホント？　でも、ジがムズカシイ」

「確かに」

「いまだに、かけない」

「じゃ、なんで、この名前に？」

僕は、言い方を変えて、また同じ質問をしてみた。名前のことを訊くのは、これで何度目だろう。これで的確な回答が得られないのなら、もう名前のことは諦めようと思った。せっかくのネタだが、仕方がない。これでは、なかなか話が進まない。インタビューにはならない。僕が、何度目かの音なきため息を零《こぼ》すと、

「テンチョウさんがね、つけてくれたんだ」

と、ようやく沙羅は回答らしきものを提示してくれた。僕は、すかさず、手帳にペンの先を載せた。

「テンチョウ？」

「うん。いま、はたらいているおみせのテンチョウ」

「ああ、店長さん。……えっ、お店って？」

「アタシ、ニシカワグチのおみせではたらいてんの。わかる？　ニシカワグチ」

「ええ、もちろん」

西川口といえば、真っ先に思い浮かべるのは、風俗街だろう。

「そう、ふーぞくで、はたらいてんの、アタシ」

沙羅の言葉に、隣のボックスに座っている親子連れが、あからさまにこちらを見た。父と母と、三歳ぐらいの男児。僕は、場所を吟味しなかったことを今更ながらに悔いた。もっとも、ここは待ち合わせだけで、すぐにカラオケボックスに移るつもりだった。が、沙羅は次々とデザートをオーダーし、もう三十分もここにいる。

「ふーぞくってなーに？　ふーぞくってなーに？　ふーぞくって……」

男児が、こちらを見ながら、声を張り上げる。

僕は気づかぬ振りで慌てて沙羅に別の質問をぶつけようとしたが、それを遮るように、沙羅の声が男児の声にかぶさった。

「ふーぞくっていうのはね、おとこのひとが、えっちをしにくるところだよ」

沙羅の顔は得意満面で、まるで教師にでもなったかのように、男児に向かって言った。「おとこのひとが、とてもよろこぶところだよ、ふーぞくは。ぼうやも、いつか、おいで」

マンゴーパフェを運んできたウェイターの顔が、ぎょっとかたまる。

しかし、マンゴーパフェのおかげで、沙羅のレクチャーはここで止まった。

「うわー、おいしそう！」

と、沙羅の意識がパフェに移ったところで、親子連れは厳しい形相で席を立った。男児だけが不思議そうに、こちらをちらちら振り返る。

「ボクも、ふーぞく、行きたい！」

そんな声が入り口付近で聞こえたが、その姿はもうなかった。

あの親は、しばらくは、男児が新しく覚えた「ふーぞく」という言葉に悩まされるであろう。

そう思うと、少しおかしくなる。

が、笑ってばかりもいられなかった。このままでは、インタビューにならない。沙羅がマンゴーパフェを平らげるやいなや、僕は伝票を摑んで、席を立った。

「西川口のお店には、いつから？」

サンシャイン近くのカラオケボックスに場所を移すと、僕は、質問を続けた。

「いまのおみせは、イチネンぐらい」

「今の？　前にも、風俗店に？」

「うん、まえは、カブキチョウ。しってる？　カブキチョウ？」

「ええ、もちろん。歌舞伎町にはいつ？」

「いつ？」

「ああ、だから、何歳のときに、カブキチョウで働きだしたの？」

「うーん。……チュウガクをソツギョウしてすぐだから……。ハタチのとき！」

「中学校を卒業してすぐで……ハタチ？」

「テンチョウさんが、ハタチっていえって」

「ああ、なるほど」

つまり、十五、六の少女を、歳を詐称させて働かせていたわけか。

いや、しかし。今日日《きょうび》の風俗店は、取り締まりを恐れて無茶なことはあまりしない。特に、年齢には敏感になっている。未成年の子供を成人だと偽って働かせたら、それこそアウトだからだ。年齢が確認できない子は、門前払いしている店がほとんどだ。沙羅が最初に働いていた風俗店は無許可の地下風俗店だった可能性がある。

「どうして、その店で働くことになったの？」

「あ、『どうき』ってやつ？」

沙羅は、覚えたての言葉を自慢する子供の表情で言った。「どうきはね……コエをかけられたから！」

「スカウト？」

「スカウトじゃないよ！　ナンパだよ！」

「ナンパ？」

「うん。シンジュクのアルタマエにたっていたらね、キミ、カワイイネって、コエをかけられたの」

確かに、沙羅の容姿は悪くない。その無防備な視線も、半開きの唇も、ある意味セックスアピールだ。多少崩れかけてはいるが胸も豊満で、肌も奇麗だ。もっと手をかければ、企画単体女優にもなれる器だが、どうも本人にその気はないらしい。髪ものび放題、毛先は箒《ほうき》のように傷んでいて、メイクも得意ではなさそうだ。絵心のない子供の落書きのような歪んだ眉毛、剝がれかかっている付けまつ毛、そして死人のようなダークベージュの口紅。頰紅も冗談のようなピンク色だ。体型維持にも無頓着なようで、せっかくのスタイルも、脂肪の悪魔に飲み込まれようとしている。

が、特になんの手入れも必要のない十代の頃ならば、その容姿と無防備さがあいまってさぞや男の目を引く少女だったに違いない。

「声をかけられて、どうしたの？」

「ホテルにいったの」

「ホテルに？　学校は？」

「チュウガクはソツギョウしてたから、いってない」

「なら、仕事は？」

「してない」

「じゃ、そのとき、どうして新宿にいたの？　誰かと待ち合わせ？」

「ううん。イエデしたの」

「家出？」

「うん。イエにいてもつまんないから。おばさんがいろいろうるさかったし」

「おばさん？」

「ミンセイインのおばさん」

民生委員のことか？

「アタシをシセツにいれようとしたからさ、イエデしちゃった」

「施設？」

「うん、シセツ。なんか、ヤバそうなところ」

「ご両親……お父さんとお母さんは？」

「オトウサンもオカアサンもいない。おばあちゃんだけ」

沙羅は、にこにこと陽気に笑いながら話してくれたが、その内容はあまりに悲惨な現実だった。

要約すると、母親は十代で沙羅を身ごもるも、父親は分からない。未婚のまま出産するが、沙羅が三歳のときに家出、行方知れずのままだという。残されたのは、生活保護で生計を立てている祖母と幼い沙羅。祖母といっても当時まだ三十半ばで、彼女もまた、十代で子供を出産したようだ。

「おばあちゃんも、アタシとオナジで、ちょーバカなんだ！　アタシをうんだヒトも、バカだったって！　バカってイデンするのかな？」

沙羅は笑い飛ばしたが、祖母にも母にも知的な障害があったというのだろうか。

だとしたら笑いごとでは済まされない。沙羅の話が本当だとすると、祖母も母親も、売春をして生計を立てていた時代があったというのだから。

かつて、売春が合法だった時代は、知能に障害がある女性が多く働かされていたとも聞くが、違法になった今でも彼女たちのような障害を持つ者が犠牲になっていると思うと、痛ましい限りだ。事実、新宿でふらついていた沙羅に声をかけてきたナンパ師は、沙羅の障害を見抜いたのか、自分が満足すると次はお金をとって沙羅を他の男に抱かせた。つまり、会って間もない少女に売春をさせたのだ。その報酬を一切沙羅に払うことなく、翌週には二十歳と歳を誤魔化して風俗店に売り飛ばしてもいる。その男はたびたび現れては、沙羅の稼ぎのほとんどを吸い取っていったというのだから、呆れるばかりだ。

ひどい男ですねと僕が言うと、沙羅は、

「ううん、いいヒトだったよ。アタシのことをカワイイっていってくれたし、やさしくしてくれたし、ヘヤもみつけてくれたし、シゴトもみつけてくれたよ」

と、懸命に男を擁護した。

でも、いやな仕事じゃなかった？　と訊くと、

「ううん、アタシ、セックス、だいすきだから、オトコのヒト、だいすきだから、ぜんぜん、いやじゃないよ」

と、沙羅は無邪気に応えた。

東城ゆなも同じようなことを応えたが、彼女の場合はどこか作りごとめいていたし懸命にキャラを演じようとしていた。

一方、沙羅は、心底セックスが好きなのだろう。専門家がこれを聞けば「セックス依存症」とか「ニンフォマニア」とか名前をつけるのかもしれない。事実、精神や脳の病がもとでセックスに溺れるということもあるだろうが、沙羅の場合はそれとは違う、なんというかもっと原始的で根本的な本能のように思えた。だから、後ろめたさもなければ、不快感もあまりない。幼児がうんこうんこと連呼するのを聞いているときのような、微笑ましさすら感じる。

「アタシ、セックスしているときが、いちばん、しあわせ」

沙羅が言うには、性的な快感をはじめて意識したのは、小学校に上がる前らしい。トイレを我慢できずに公園で用を足していると、小学生の男児に見られた。男児からもっと見せるように言われ、その通りにすると、彼はひどく喜んだ。その表情を見たとき、今までに感じたことのない気持ちのよさを覚えたという。

「あのときの、きもちよさは、いまもわすれられないよ。からだじゅうが、しびれるようなかんじだった」

沙羅は、恍惚とした表情で言った。

「アタシ、ものおぼえはわるいけど、あのときのおとこのこのカオも、じぶんのきもちも、ぜんぶおぼえている」

沙羅は、その快感をもう一度味わおうと、下半身を他人に見せることを思いつく。はじめは男女構わず見せていたが、あのときのような痺れはなかなか再現できない。いろいろやってみて、「隠れて、異性に、こっそり」と見せることで、例の快感を再現できることを発見した。もちろん沙羅はそれを経験で知るのだが、人間の性的興奮のメカニズムから見ると、なんとも見事な正解だ。

「それからは、がっこうのダンシからキンジョのおにいさん、おじさんに、あそこをみせていたんだ。ぎょうれつができることもあったよ」

沙羅は、自慢げに言った。

「おこづかいをくれるおじさんもいた。みるだけじゃなくて、きもちいいこともしてくれるひともいたよ。ものすごくじょうずに、いじってくれるの。もう、ほんとうに、ほんとうに、しぬほど、きもちよかった！」

快感は、決して肉体だけから得られるものではない。心を満たされた瞬間こそ、真実の快感が駆け巡るのだ。沙羅は、知能的な問題で軽く扱われたり相手にされないことも多かったかもしれないが、セックスを代償にするときだけは、行列ができるほどその価値を認められ、そして求められた。その充実感こそが、沙羅の早熟な性を磨いていったのかもしれない。

が、沙羅の行為は、近所でも問題になっていたのだろう。民生委員が「施設」に入れようとしたのは、あるいはそのあたりに原因がありそうだ。

「アタシ、セックスだいすきなのにさ！　あのくそばばぁ、しちゃいけないって、じゃまばかりしてた。まじで、むかつく！」

民生委員のことはよほど不快な思い出なのだろう、沙羅の顔色が見る見る変わる。

「アタシからセックスとったら、なにものこらないよ！　このよのなかで、いちばんすき。もっともっとしたい！　いちにちじゅう、セックスしたい！　いまもしたい！　ね、セックス、しよう！　だいじょうぶ、アタシ、ニンシンしないから、ゴムつけなくてもいいよ、ナマでいいよ、タダでいいよ、アタシ、テクニシャンだから、すごいよ、ね、アタシのお××こ、みる？」

と、沙羅は興奮も露わに、スカートをまくり上げると、ショーツを脱ぎ捨てた。

そして、テーブルに座ると、僕の目の前で脚を広げた。沙羅の性器及び肛門が僕の前に晒される。

意外だった。

どんな無法地帯が現れるのかと思ったら、そこは手入れの行き届いたフレンチガーデンの趣だった。性器周辺はきれいに処理されていて、陰毛も小陰唇をぎりぎり隠す芸術的なラインに刈られている。濡れている様も、さながら朝露のようだ。上のヘアーとメイクは人並み以下の手の抜きようなのに、下には相当なメンテナンスを施しているようだ。知能的には少々劣っていても、さすがは十代半ばから性産業に携わっているだけのことはある。見事なプロ根性だ。僕は、つい、見とれてしまった。触ってみたくもなったが、それは理性で抑えた。ここで触ってしまったら、僕の欲情はみっともなく決壊してしまうだろう。

「そんなことをしていると、お店の人が、飛んできますよ」

僕は、沙羅から距離を置きつつ、言った。

「追い出されますから、下着、つけてください」

「ダイジョウブだよ」沙羅は、無邪気に自身の指で、小陰唇を広げた。「ほら、きれいでしょう？　みんなにほめられるんだ」

「大丈夫じゃないですよ。あのカメラで、僕たち、監視されているんですから」

天井の隅に設置されているカメラを見ながら僕が言うと、

「マジで？　アタシたち、みられているの？」

と、沙羅は、ますます浮かれた表情で、カメラに向かって脚を広げようとした。

そんなことをされては、完全にアウトだ。

「だから、やめろって！」

僕が少々語気を強めると、沙羅はようやくおとなしくなった。そして、脱ぎ捨てた下着をそろそろと拾い上げた。無茶なこともするが、基本、素直な性格なのだろう。下着をつけ終わると、「ごめんね」と、沙羅はしゅんと頭を垂れた。

こんな沙羅が、風俗店を転々としたあとにAVに辿り着いたのは自然のなりゆきだったのかもしれない。AVに出演して箔をつけろ、と今の店の店長に発破をかけられたそうだ。AV女優という肩書きがあれば、物珍しさで指名も増えるだろうという店長の親心らしい。それを親心と言っていいのかは別として、僕はなんとも暗澹たる気分に陥っていた。批判を覚悟で言うが、性産業でしか生きられない女性というのはいるものだ。善い悪いではない。そこにしか居場所がないのだ。かつて性産業界を「苦界」と呼んでいた時代もあったが、「苦界」であろうが「地獄」であろうが、そここそが居場所の女たちにとっては、狭いながらも楽しい我が家となろう。灼熱の砂漠に住む蛇や極寒の地で寒さに耐えるペンギンに、なんでわざわざこんな悪環境に生息しているんだ？　と質問したところで正しい回答は得られないように、彼女たちにとっては、性産業界こそが、住処《すみか》なのだ。

理屈では分かっていても、もやもやとしたむかつきが止まらなかった。そんな僕を慰めるように、沙羅は、カラオケに曲を入れた。

「せっかく、カラオケボックスにいるんだから、うたおうよ！　はなしばかりしてたんじゃ、なにしにきたんだ？　って、おミセのヒトにしかられるよ！」

もっともだった。

が、まだまだ訊きたいことがある……と、質問を口にしようとしたとたん、僕の言葉は大音響に飲み込まれた。

「このキョク、マジ、スキなんだよね！」

それは、工藤静香の「黄砂に吹かれて」だった。

沙羅は、それを恍惚とした表情で歌い上げ、引き続き、三曲、歌った。

どれも、二十年以上前に流行《はや》ったナンバーで、別れの歌だ。

「マジ、なける」

歌い終わると、沙羅は本当に泣きだした。

こんな調子で、沙羅のインタビューはなかなか前に進まなかった。

結局、カラオケボックスに八時間籠城するハメになり、その間、沙羅は三十曲歌い、僕も沙羅にノセられる形で、二曲歌った。「だんご3兄弟」と「LOVEマシーン」。沙羅は、もっと歌ってほしいとせがんだが、さすがに僕の疲労はしゃれにならないところまで来ていた。なにより、原稿の締め切りが気になって仕方なかった。

『アルテーミスの采配』は、本来は八月に発売される予定だったが、西園寺ミヤビの意向で、六月に変更された。二ヵ月の前倒しは、かなりきつい。とはいっても、不可能なスケジュールではない。むしろ、先送りを繰り返され、気がつけば企画そのものが消えてしまった……ということになるより、よほどいい。前倒しになったということは、確実に出版が見込めるということなのだから。

とはいっても、やはり少々タイトなスケジュールだった。発売予定日から逆算すると、三月の二十日までに原稿を上げなければならなかったからだ。企画の話があったのが年はじめで、インタビュー対象が揃ったのが二月に入ってからなので、それからはまさに超特急だった。インタビュー対象は全員で五人。一週間に一人インタビューして原稿をまとめる……というのを繰り返し、そしてようやく五人目の双樹沙羅のインタビューに辿り着いたというわけだ。締め切りを約一週間後に控えた、三月十二日のことだ。「ああ、これで終わりか」と、一息つきたかったが、そうもいかなかった。というのも、インタビューは順調にこなしていたが、それを原稿として仕上げる作業が滞っていたからだ。

双樹沙羅のインタビューを終えたら、すぐに帰宅する予定だった。東城ゆなのテープ起こしが待っている。テープ起こしとは、録音された話し言葉をそのまますべて、一言も漏らさず文字にする作業だ。これを「素起こし」という。いつもなら、僕はこれを割愛している。発せられた一言一言をそのまま文字にするというのは、かなりの時間と労力を要するからだ。もちろんテープは聞くが、それは参考程度にとどめる。そのほうが、臨場感のあるインタビュー記事が書けるからだ。しかし、それは西園寺ミヤビが許さなかった。素起こしの原稿をそのつど送れというのだ。とりとめもない言葉の羅列を彼女が読み込むとは思えなかったが。実際、今までテープ起こし原稿を欲しいだなんて言ってきたことはないのだが、今回に限っては、「君の主観が入ってしまう前の素の言葉が知りたい」などと、言ってきた。まあ、たぶん、これは西園寺ミヤビの気まぐれというか、ちょっとしたいやがらせだ。ここ最近、彼女の機嫌はあまりよろしくない。いったい何に対して苛ついているのかよく分からないが、とにかく、自分より弱い立場にある者に無茶振りして、それでガス抜きをしている。

まったく、これでは一種の、パワーハラスメントだ。

しかも、たちの悪いことに、西園寺ミヤビにはその自覚がない。むしろ、自分が被害者だと思っている。さらに、その被害者ぶりをツイッターでねちねちと書き立てる。

「どうも、私は軽く見られている。でも、それは仕方がない。私は不細工で才能もないからだ。だからこそ、仕事はちゃんとやりたいのだ。こだわりたいのだ。それしか、不細工な私が存在する理由がないからだ。誰もほめてくれなくても、誰にも気づかれなくても、私は、自分の仕事をちゃんとこなしたい。それが、恩返しになるから。不細工で才能もない私がここまでやってこられた感謝を、仕事で返したいだけなんだ。……なのに、分かってくれない。なんで、みんな、私を軽く見るんだろう。……ブスでごめんなさい」

こんな調子の自虐にみせかけた恨み節が、彼女のツイッターには溢れ返っている。事情を知らない者は、「お気の毒です」「ミヤビさんは悪くありません、相手が悪いのです」と、西園寺ミヤビに同情の言葉を投げかけるのだが、そんなやりとりを見せつけられるだけで、胃が痙攣する思いだ。

西園寺ミヤビの自虐トークはもはやお家芸で無関係な者から見れば滑稽でおもしろいだろうが、当事者から見れば、これほどのいやがらせもない。真綿で首を絞められているようだ。はっきり、「つべこべ言わずに、私の言うことを聞きなさいよ、私をもっと尊重しなさいよ」と言ってくれればいいものを。

もちろん、尊重している。でも、彼女はどんなに誠意を尽くしても気にかけていても、それでは足りないと言うのだ。

自虐を裏返せばナルシストの側面が現れる。ナルシストというイメージからは自己肯定のキャラクターを連想しがちだ。もちろんそれは正しいのだが、実のところ、自己肯定のナルシストよりもたちが悪いのは、自己否定を繰り返す（あるいはコンプレックスまみれの）ナルシストだ。自己に自信が持てないくせに自己を評価してほしいという渇望が、いろんなねじれを引き起こし、矛盾を生じさせる。

西園寺ミヤビもまた、自己否定のナルシストであることは間違いない。彼女との付き合いは長いが、その年月を一言で言えば、矛盾との戦いだ。

……まったくもって、苦手なタイプだ。できれば、彼女との仕事はなるべく避けたいのだが、残念ながら、僕には仕事を選ぶほどの器量はまだない。

そんなことを思いながら、僕は、池袋のカラオケボックスをあとにした。沙羅はまだまだ歌いたいからと、カラオケボックスに残った。

日付はまだ変わっていなかったと思う。三月十二日の二十二時四十五分頃だっただろうか。

僕はそのまま池袋駅まで歩くと、電車に乗った。

東中野の自宅に到着したのが、二十三時四十分頃。部屋にあがるとすぐにパソコンを起動させるのが僕の習慣だが、そのときの時刻表示が二十三時四十三分だったと記憶している。

それから簡単にシャワーを浴び、テープ起こしをはじめたのは、日付が変わって十三日の午前一時過ぎ。

そして、プロダクションZEGENの鮫川社長からメールがあったのは——。

2

「それを証明する人は？」

「週刊全貌」の記者、ホソノさんは、まるで刑事のようにそんなことを訊いた。

ホソノさんから携帯に電話があったのは、三月十六日の正午前。東城ゆなを見送るために黒いネクタイを探しているときだった。

電話に出ると、ホソノさんはひどく慌てた様子で、僕に言った。

「葬式には来ないほうがいい」

その理由を尋ねると、

「その部屋からも早く、出たほうがいい」

と、ホソノさんは早口で言った。ひどく声が籠《こも》っている。

「とにかく、今すぐ、そこを出ろ、今すぐ！」

ホソノさんの声には、僕の行動を操るに十分な気迫があった。僕は訳も分からないまま、携帯電話とシステム手帳と貴重品の入ったショルダーバッグだけを持って、東中野の部屋を出た。

そして、ホソノさんの指示に従って、吉祥寺駅近くのコーヒー店へと向かった。

店の奥に、レザージャケットを着た一人の中年男がいた。過度に日焼けした肌に無精髭、ちょいワルおやじ風の男だ。ホソノさんだとすぐに分かった。もちろん初対面だったが、この業界に長くいると、同業者のにおいには敏感になる。あちらも僕だとすぐに分かったようで、目が合うと、その視線だけで僕を席に誘《いざな》った。

ホソノさんは、挨拶もそこそこに、僕に質問した。

「三月十二日、あんた、なにしてた？」

三月十二日といえば……ああ、そうだ。双樹沙羅にインタビューしていた。

「詳しく、聞かせてくれないかな？」

そんなことを話す義理はなかったが、しかしホソノさんの殺気立った雰囲気に飲まれ、僕は双樹沙羅との一件を長々と説明した。

「ふーん、なるほど」

ホソノさんは、なんとも形容しがたい複雑な表情で、息を漏らした。

いったい、この男はどうして、僕をここに呼び出したのか。どうして、東城ゆなの葬儀に行くなと言ったのか。

そもそも、この男は信用に値するのだろうか？　この男の目的はなんだ？

僕の緊張は、もう沸点を超えていた。体の奥で、警報が鳴り止まない。

このまま立ち去るべきか、それとも、ホソノさんの話を聞くべきか。

僕の葛藤を見破ったのか、ホソノさんは視線をいくらか和らげると、言った。

「さっき、東城ゆなの実家に行ってきたんだけどさ。葬儀が行われると情報が入ったから。

……東城ゆなの実家、知ってる？」

「ええ。鮫川社長から聞きました。八王子ですよね？　僕も向かうところでした」

「大きい、立派な家だったよ。なんでも、代々医者をやっている、地元の名士らしくて」

「代々、医者……？」

「そして、両親とも医者だ。兄が一人と妹が二人いるんだけど、彼らも医者」

「は……」

「それにしても、どこから出てきた話なんだろうね、九州とか母子家庭とか借金とか。……っていうか、あんたから借りた素起こしの原稿を見て、俺もころっと騙されちゃったよ。同情すら覚えて。これは、お涙頂戴路線の記事が書けるって腕まくりしたとたん、東城ゆなの本名が流れてきてさ。……え？　馬場映子？　え？　え？　って混乱しているうちにも、次々と情報が入ってきて。素起こし原稿に書かれていた内容と全然違うじゃん！　って」

ホソノさんは、大袈裟に両手を振り上げると、芸人のようにおどけた。

「まったく、これだから、ＡＶ女優なんて信用ならないんだよ。まあ、ＡＶ女優に限った話じゃないけどね。女全般、信用ならない。俺も今までに、何度もガセを摑まされてきたよ、女どもには。だから、あんたも気をつけたほうがいいよ、女には」

「どういうことですか？」

「例えば、プロダクションZEGENの鮫川社長。あの女は業界でも有名な、やり手だ。手段を選ばない。そして西園寺ミヤビ。あの女もヤバい。あの女の虚言で、つぶされたやつが何人もいる」

「は……」

「うちの社の富岡朝子も、食えない女だ。信用するな」

「あの、だから、どういうことで？」

「鮫川社長も西園寺ミヤビもそして富岡朝子も、浮き浮きした顔で、あんたの情報を警察に売ってたんだぜ？」

「え？」

「東城ゆなの実家に行ったら、もちろん警察も来ていたさ。そしてあの女どももいたんだけど、警官が、女どもに聞き込みをしているわけ、あんたのことについて」

「は？」

「鮫川社長にいたっては、『彼なら、今日、ここに来ると思います』なんて、べらべらしゃべってさ。あんた、のこのこ行っていたら、警察に捕まってたぜ？」

警察に捕まる？　僕が？　なぜ？　混乱しながら呆然と視線を漂わせていた僕に、ホソノさんはダメ押しするように言った。

「だから、あんた、容疑者なんだよ、東城ゆな殺しの」

容疑者？　東城ゆな殺しの？……僕が？

訳が分からない。

呆然とする僕に、ホソノさんは子供に言い聞かせるような声で、囁いた。

「東城ゆなの着信履歴に、あんたの名前があったらしいよ。その着信履歴が最後だったみたいだ」

ああ、確かに。何日か前に、東城ゆなに電話したことがあった。……あれは、いつだったか。あれは。

「三月五日の夜」

ああ、そうだ。その日だ。プロフィールの件で、ちょっと確認しておきたいことがあった。年齢をそのまま出してもいいか？　それとも伏せておくか？　確か、そんなような確認だったと思う。そのとき東城ゆなは「年齢、出してもいいですよ。今年で二十四歳です」と承諾してくれたが、どうやら、今となってはその年齢すらフェイクだった。報道によると、今年三十六歳。……十二歳もさばを読んでいたわけだ。それを見抜けなかった僕がバカだというより、十二歳もさばを読んでもそれを疑わせない彼女の化粧テクニックを賞賛すべきだろう。もっとも、その首のしわが、少々気になったが。

「どうやら、東城ゆなは、三月五日の夜に殺されたみたいだな」

ホソノさんは、タバコを摘みながら言った。が、それに火をつける気はなさそうだ。そのどこか真剣さに欠けるニヤけ面が腹立たしい。

「いや、待ってくださいよ。確かに、電話をしましたよ？」

僕は、身構えた。

「警察が、そのことで事情を聞きたいというなら、喜んで協力しますよ。逃げも隠れもしませんよ」

そうだ。そんなことで逃げたとしたら、かえって疑われるじゃないか。

「今から、警察に行ったたっていい」

居ても立ってもいられない焦燥感に駆られ、僕は腰を浮かせた。それがどんな些細なことでも警察に疑われているなんて、いい気持ちがしない。今すぐにでも警察に駆け込んで身の潔白を証明したい。

「いや、それは、やめておいたほうがいいよ」

ホソノさんは、火のついていないタバコを口の端に挟みながら言った。その訳知り顔が、ますます腹立たしい。無視して席を立とうとしたとき、

「だから、三月十二日、あんた、なにしてた？」

とホソノさんの手が、僕の袖を捕らえた。

それは、さっき言ったじゃないか。双樹沙羅にインタビューしていたって。っていうか、三月十二日がどうしたっていうんだよ？　東城ゆなの死体が発見された日だろう？　で、殺されたのが三月五日。いずれにしても、僕には関係ない。

「でも、警察はそうは思ってないんだよ、残念ながら」

ホソノさんは、今度ばかりは表情を少々強ばらせた。その真剣な顔が、僕を再び椅子に座らせた。

「東城ゆなが死亡したのは三月五日らしいんだが、腹を切り刻まれ顔をつぶされたのは、どう

も、三月十二日のようなんだ」

「は？」僕は、間抜けな声を上げた。どういうことだ？

「東城ゆなの直接の死因は、薬物らしい。で、そのまま部屋の中に放置されて、その一週間後に、死体損壊が行われたらしい。警察は、同一人物による犯行だと睨んでいる」

「その同一人物が、おれってことですか？」

僕は、あえて声のトーンを上げて、おどけた調子で言った。

「そうだ」

しかしホソノさんは、逆に抑えた調子で言った。「あんたは、間違いなく容疑者リストに載ってんだよ」

その声は、ひどくおどろおどろしかった。なにか、怪談話を聞いているようでもあった。僕は、コーヒーを啜《すす》った。

「それだけじゃない。警察が、君に訊きたがっているのは」

ホソノさんの声が、蛇のように、テーブルを這う。

僕の体が、自然と仰《の》け反《ぞ》る。が、ホソノさんのタバコ臭い声は、僕を執拗に追ってきた。

「カイオウ　セイって、知っているか？」

仰け反った僕の体が、その反射で、前のめりになった。

カイオウ　セイ？　かいおうせい。……あ。

「そう、海王セイだよ。あんた、取材したろ？」

ああ、した。もう一ヵ月近く前になるが。ランクは、企画女優、つまり下玉だ。日給数万円で、その他大勢の一人としてカメラの前でセックスする、ＡＶカーストの最底辺。

双樹沙羅のときも言及したが、あえて企画女優のランクに甘んじている者も多い。その名前がクレジットされることはなく、作品の売り上げの責任を負うこともなく、メーカーの縛りからも自由なので、いつでも足を洗うことができる高額アルバイトのひとつとして機能しているからだ。

裏返せば、新鮮な人材を都合よく回せるシステムだともいえる。下手に商売気のあるプロより拙い素人のほうがいいという需要はいつの時代にも多く、それに応えるためには、「使い捨て」のランクを構築する必要があるのだ。もちろん、「使い捨て」という本音は上手に隠して、代わりに「気軽」というワードを前面に出し、企画女優という底辺用の人材を次から次へと送り出す。

気軽……とはいっても、やはり、最初の撮影のときはみな、怖気づくものだという。そのハードルを下げる意味なのか、企画女優は、複数人で撮影することも多い。人間の心理とは不思議で、周りがみな裸になり、そしてセックスをはじめると、服を着てなにもしていないほうが恥ずかしさを覚える。または、ノリが悪いやつだと罵られる。

本来、人前で裸になりセックスするなど非常識なことだ。しかし、それが多数派になってしまえばそれは常識となり正義となり、自分一人だけそれに抗《あらが》うのは至難の業だ。そうして混浴温泉に入るようなテンションで、自ら乱交の輪に飛び込んでしまう。学生サークルの乱交パーティが後を絶たないのは、そんな心理をうまく利用しているからだろう。あるいは、集団によるいじめやリンチ、そしてレイプなども、この心理状態がなせる業だ。普段はまじめでおとなしい子が凄惨なリンチの一端を担ってしまうケースは多々あるが、この心理によるものである。

そう、ＡＶ女優には、まじめな子が多い。これは僕の印象だが、「人に迷惑をかけてはいけない」という思いが強い子ほど、深みにはまっていくような気がする。

例えば、僕が以前インタビューしたＦ子は、友人にどうしてもと言われて付き添いでプロダクションに行っただけなのに、気がつけば、Ｆ子がその場で服を脱がされて、みんなが見ている前でセックスをするはめになった。当の友人は、とっくに逃げ出していた。まじめなＦ子は、「君の友人が逃げ出したから、今日の撮影は中止しなくてはならない。みんなが迷惑している」と責められ、友人の身代わりに自分が裸になったのだ。Ｆ子はそのとき処女で、撮影が終わったとき、自殺を考えるほど後悔したという。しかし、彼女はその後も企画女優として、十数本の作品に出ている。

「奨学金返済が大変で……お金がいるんです」と、Ｆ子はＡＶに出続けることを正当化しようと必死だった。確かに、奨学金の返済が理由でＡＶに出る子も多いと聞くが、しかし、それだけの理由ならもっと割のいいバイトがあるはずだ。

……それにしても、奨学金返済のために裸になるという構図は、なんとも痛ましい限りだ。

これでは、闇金にうっかり手を出して、挙げ句風俗に沈められるという昔ながらのシナリオのままではないか。奨学金などという名称に誤魔化されてはいるが、これも立派な借金で、しかも利息もそれなりなのだから、みな、それを利用する前に今一度慎重になったほうがいい。そして、国またはそれに準じる組織ほど、その取り立ては闇金以上にシビアであることも知っておいたほうがいい。闇金はもとより消費者金融の場合は、出るところに出ればその魔の手から逃れることもできるが、国またはそれに準じる組織が相手だと、第三者は誰も助けることができないのだ。当事者はその体を売ってでも、返済を果たさなくてはならない。そういえば、国民健康保険税を滞納していたばかりに、家も財産も差し押さえられて、身売り同然でＡＶに出ることになった親子もいた。想像通り、その作品は親子どんぶりを扱ったもので、その後娘は失踪、母親は五十歳を過ぎた今でも現役ＡＶ女優だ。熟女ブームの今、それなりの需要があるらしい。なぜ、やめないのか？　と僕が質問したところ、「みんなに迷惑がかかるから」とその母親は、白髪を撫でつけながらぼそりと言った。

……話が著しくずれたが、前述のＦ子も、また、同じようなことを言った。みんなに迷惑かけたくないから、ＡＶに出るのだと。これが最後、これが最後と言いながら、毎月なにかしらの作品に出演するのは、お金が欲しいというよりも彼女の責任感によるものだ。責任感が強いというのは一般的には「長所」であるが、使い方を間違えれば、自分自身を殺《あや》める凶器ともなるのだ。Ｆ子は、作品に出たあと、必ず衝動的に手首を切る癖がついたという。本当に死ぬ気はないらしいが、しかし、死ぬ儀式をして一度自分を抹殺しないと、自分が許せないのだという。

このように、AV女優の中には、後々激しい悔いを覚える者も少なくない。ノリで出演してしまったが、冷静さを取り戻したとき、なんてバカなことをしてしまったんだろう……と、悩み苦しむ。中には、そんな後悔もろとも正当化するために、風俗や売春など性産業を本業にしてしまう者もいる。「自分がやったことは間違っていない」ことを証明するために、「自分はもともと、淫乱でスケベな女なのだ」と、自ら苦界に沈んでいくのだ。これは、心理学的に見ても自然ななりゆきで、例えば、性的虐待やレイプなど性的トラウマがある者は、往々にして、「あの出来事は、実はそれほど大したことではない」と思い込むために、まるで忌々しい記憶を上書きするようにさらに残酷な環境を自ら作ってしまう傾向にあるらしい。あるいは、「あんなことがあったのは、自分に非があるからだ」と自己を責め、自分に罰を与えるように、どんどん過激な世界へと堕ちていく。

それはなにもAV女優に限ったことではなく、男優やスタッフといった男性たちも自身が所属する世界を正当化するために、ありとあらゆる言い訳と詭弁を繰り返す。ときには、「芸術」までをも持ち出して。

僕の知り合いにも、アメリカンニューシネマの一連の作品に憧れて映画監督を目指していたが、学生時代にバイト感覚で飛び込んだAV業界にそのまま定住してしまった男がいる。彼はよく言ったものだ。「AVこそ、芸術なんだよ。これが、オレの生き様だ」と。確かに、それは彼の生き様であろう。が、その一方で、彼の学生時代の仲間が一般映画で脚光を浴びるたびに、彼の心は痛々しいほどに乱れるのだ。ポルノ映画が盛んだった時代は、ポルノ作品を作りつつもそれを芸術作品に昇華させた監督もあまたいたし、事実、傑作も多い。彼はその事例をいくつも挙げて僕にレクチャーするのだが、しかし、彼自身がそんな傑作を生んだことはなく、せいぜい、その筋のレビュアーたちの内輪受けで終わる。いつもの連中に「あの作品は画期的だった」「あの発想は今までなかった」などとちやほやされて、それで自分を慰める。

ちなみに、彼は、自殺した。彼が監督したあるAV作品が、ある小説家に新聞で絶賛されたことがあるのだが、その小説家は日頃からちょっと毛色の変わったアングラ芸術を気まぐれで評価しては梯子《はしご》をはずすということをやってきた曲者で、でも当の彼は心底、自分の作品が認められたと喜んでいた。が、彼はその一ヵ月後に自殺する。彼を評価したはずのその小説家にネットで無視されたのが原因だ。そんなバカバカしい理由で自殺なんかするか、と思われるかもしれないが、彼のコンプレックスは、そこまでねじ曲がっていたのだ。

つまり、性産業に携わる者には、必ず「コンプレックス」が付きまとうのだ。

AVがどれほど売れようと、世界的に広まろうと、それでも、彼らのコンプレックスが払拭《ふっしょく》されることはない。人間が、蜂や猿のように権威を頂点に組織を作る社会的動物である以上、「権威」から見放された者は、どれほどの支持を得ようとも「下等」とみなされ「アウトサイダー」と見下される運命にあるからだ。

だが、そんなコンプレックスから遠く離れた人物もまた存在する。

海王《かいおう》セイが、まさにそれだった。

海王セイは、本来は、名前もクレジットされない企画女優ではあるが、その特異さゆえ、A

V業界ではちょっとした伝説になっていた。

3

「海王セイ、インタビューしたのは、いつ？」

「週刊全貌」のホソノさんが、相変わらず唇の端でタバコを弄《もてあそ》びながら、僕に質問を投げつける。


その質問に正直に応えるべきか、それとも適当に受け流すべきか。

僕が躊躇《ためら》っていると、

「海王セイの作品、俺も見たことあるけどさ、変な作品だったよな」

と、ホソノさんは、ようやく、タバコに火をつけた。

「抜くどころか、笑いが止まんなくって。でも、おもしろくて。ある意味、ケッサクだよ、あの作品は。そして、海王セイもまた、伝説だよ」

それは、正しい見解だった。海王セイが出演した作品は、たったの二作品。が、これが、とにかく、どうしようもなく「変」だったのだ。

そもそも、海王セイというのは、彼女の名前ではない。

なにしろ、彼女は企画女優で、その名前はクレジットされないのだから。しかし、彼女は作品の中で、こう自己紹介するのだった。

「海王セイ、参上でございます！」

その他大勢の企画女優。が、彼女は誰よりも目立っていた。なにしろ、その姿は真っ赤な軍服に、金色のウィッグ。

そんな彼女と渋谷駅の新南改札で待ち合わせしたのは、約一ヵ月前の二月十一日のことだった。どんな奇天烈《きてれつ》な女が現れるのかと警戒していた僕の視界に滑り込んできたのは、ネズミ色のコートを着た、白髪もちらほら見える、地味で小柄な中年女性だった。

僕たちは簡単に挨拶だけ交わすと、逗子行きの湘南新宿ラインに乗るために、ホームへと急いだ。

＋

僕たちが、葉山のリゾートホテルに到着したのは、十一時半頃だったか。

これは、彼女のリクエストだった。リゾートホテルのカフェテラスで、海を見ながらランチをしたいと。

「わー、海、奇麗ですね！」

彼女は、ここでようやく、まともな言葉を口にした。それまで、「はい」とか「いいえ」とか「そうですね」とか、そんな生返事ばかりで、まともに会話を交わすことなく、一時間半ほどを浪費していた。

しかし、希望の地に到着してようやく気持ちも解《ほぐ》れたのか、彼女は「冬の海もいいですねぇ。あれは、江の島かしら？　ああ、ほんと、素敵ですね」と、はしゃぎ気味に、言葉を連ねた。

そして、

「海王セイってご存知です？」

と、彼女はメニューを捲《めく》りながら、唐突に訊いてきた。

僕は「は？」と応えるしかなかった。

「実は、海王セイって、キャラなんですよ。私の名前じゃないんです」

「は……」

そんなのは、言われなくても知っている。彼女が出演した作品で、さんざん聞かされた。

彼女のデビュー作は、「ザッツ・オーディション」というタイトルの、半ドキュメンタリー作品だ。あるメーカーのオーディションにやってきた新人女優たちを、面接しながらその場で次々とファックしていくという人気シリーズだ。

自称海王セイがデビューしたのは、オーディションシリーズの七本目。この作品は一部でひどく話題になった。ネットの匿名掲示板に、さっそくスレッドが立つほどだった。

海王セイは、とにかく、作品の冒頭から目立っていた。というか異彩を放っていた。

控え室で十数人の女優の卵たちが緊張の面持ちで自分の名前を呼ばれるのを待っているシーンなのだが、このときすでに海王セイの独壇場になっていた。

なにか「変」な女が一人、いる。そう認識した時点で、その姿に釘付けになって、目が離せないのだ。

金色のウィッグに真っ赤な軍服。さながら、どこぞの歌劇団の衣装のようだが、しかし、それほど洗練されているわけでもない。その手作り感が半端ない。いってみれば、アニメのコスプレに近い。……が、それにしても、安っぽい。というか、なにか異様だ。

そして、彼女の面接がはじまる。

まずは、自己紹介。

「ボクのことは海王セイと呼んでくれたまえ」

彼女は、自分のことを「ボク」と呼び、そして延々とそのキャラクター設定を説明していく。

海王セイとは、彼女が創作したマンガのキャラクターで、両性具有の麗人なんだそうだ。もともとは天使属性で、地球にいるときは、「女性」として生活している。地球人はまだ気がついていないが、天の川銀河とアンドロメダ銀河との間で戦争が起きており、それはもう二千年も続いている。自分は天の川銀河軍の将校であるが、生き別れになった恋人の冥王スグルを探しに、地球にやってきたのだという……。

面接スタッフもぽかーんなら、それを見ているこちら側もぽかーん状態。今、自分がAVを見ていることすら忘れてしまう。

そして、約十五分にわたるキャラ設定の説明が終わると、彼女は、ふと、我に返ったように、言う。

「実は、冥王スグルとは、あなたのことなんだ」

そう名指しされたのは、AV男優。このシリーズには欠かせない、薄毛のメタボおっさん男優だ。彼が面接中の女性に卑猥な言葉を浴びせて、そして下品きわまりない方法で服を脱がせるのがお約束になっている。……時代劇で言えば、悪代官役だ。

なのに、このときばかりは、自称海王セイのペースに飲まれ、いつもの悪代官ぶりは姿を消している。その上、「あなたに、抱かれに来たんだ！」と自称海王セイに抱きつかれ、すっかり怯えている。

僕は笑いが止まらなくなった。笑いすぎで腸捻転を起こすんじゃないかと思うほどで、本当に、このまま死ぬんじゃないかと思った。

その後も海王セイのペースは続き、「ボクが処女でいると、宇宙に平和は訪れない。だから、ボクを抱け、スグル」と、彼女は自ら軍服を脱ぎ捨て、すっぽんぽんになる。メタボ悪代官も機転をきかし、「よし、分かった。宇宙の平和のため、合体しよう」などと言いながら、ファックをはじめる。が、海王セイは処女であるばかりか、歳も結構いっていたせいで、その膜はなかなか破れない。

「あっはっ、痛い、痛い、痛い、痛いぞぉぉぉ」と腹式呼吸で叫び、「でも、仕方がない〜、これも、試練なのだぁぁ」と、まるでミュージカルのように節をつけて歌いあげる。

一事が万事こんな感じで、「ザッツ・オーディション」第七巻は、異色のまま幕を閉じる。

僕を含め、一部の人にはこの作品は大いに受けたが、やはり一般受けはしなかったようだ。

海王セイはこのあともう一本出て、それが今のところ、最後となっている。

そんな彼女を、『アルテーミスの采配』のインタビュー対象者としてピックアップした鮫川社長のセンスに、僕は密かに敬服していた。彼女を紹介するとき、社長は言った。

「あの子、普段はほんと、フツーのおばさんだから。本来は、規格外だったのよ」

規格外というのは、AV女優として使いものにならないという意味だ。

現在、年に約三千人のAV女優がデビューしているとも言われる。その中にはアイドル、現役女子大生、タレントなども多く含まれ、その容姿クオリティも年々上がっている。いってみれば飽和状態で、それ相応の容姿がないと、底辺であるはずの企画女優にすらなれない。意を決してAVプロダクションのドアを叩いても、「基準に満たない」という理由で、門前払いになる時代なのだ。

昔ならば、女性の最後のセーフティネットといえば裸またはセックスで、どうにもこうにもならないという局面でそれを差し出して自身を救うという手段が残されていた。が、デフレの今、性の価値も下がるところまで下がってしまい、借金のかたとして売られたとしても、せいぜい、数万円にしかならない。それどころか、「買えない」と突き返されるのだ。

それでも女性にしてみれば、裸とセックスは、やはり最終手段なのだ。とっておきの至宝なのだ。できれば高く売りたい。そう決意しながらAVのドアを叩いたにもかかわらず、突き返されるというのは、女性としてはどういう気持ちなのだろうか。

「そりゃ、プライドずたずたよ。女性は誰も、自分は数千万円、数億円の価値があると思ってんだから、どんな不細工でも」

　鮫川社長は言った。

「井草明日香が、ＡＶに落ちたときの契約金。あれが、基準になってんのよ、女たちの間では。まったく、図々しい話よ」

　まさか、そんな。井草明日香の契約金のほうが例外だと、みな、それぐらいは承知しているでしょう？

「口ではそう言っても、心の中では、みんな、自分だけは違う、自分は特別と……自分を過大評価するものよ。それが女ってもん。……西園寺ミヤビなんか、井草明日香の倍、価値があると思ってんだから」

　西園寺ミヤビ？

「そう。あの人も、うちの事務所に女優志望で来たことあるのよ。一目見て、規格外の評価を下したけどね。ただ、彼女、履歴書とレポートを持参していて。それが、結構おもしろくてね。文才はあるんじゃないの？　と思ったから、ＡＶ雑誌のライターをすすめたのよ。なのに、あの女、なにを勘違いしたんだか、自分は選ばれたと思い込んで、女優を見下すようになってさ。文章では、女優の権利とか主張とかいって味方のふりしてんだけど、ああいうことを言う人ほど、結局、見下しているのよね。その証拠に、あの人、女優とは一切付き合いないもの。監督とか男優とかとばかり。連中に取り囲まれて女王様になったつもりでいるのよ。私が中学校のときにもいたわよ、そんなブスが。女子の着替え中を盗撮して、男子に売っていた外道《げどう》が。盗撮写真を餌に、男子たちをはべらせていたっけ。西園寺ミヤビはまさに、それ。他にも、規格外の女がそのまま監督とかスタッフとかになったりしているけど、そいつらも同族。連中に共通しているのは、必ず女優を哀れむのよね。実際は、自分たちのほうが規格外なくせして。この世界はね、どんな場合であろうと女優こそが宝で、女優こそが一番偉いのよ。そこんところを全然理解しないで、御託を並べてばかりのやつって、ほんと、目障りなのよね」

鮫川社長の歪んだ顔が、まざまざと目に浮かぶ。

「海王セイもね、規格外だったんだけど、あのキャラでしょう？　ちょっとおもしろいかな？と思って、オーディションを受けさせたのよ。案の定、大受けで。これは、しばらくはいけるかも……と思ったら、二作目に出演したとき、旦那にバレてしまったらしくて」

旦那？　結婚していたのか？　でも、オーディションのとき、処女だって。

……いや、AV女優が語るプロフィールを真に受けるほうが野暮だ。彼女たちの多くはフィクションという鎧《よろい》を身につけている。AV女優であるということじたいが、もはや、彼女たちにとっては演技であり、虚構なのだ。そうやって、現実とバランスをとっているのだろう。

それにしても、海王セイのあの処女喪失は、演技にしては生々しかった。素人であそこまでの演技ができるものだろうか？　あるいは、本当に処女だったんではないか？

僕は、その点をどうしても本人から聞きたかった。だから、取材場所は葉山のリゾートホテルとリクエストされたときも、快諾したのだ。湘南新宿ラインで行きたい、できたらグリーン車で。そんなことをリクエストされても、僕は動じなかった。それで、彼女の本心が聞けるのなら安いものだ。僕は、財布にいつもより多めに一万円札を入れると、待ち合わせ場所に赴いたのだった。

が、彼女のリクエストは、僕の懐具合のさらに上を行った。

「カレー、食べませんか？」

カレー？　わざわざこんなところまで来てカレーとは。

「ええ、もちろん、いいですよ？　他には？」

「いいえ。カレーだけで。あなたも、カレーでいいですよね？」

「はい。僕も、カレーで」

ウェイターを呼ぶと、彼女はメニューを指さした。

「この、伊勢海老カレーをふたつ」

伊勢海老カレー？　メニューを改めて見ると、千円。……いや、違う、一万円！

「前にテレビでやっていて、ここのカレーをずっと食べてみたかったんです」

海王セイが、乙女のようににこりと笑う。が、その顔は、決して、乙女などではない。中年だ。

とはいえ、声だけ聞けば、二十代、……十代と言われても信じてしまうだろう。いわゆる、甘いアニメ声だ。彼女が出演したAVも、その点が話題を呼んだ。なんとかという人気アニメ声優に声がそっくりだと。目をつぶって声だけ聞いていれば、これほど萌《も》える作品もないと。

いずれにしても、僕は不意打ちで、一万円……いや、二万円を散財する羽目になった。こうなったら、とことん話を聞き出さなければ、元が取れない。

「ほんと、奇麗な海ですね〜」

感嘆のため息をつきながらうっとりと視線を漂わせる彼女に、僕は単刀直入に質問を投げかけた。

「あなたは、結婚されているんですか？」

僕の質問に、彼女は小首を傾《かし》げてみせた。その左手薬指には、指輪はない。

「うーん。正確にはどう言ったらいいんだろう？　離婚調停中なんで、結婚生活は破綻しているけど、法的にはまだ結婚続行中なんですよね。……微妙な状態です」

「離婚話が？　やはり原因は、……あの作品ですか？」

僕は、声を潜めた。こんなセレブ御用達のようなおしゃれなリゾートホテルのテラスで、AVの話題を具体名を挙げてするのは、さすがに少々躊躇われた。

「それも、ありますが」

彼女も声を潜めた。作品の中の彼女のイメージだと、その場に相応しくない話題でもお構いなくその自慢のアニメ声を轟《とどろ》かせるものだとばかり思った。それはそれでいいか、旅の恥はかき捨てとばかりに覚悟していた僕だったが、彼女は、電車の中でも、タクシーの中でも、そしてこの場でも、終始、控えめだった。あのアニメ声も抑えている様子で、言葉も至極常識的な範囲だ。……まあ、初対面の僕にこんな場所をリクエストしてきて、一万円もするカレーを注文するところは、常識をやや逸脱している気もするが。

「でも、離婚の原因は作品ばかりではないんです。もともと、うまくいっていなかったし」

「いつ、結婚を？」

「二年前です」

「二年？　じゃ、結婚してすぐに、あの作品に？」

「そうですね。結婚して、半年ぐらいでしょうかね」

「どうして？」

「だから、うまくいってなかったんです、はじめから」

「はじめから？……失礼ですが、旦那さんとは、どういう経緯で？」

「ネットで知り合いました。マンガや小説を投稿するサイトです。……分かります？」

「ええ、なんとなく。いわゆる、同人誌サイトというやつですか？」

「はい、それです」

「なら、同人誌も実際に作っているんですか？　コミックマーケットなんかにも？」

「はい。コミケだけじゃなくて、いろんな即売会に参加しています。私の場合はオリジナル小説なので、創作オンリーの即売会には必ず」

「〝オリジナル〟というのは？　コミケの同人誌というと、既成のアニメや漫画のパロディというイメージなんですが」

「パロディ……二次創作がもちろん主流ですが、そればかりではないんです。オリジナルのマンガや小説、そして評論なんかも結構出品されていますよ」

「ああ、そうなんですか。なら、プロとかは目指さないんですか？　商業誌に持ち込むとか応募するとかして」

「それは、考えたことないです。あくまで、趣味の範囲でやることに意味がありますから。プロになると、〝趣味〟ではなくなって〝仕事〟になってしまうでしょう？　それじゃ、ダメなんです。自由に書きたいんで」

「なるほど。で、その同人誌はもうどのぐらい？」

「もうかれこれ、二十年になります。中学校のときからですから。……大学を卒業して都内の食品メーカーに就職してからも、同人誌だけは続けていて。気がついたら、三十を超えていて。彼氏がいたこともなくて。でも、焦りはありませんでした。結婚や恋愛には私は向かないんだって思ってましたし、それに、私には二次元がありましたから」

二次元とは、ゲームや小説、そしてアニメやマンガなどのことで、それらに登場するキャラクターを恋愛の対象にするという人々も少なくない。

「だから、一生独身でも構わないとも思っていましたが、ネットで、あの人を知って。彼はいわゆる絵師で、私の小説を見事にイラスト化してくれたんです。それで、一気に好きになってしまって。でも、三次元の人を好きになったの、初めてでなんで、どうしていいか分からなくて。それに、彼自身を好きなのか、それとも彼が描いたイラストが好きなのか、それもよく分からなくて。で、実際に会ってみることにしたんです。……実は、会ったの、このテラスだったんです」

「なるほど。思い出の場所なんですね、ここは」

「はい。はじめて会う約束をしたときに、たまたまこのホテルがテレビで紹介されていて、『ツボミとハヤテが結ばれるとしたら、ここがいいなー』ってメールに書いたら、じゃ、そこにしようってことになって。え？　ツボミとハヤテですか？　私と彼とで創作したキャラで。ツボミは天使見習いで、人間界に修行しに来ていて、ハヤテは……」

カレーが運ばれてきた。海王セイは慌てて口を噤《つぐ》んだが、その大皿に載った伊勢エビを見て、声を上げた。

「うわー、すごい！」

確かに、それはすごかった。伊勢エビが一匹丸々、皿に盛られている。その量もとてつもない。これなら一万円と言われても、文句はつけられない。

「彼とここで会ったときは、結局、このカレーを頼まなかったんですよ。お恥ずかしい話、カレーに一万円はちょっともったいないねってことになって、普通の料理を頼んだんです。私はピラフ、彼はスパゲッティ。でも、『次は、絶対に、頼もうね』って彼が言ってくれて。……ああ、次があるんだって、私、なんだかその言葉にめちゃくちゃときめいてしまって。それで、確信したんです。私は三次元の彼に恋しているんだって」

海王セイは、はにかみながら、フォークで器用に伊勢エビの身を殻から外した。

「それからは、トントン拍子でした。彼も同人誌をやってましたので、手伝いに行くようになったんです。彼が住んでいたのは国分寺のマンションで、私の家からはちょっと遠かったので、いつのまにか、泊まり込むようになって。気がついたら、同棲みたいな感じになって。結婚したら？　って両親に背中を押されたこともあって、入籍したんです。二年前のことです」

僕も、伊勢海老にフォークを突き刺した。そのぷりっとした感触に、つい、ここに来た目的を忘れそうになるが、僕はフォークをいったん置くと、質問を差し挟んだ。

「お話を伺うと、順調な結婚生活をスタートさせた印象なんですが？」

「ええ。私たち、価値観も趣味も似通ってましたから。それこそ、同志のような感じでした」

「でも、先ほどは、初めからうまくいってなかったって」

「同志としてはうまくいってましたが、〝夫婦〟としては、まったくうまくいってませんでした。……だって、私たち、キスすらしたことないんです」

海王セイは、口元をナプキンで隠しながら言った。

「手を握ったことも」

つまり、それはどういうことかというと、夫婦ではあったが肉体的なつながりは一度もなかったということか？

「だからといって、彼が不能とかそういうんじゃないんです」

海王セイは、他に声が漏れないようにナプキンで口元を押さえつけながら続けた。僕も、一言も聞き逃すまいと、伊勢海老の身が刺さったフォークを握りしめたまま身を乗り出した。

「彼の体は健康そのものでした。だって、ちゃんとやることはやってましたから」

自慰ということか？　口の動きだけで伝えると、彼女は、ナプキンを口元に押しつけたまま、こくりと頷いた。

「それも、一日に何度も。ＡＶを見ながら」

実際の女性を相手にするよりも、自慰で済ませてしまう男性は多いだろう。僕も人のことは言えない。

「私という妻がすぐそこにいるのに、ＡＶ見ながら済ませてしまう彼の姿に、惨めさと怒りを覚えてしまって！」

ナプキンが激しく揺れ、それは彼女の膝に落ちた。が、彼女はそれを拾い上げることなく、カレーを一口、二口、そして三口と、怒りを滲ませながら食べはじめた。

僕も彼女にならって、今しばらくはカレーを堪能しようと、スプーンを持ち直した。

カレーも半分ほどになった頃、

「それで、私も彼が見ているＡＶを見てみたんです。いったい、どこがいいんだろうと」

と、彼女は、突然話を再開した。カレーのスパイスが彼女の警戒心を緩めたのか、少々饒舌になっていた。

「……そして、ふと、思ったんですね。私がここに出ていたら、彼を興奮させることができるのだろうか？　って。そう考えはじめたら、もう止まらなくなりました。気がつくと、自分がＡＶに出ているところを妄想しているんです。……私、同人誌はやってますが、エッチな内容ではなくて、むしろそういうことには嫌悪感があったんですが、でも一度想像してしまったら、なにかストッパーが飛んでしまった感じで。今まで封印してきたことが洪水のように溢れてしまって。彼に隠れて、今度は私が自慰に耽《ふけ》るようになって。そうなると、もう、思春期の男子のようです。仕事も手につかなくなるぐらい、頭の中はエッチなことばかり。仕事中も我慢できなくて、トイレで自慰してみたり。一番興奮するのは、お気に入りのキャラクターになりきって、他のお気に入りのキャラクターとエッチする妄想です。もう、これが本当に楽しくて、やめられなくなって。……まるっきり病気です。これを治すには、実際にエッチするしかないと、そんなことを思うようになって。実際にエッチすれば、病的な妄想も止《と》められるって。でも、どうやってエッチすればいいのかなんて、全然分かりません。夫は私には無関心だし。ネットとかで知り合った行きずりの人と……というのは、病気とか怖いし。それに、変な人にひっかかったら、それこそ取り返しがつかないし。だったら、思いきって、ＡＶに出れば安全じゃないかって、思ったんです。いろいろ調べたら、病気とかにならないように管理もしっかりしてるっていうし、なにより、みんなが見ている前だったら変な事件とかに巻き込まれることもないだろうし、もっと言えば相手はプロなわけですから、きっとうまいこと私のバージンを破ってくれるんじゃないかって。気持ちよくさせてくれるんじゃないかって」

ウェイターが、水差しを持って近づいてきた。

が、彼女は、もう開き直ったとばかりに、続けた。

「それで、ネットで見つけたプロダクションZEGENの企画女優募集に、応募してみたんです。女性の社長さんだし、スタッフも女性ばかりだったんで、安心かな……と思って。でも、やっぱり、素の私のままでは、なかなか一歩を踏み出せなくて。そしたら、社長さんが、なにかコスプレしてきたら？　ってアドバイスしてくれて。あっ、て思いました。そうか、私がいつも妄想しているように、お気に入りのキャラになりきればいいんだって。それで、急いで海王セイのコスプレ衣装を拵《こしら》えて、それを着て現場に行ったんです。正解でした。もう、私、弾《はじ》けちゃって。私が憧れていた俳優さんもいたものだから。……あの人が初めての人で、私、すごく嬉しかったんです」

あの悪代官が好きだと言ったのは、本当だったのか。

「夫に、ちょっと似ているんです、あの俳優さん」

彼女が、かすかに笑った。唇がカレー色に染まっている。その隙間から見える、八重歯。が、その色は少々変色している。カレーのせいばかりではないだろう。

僕の視線を感じたのか、彼女は我に返ったように、ようやくナプキンを膝から拾い上げると、再び口元を覆った。

「……三作目では、あの俳優さんと共演する予定でした。楽しみにしていたのに、……残念です」

「三作目？　三作目の計画があったんですか？」

「はい。計画どころか、撮影もほぼ終わっていました。あとはあの俳優さんとの絡みのみ……というところで、夫にバレてしまったんです。撮影に備えて、撮影現場で陰毛を手入れしていたときでした。夫が突然、入ってきて。……私をつけてきたんでしょうね。……もう、撮影どころではありません。だって、夫は、……私の両親まで連れてきていたんです。父は公務員。

母は小学校の先生。二人は夫以上に怒り狂っていました。父親に胸ぐらを摑まれて、母親には散々詰《なじ》られて。気がつけば大変な騒ぎになってしまっていて。警察まで駆けつけてしまったんです」

「では、その三作目は、お蔵入り？」

「はい。……鮫川社長には、本当にご迷惑をかけました。違約金を立て替えてくれていたみたいなんです。私、全然知らなかったんですが、あの三作目が私のせいでお蔵入りになってしまったせいで、制作会社は大変な損失を出してしまったらしいんです。制作費と宣伝費と、そして違約金。合計二千万円を、鮫川社長は支払ったそうです。……私、本当に全然、知らなくて。その二千万円は、本来は私が支払わなくてはならないもので。……本当に申し訳ないと思っています。なんとしてでも、お返ししなくては、と思っています。でなければ、私、最低の人間になってしまいます。……夫には三行半《みくだりはん》を突きつけられ、親には勘当され、友人からも見放され。……これ以上、人様に迷惑をかけてはいけないと思っています。だから、せめてあの二千万円だけはなんとしてでも、お返ししようと思っています」

「返済の目処《めど》はあるんですか？」

僕が問うと、海王セイは、こくりと頷いた。

「はい。……二千万円のことを教えてくれた人がいまして。出版関係の人なんですが」

「出版社の人？」

「はい、その人が、ひとつだけ、方法があると教えてくれました」

「どんな、方法ですか？」

「すみません。……それは、言えません」

言いながら、海王セイは、静かにナプキンをテーブルに置いた。

＋

そういえば、あれから海王セイとは連絡がとれていない。プロフィールの確認のために、一度連絡を入れたことがあったのだが、彼女は出なかった。留守電にメッセージは残したのだが。

あれは、いつだったろうか？　あれは、確か……。

「三月六日じゃないか？」

ああ、そうだ、三月六日だ。僕は、携帯電話の履歴を確認した。

え？　でも、なんで？

僕が視線を上げると、ホソノさんが哀れむようにこちらを窺っている。その顔はどことなく青ざめているが、しかし、その目の奥にはギラギラとした好奇心も見え隠れしている。

「海王セイは、その日を最後に行方知れずだ」

「え？」

「が、十五日、……つまり、昨日、死体で見つかったらしいよ」

上玉

1

「海王セイは、その日を最後に行方知れずだ」

「え？」

「十五日、……つまり、昨日、死体で見つかったらしいよ」

＋

そんな会話をしたところまでは、記憶があった。

が、そのあとは、とんと覚えていない。いや、その会話じたい、記憶があやふやだ。会話の相手は誰だったのか。場所はどこだったのか。……現実なのか夢なのかすらよく分からなかった。

ひどい二日酔いの朝のように、思考がぐだぐだに濁っている。

僕は確かに目を開け、そしてなにかを見ているのだが、その風景を認識するまではいかなかった。脳が、まだ完全に覚醒していない。だから、それを処理することができないのだ。ひどい二日酔いの朝、いつもするように、僕は自問自答からはじめた。


自分の名前は？　……名賀尻龍彦。

職業は？　……執筆業。

今日は何日？　……えーと。保留。

昨日は何日？　……これも保留。

ここはどこ？　……自宅。……いや、違う、……保留。


ここまでの自問自答で分かったこと。

とりあえずは、自分自身を忘却するほどの深刻な事態には陥っていないようだ。その点には安心しつつも、今、自分がいる場所がさっぱり分からない。併せて、自分が今、どんな状況にあるのかも。

僕は、もう一度、自問自答をはじめた。


昨日はなにをしていた？……誰かと会っていた。えーと。……そう、男だ。……ホソノ……

そうだ、「週刊全貌」のホソノさんと会っていた。

どこで？……吉祥寺のコーヒー店。

ここまで思い出したとき、その顔がスライド写真のように、僕の記憶のスクリーンに映し出された。

この顔は……ああ、そうだ。海王セイだ。企画女優の、海王セイの顔だ。

「十五日、……つまり、昨日、死体で見つかったらしいよ」

ホソノさんの言葉が、再び僕の記憶を揺さぶる。

「死体？　どこで？」

僕は、確か、そう返した。

＋

「葉山で」

ホソノさんが、無精髭を摩《さす》りながら言った。

「葉山？」

「そう。葉山の長者ヶ崎海岸で、死体で見つかった」

「葉山……」

「なにか、知っているのか？」

「いや、彼女にインタビューした場所が、まさに葉山だったもんで」

僕の口調は、慣れ親しんだ人に対するソレになっていた。初対面の人に抱く警戒心が薄れ、同業者としての安心感が芽生えていたのかもしれない。

「それは、いつ？」

「二月の十一日だったかな」

「そのあとに、彼女に会ったことは？」

「ない。三月六日に電話をしたのが最後だ」

「海王セイの行方が分からなくなったのも、その日だ」

ホソノさんが、疑惑の眼差しで僕を見る。僕は、そんなことをする必要もないのに、慌てて取り繕った。

「いや、電話だけだ。電話で、プロフィールの確認をしようとしただけだ。それだけだ、彼女には会っていないし、おれはなにも知らない」

僕は、浮気の言い訳でもするようにしどろもどろで言った。

こんな場面では、そうなるものだ。こんなふうに、疑惑丸出しの目で見つめられて、誘導尋問のように問い詰められたら。

「でも、海王セイが所持していた携帯の履歴は、あんたが最後だったらしいぜ。つまり、あんたと電話したあとに、彼女は死んだことになる」

ホソノさんの目が、ますます疑惑色に染まっていく。

「だから！」僕は、癇癪《かんしゃく》持ちの子供のように、場所もわきまえずヒステリックに声を上げた。

「だから、おれはなにも知らないって！　おれが、彼女を殺害するわけがないじゃないか！」

「殺害？」

「え？」

「俺は、殺されたなんて、一言も言ってないぜ？」

ホソノさんは、首尾よく罠にはまったカモを見るいかさま師のように、口の端だけで笑った。

畜生。まさに、誘導尋問だ。僕は、泥沼でもがく小動物の心境で、みっともなく弁解を続けた。

「いや、だって。話の流れでは、殺害されたって思うじゃないか」

「ダメだね、それじゃ、全然ダメだ」

ホソノさんは、出来の悪い生徒を前にした教師よろしく、肩をすくめた。「そんなんじゃ、警察に行ったら、あんた、本当に、犯人にされちゃうぜ？」

「え？」

「あんた、さっき、自ら警察に行って、身の潔白を証明する……みたいなことを言っていたけど。そんなんじゃ、全然ダメだ」

ホソノさんは、再び、肩をすくめてみせた。

「それでなくても、警察は、あんたを容疑者として見ている。ただの参考人なんかじゃないぜ。〝容疑者〟だ。今、必死で、逮捕の裏付けになる証拠をかき集めている。いや、証拠をでっちあげている。そんな中、あんたが自ら出頭したらどうなると思う？　まさに、飛んで火に入る夏の虫……ってやつだよ。さらに、こんな調子で誘導尋問に応えていたら？　あんた、間違いなく、やってもいないことを〝自分がやった〟って、自白させられるぜ？」ホソノさんの表情から、ニヤニヤ笑いが消えた。「警察を甘く見るな。あそこは、えげつないぜ？　自分たちが思い描いた犯罪ストーリーに、どんなことをしても辻褄を合わせてくるぜ？　それがどんな御都合主義の、茶番劇でもね」

ホソノさんは、いよいよ本題とばかりに、身をこちらに乗り出してきた。タバコ臭い息が、僕の頬を無遠慮に撫でる。僕の体が、自然と仰け反る。

「それでだ。『週刊全貌』は、あんたを助けたいと思う」

「は？」仰け反った背骨に、汗がひとつ、流れ落ちた。

「もちろん、タダではない。助ける代わりに、独占スクープをいただきたい」

「独占スクープ？」予想もしていない展開に、僕はおうむ返しするのがやっとだった。

「そうだ。あんたを、今からある場所にかくまう。それで、警察の追及からは当分、逃れられるだろう。その代わりに、あんたが持っている情報をこちらに譲ってほしい」

「おれが持っている情報？　なんだ、それ」僕は、ここでようやく体勢を戻しコーヒーを啜った。「繰り返すが、おれは、今回の事件とはまったく無関係だ。だから、情報なんか持っているはずもない」

「いや、持っている」

「持ってない」

「だから、あんたがインタビューしたＡＶ女優の情報だよ」

「は？」僕は、カップを皿に戻した。「なんで、そんな情報を？　警察から容疑者をかくまうに値する情報とはとても思えない」

「ところが、値するんだよ。なにしろ、あんたがインタビューしている女優が、次々と失踪している」

「え？」またもや、予想もしていない展開に、僕の声は裏返った。

そんな僕を宥《なだ》めるように、ホソノさんは囁いた。

「今のところ、東城ゆなと海王セイは死体で発見されたが、それだけじゃない。他にも、行方が分からない女優がいるんだ。彼女たちの共通点、それは、あんたのインタビューなんだよ」

僕は、すぐにはその言葉が理解できなかった。ホソノさんの無精髭に白いものが交ざっているのをなんとなく眺めながら、コーヒーを啜るのがやっとだった。やたらと苦いコーヒーだな、そんなことを思いながら……一分ほどが過ぎた頃だろうか。

「インタビュー？」

僕は、カップ片手に、恐る恐る、質問してみた。「インタビューがどうした？」

「あんた、今、うちの会社の企画で、ＡＶ女優にインタビューしてんだろう？　その女優たちが、行方をくらませている。東城ゆな、海王セイの他に、三人も」

「三人？」

「ああ、そうだ。しかも、その三人のうちの一人が、今朝……」

ホソノさんの言葉が、止まった。

「今朝、どうしたんだ？」

今度は、僕が身を乗り出した。

「死体で、見つかった」

死体⁉　そう声を上げそうになったが、僕は息を飲み込むと、またまたコーヒーを啜った。ひどくまずいコーヒーだった。が、それを飲むしか道がないように思われた。でなければ、この心臓の激しい動悸が店内に響き渡るような気がした。あるいは、行き場のない動揺で、あらぬ暴言を吐きそうだった。そうなったら、すべてが終わる予感もしていた。

冷静に、冷静に。そう呪文を唱えながら、くそまずいコーヒーを食道に追い込むと、僕は、声を潜めて言った。

「名前は？……まさか、杏里《あんり》ちさと？」

「そうだ、まさに、彼女だ」

僕は、この時点で、思考が極限状態に達していたのかもしれない。暑くもないのに、顔中に汗が溢れ、拭っても拭っても、追いつかなかった。

「でも、どうして、杏里ちさとだと？」

ホソノさんの質問に、僕はすぐに応えることができなかった。というのも、なんで、彼女の名前が出てきたのか、自分でもよく分からなかったからだ。

杏里ちさと。〝上玉〟ランクの単体女優で、ＡＶヒエラルキーの上位に位置する、いってみれば、〝アイドル〟待遇の女優だ。

彼女を取材したのは、一週間ほど前だ。インタビューのテープ起こしも済み、やはり、プロフィールの確認をするために、電話を入れている。それが確か——。

「ますます、あんた、分が悪いな。こんな状態で、警察に行ったら、どうなると思う？」

ああ、間違いなく、拘束されるんだろうな。そして、取るに足らない揚げ足取りのような罪で、別件逮捕されるのがオチだろう。

「やっと自覚したようだな。自分が置かれている危機的状態を」

ホソノさんは、ここでようやくタバコに火をつけた。

銀色のライターから勢いよく吹き出すオレンジ色の炎を見ながら、僕は、意識がどんどん混濁していくのを感じた。

日頃の寝不足のツケが、よりによって、こんなタイミングでやってきたようだ。

いや、こんなタイミングだからこそだろう。処理しきれない情報量を抱え込んでフリーズするパソコンのように、僕の思考もぱたりと止まった。

しかし、視覚と嗅覚と聴覚はまだ、生きていた。

刺激の強い、濁った煙の臭い。

その向こう側、ホソノさんがなにかまくしたてている。

「だから、あんたは、当分は姿を隠したほうがいいんだよ。それを、うちが手助けしたい。見返りは、さっきも言ったけど、あんたが持っている情報だ。あんたが取材した女たちの情報を、いただきたい。その情報の中に、真犯人のヒントが隠されているはずだ。それを、独占スクープしたいんだ。

……『週刊全貌』は今や、ただのエロ雑誌に成り下がっている。風俗情報とエロの袋とじでどうにか成り立っているようなものだ。でも、それだって、もう飽きられている。発行部数も、とうとう、廃刊ラインまで落ち込んでしまった。このままだと、年内には廃刊が決定するだろう。社内でも、うちの編集部は底辺だ。馬鹿にされっぱなしだ。このままで終わったら、俺たちはリストラだよ、体よく追い出されるのがオチ。まあ、それでも構わないけどね、あんな会社には未練はない。そもそも、俺は、契約社員だからね。もともとはあんたと同じフリーでさ。そう、風俗ライターってやつをやってたんだよ。AV女優のスカウトマンみたいなこともやっていた。でも、女ができてさ。そしたら、安定した生活が欲しくなるじゃない。そんなとき、『週刊全貌』が契約社員として雇ってくれたってわけ。だから、『週刊全貌』には、思い入れはあるんだ。馬鹿にされたまま、惨めに終わりたくはないんだよ。せめて、最後に花を咲かせたい。

いや、そんな奇麗ごとじゃない、最後っ屁をかましてやりたいんだよ、俺たちを見下している連中にね！

だから、どうしても、独占スクープが欲しい。この、『AV女優連続不審死事件』は、間違いなく、連続殺人だ。きっと、これからも続くだろう。すでに、『二十一世紀の切り裂きジャック』だと、世間も騒ぎはじめている。そう、これは、まさに、切り裂きジャックなんだよ。

でも、世間も警察も、その共通項にはまだ気づいていない。それを握っているのは、まさに、あんたなんだよ。あんたこそが、この事件の鍵を握っているんだ。だから、その鍵を、譲ってほしい。いや、貸してくれるだけでいい。その代わりに、『週刊全貌』は、あんたを守る。とことん、守る。だから――」

＋

僕は、石のように重い頭を、ゆっくりと起こした。

視界が、少しだけ広がる。

引き続き、先ほど保留にした自問自答を繰り返した。

ここはどこ？……部屋だ。リゾートホテルの一室のような、こじゃれた部屋だ。黄色い花柄の壁紙、そしてそれと同じ柄のカーテン。そのカーテンからは、日差しが漏れている。

そして、僕は、ベッドの上にいるようだった。

このベッドもまた、若い女性が好むようなしゃれたフォルムだ。マットレスの固さもちょうどいい。安物では得られない快適なクッションを、僕は先ほどから感じている。まさに、こんな感じのベッドを、以前、都内のデパートで見たことがある。シングルサイズで五十万円する高級品だった。このベッドもまた、それと同等か、またはそれ以上の代物であることは間違いない。とにかく、そのクッションの気持ちよさ。僕が、正体もなく熟睡したのも、納得だ。

それにしてもだ。

どうして、僕は、こんなところにいるのだ？　ここは、いったい、どこなんだ？

『うちの社の、保養所だ』

ホソノさんの言葉が、耳の奥で蘇る。

「……その代わりに、『週刊全貌』は、あんたを守る。とことん、守る。だから——」

ホソノさんは、そんなことを言ったあと、確か、こう続けた。

「これから、俺と一緒に来てほしい」と。

「どこに？」そう質問した僕に、

「うちの社の、保養所だ」

と、ホソノさんは言った。

「週刊全貌」の版元、州房出版の保養所が小田原にあるという。今はシーズンオフで閉鎖されているので、他に人はいない。身を隠す場所としてはうってつけだ。警察の目も誤魔化せる。

しかし、僕は、即答を避けた。

そんなところに身を隠したとして、いずれ、警察は探し出すだろう。逃亡していたとなれば、ますます疑われるではないか。だったら、やっぱり、こちらから赴いて、身の潔白を——。

「あんた、心底、能天気だな。三人を殺したとなると、あんた、間違いなく死刑になるんだぜ？」

「まさか。冤罪もいいところだ」

「冤罪でもなんでも、一度刑が確定したら、身の潔白を証明するのにどれだけの時間が必要か、分かるか？　十年？　二十年？　いや、最低でも五十年はかかるね。五十年したら、あんた、いくつになっている？　大切な一度きりの人生、その五十年を、牢獄で無駄にする気か？」

ホソノさんの言葉に、さすがの僕もぐらついた。

「とにかく、悪いようにはしない。もう車は用意してある。今から、小田原に行こう」

……ああ、そうだ。あれから僕はホソノさんの言葉に従い、車に乗った。

国産の高級セダンだった。シートの座り心地が素晴らしいという評判を聞いたことがあるが、それは嘘ではなかった。座ったとたんに、僕は骨抜きになった。

車には、ハワイアンポップスが流れていた。さざ波の効果音も挿入されていたそれは、骨抜きになった僕の体から、ますます力を奪い取った。車の揺れもいけなかった。まさに、ゆりかごのようだった。とろとろと思考が解《ほど》けていくのを感じた。……ダメだ、ダメだ。こんなところで寝てはいけない……そう思ったのが最後、思考が途切れた。

そうか。

あの強烈な睡魔には、やはり勝てなかったようだ。それでなくても、一度寝てしまったら、なかなか起きない質《たち》だ。以前、震度5の地震があったときも、熟睡中の僕はまったく気がつかなかった。朝起きて、足元が重いと思ったら、タンスが倒れていた。そんな僕に、母はよく言っていたものだ。「あんた、そんなんじゃ、寝ている間に死ぬわよ？」

だから、外ではなるべく寝ないように努めていたのだが、特に、電車とか車の中では。……そう、昨日も、僕は、健気《けなげ》に抗った。ダメだ、ダメだ、こんなところで寝るな……と。が、そんな努力もむなしく、みっともなく寝入ってしまったようだ。そんな僕を、ホソノさんは、ここに運んだのだ。

悪いことをした。と思うと同時に、なにやらバツの悪い羞恥心もじわじわと襲ってきた。というのも、僕は上半身が裸で、トランクス一枚という姿だったからだ。それを認識したのは、激しい尿意に襲われて、体を覆っていたブランケットを剥いだときだった。

しかも、そのトランクスは見覚えのないもので、明らかに僕のものではない。

……いったい、これはどういうことなんだ？　僕は今一度、自問自答を繰り返そうとしたが、尿意の勢いのほうが勝っていた。

飛び起きると、まずは、トイレを探した。

2

ベッドを挟んで、ドアがふたつあった。

たぶん、右側のドアはクローゼットだろう。

……え？

なぜ、それを知っている？

郵 便 は が き

お手数ですが、
切手を
おはりください。

1 5 1 - 0 0 5 1

東京都渋谷区千駄ヶ谷 4 -9 -7

(株) 幻 冬 舎

「アルテーミスの采配」係行

ご住所 〒□□□-□□□□ Tel. (- -) Fax. (- -)		
お名前	ご職業	男
	生年月日 年 月 日	女
eメールアドレス：		
購読している新聞	購読している雑誌	お好きな作家

◎本書をお買い上げいただき、誠にありがとうございました。
質問にお答えいただけたら幸いです。

◆「アルテーミスの采配」をお求めになった動機は？
① 書店で見て ② 新聞で見て ③ 雑誌で見て
④ 知人にすすめられて ⑤ ネットで見て ⑥ 著者のファンで
⑦ その他（ ）

◆「アルテーミスの采配」の何に興味を持たれましたか？（複数回答可）
① テーマ ② カバー ③ 帯のコピー
④ 読んだ人の感想 ⑤ あらすじ ⑥ 著者 ⑦ 書店POP
⑧ その他（ ）

◆著者へのメッセージ、または本書のご感想をお書きください。

今後、弊社のご案内をお送りしてもよろしいですか。
（ はい・いいえ ）
ご記入いただきました個人情報については、許可なく他の目的で
使用することはありません。
ご協力ありがとうございました。

いわゆる既視感《デジャヴュ》か？

いや、とりたてて特別なドアではない。オーク材かなにかで作られた、木製のドアだ。ノブとて、ちょっと大きめのホームセンターに行けば売っていそうな、よくあるアンティーク調のものだ。

だから、〝似たようなもの〟を見たことがあると言えば、あるのかもしれない。が、〝似たようなもの〟ではない。このドアそのものを見たことがあるのだ。

例えば、このひび割れのような大きな傷。家具を運び入れるときにでもひっかいたのか、ドアの中央、右端から左端までそれはまっすぐにのびている。そして、ねじでも緩んでいるのか、少し傾いたノブ。たぶん、これを摑んでドアを開けようとすると、「ぎゅっぎゅーん」という奇妙な音を立てるのではないか。そして、その中には、真っ白なバスローブがふたつ、並んで吊されているのではないか。

すべて、予想通りだった。

こうなると、既視感《デジャヴュ》というよりは、明確な記憶によるものだろう。

つまり、僕は、この場所を知っている。

……いや、見たことがある。

どこで？

ぼんやりバスローブを見つめていると、なにかに弾《はじ》かれたように、僕の記憶は反応した。

そうだ。こんなような場面を、確かに、見たことがある。戸惑いながらバスローブを見つめる人物を。そう、自分自身の体験ではない。〝見た〟のだ。

「アダルトビデオだ」

僕の口から、ふいに、言葉が飛び出した。目覚めてから初めての声だ。我ながら、ひどい口臭だ。

が、この口臭が、僕に、今度こそリアルな感覚を呼び寄せてくれたようだった。僕の思考から一気にもやが晴れた。

と、同時に、耐えがたい尿意も思い出した。

僕は、体の向きを変えた。

ベッドを挟んでクローゼットの反対側、あのドアの向こうには、トイレと浴槽が一緒になった、ユニットバスがあるに違いない。

そう、これは、予想ではない。紛れもない記憶で、僕は、この部屋をよく知っているのだ。実際に来たのは今回がはじめてだが、僕は、ここを何度も見たことがあるのだ。

なるほど、ここは、アダルトビデオの撮影でよく使われる、「例の洋館」と呼ばれている部屋のひとつに違いない。

かつては、リゾートホテルとして営業されていたとも聞く。が、十年ほど前から貸しスタジオとなり、テレビドラマや映画などで頻繁に使われるようになった。洋館ということもあり、特にミステリードラマでよく見かけた。が、ここ数年は、ミステリードラマでも二時間ドラマでも、そして映画でも見かけることはなくなった。五年ほど前に、ハードコアなアダルト作品の撮影現場として貸してしまったために、マイナスのイメージがついてしまったのが理由だとも聞く。その作品で死者まで出してしまったがために、この洋館までニュース番組に出てしまったからだ。それ以降は事故物件扱い。堅気の撮影で使われることはなく、代わりにアダルトビデオ御用達の撮影現場になったと聞く。

事故物件となってからは使用料も値崩れしたのだろう、自棄糞《やけくそ》のようにいろんなアダルトビデオ作品に登場することになる。果たして、ネットで「例の洋館」と呼ばれるようになり、今では、ネット百科事典にも「例の洋館」として紹介されるほどだ。

が、その場所がどこにあるのかは、一部の業界人しか知らなかった。

ちなみに、僕は知らない。

それにしてもだ。僕は、小田原にある州房出版の保養所に連れてこられたのではないのか？　州房出版の保養所が、「例の洋館」だというのか？

ところで、ホソノはどこにいる？

複数の疑問が一気に押し寄せてきたが、僕の生理現象は、もう限界を超えようとしていた。

僕は、トイレがあるはずの、もうひとつのドアを開けた。

と、そのとき、なんともいえない「いやな感じ」が、全身に鳥肌を立たせた。それは本能なのか、それとも経験から来る危機感なのか。……たぶん、後者だ。

ここには、「隠しカメラ」があるのではないか。

そう僕に疑念を持たせたのは、あるアダルトビデオの、ある盗撮場面を思い出したからだった。ここに隠しカメラを仕掛け、それとは知らずに入ってくる女の子を盗撮するという場面だ。

その作品は企画もので、どんな撮影が行われるのかもよくよく説明されていない素人同然の女の子たちを半ば監禁し、その様子をあちこちに隠したカメラで撮るという趣旨のものだ。いわゆる「盗撮」ものと呼ばれるジャンルで、固定ファンも多い、ドル箱コンテンツだ。

盗撮とはいえ、それはあくまでフィクション（疑似）で、女優も「盗撮」されることを承知している……というのが建前だ。事実、「やらせ」がばればれの稚拙な作品も多いのだが、中にはフィクションとは思えないリアルな作品もある。この場合、たぶん、本当に「盗撮」しているのだ。僕が思い出した盗撮の場面も、恐らくは本物だ。

むろん、一般人のスカートの中を盗撮したり、公衆浴場を盗撮したりするなどの本物は、今現在、表ルートではほぼ流通していない。が、「女優」を騙して「盗撮」する作品はゼロではない。制作側は、撮影同意書を盾に、「女優も承諾していた」という逃げ道を必ず設けているが、契約書には具体的な撮影内容は記されてはおらず、女優も、なにかしらの撮影に参加して、その際には監督の指示に従う、……という曖昧な記述だけでサインをしてしまう。裁判所で争えば、そんな契約書になんの効力もないことが証明されるのだろうが、そんなことで争うような人物は、そもそもアダルトビデオの女優などにはならない。

それがたとえ、自分自身の意思だったとしても、人前で裸になった以上、そこから派生するすべてのリスクを引き受けるのが当然と、ある種の洗脳下に我が身を置いているのが、女という性なのかもしれない。どんな時代でも国でも、文明とともに女性が強《し》いられてきたのは「貞操」という幻影で、「貞操」を守れない以上は、どんな地獄に引きずり込まれても文句は言えないという呪縛を遺伝子に組み込まれてしまっているのだ。奔放で、性にオープンな女性とて、この呪縛からは逃れられない。逃れられないからこそ、声高らかに、自身の性的な経験を吹聴して、そしてそれを浄化しようとしているのだ。

そこのところを巧みに利用しているのが制作者側で、一度AVプロダクションのドアを叩いてしまった女は、あるいはスカウトの口車に乗ってしまった女は「売女《ばいた》」の烙印を押され、それこそ石を投げられても八つ裂きにされても当然の、「下等」な落伍者だと認識される。もちろん、表面上はそんなことは一言も言わず、むしろ「女神」だの「女王」だの「アイドル」だのとちやほやし、女が気持ちよくなったところでありとあらゆる無理難題を叩きつけるのだ。そして用済みになると、かつての遊女にもそうしたように、無惨にドブに捨てるのだ。

それでも、同意書や契約書を盾に、制作者側は「女優の自己責任だ」と言い逃れる。

この洋館で、かつて女優が死んだときも、結局、制作側にはお咎《とが》めはなかったと記憶している。彼女は旬が過ぎた女優で、引退しようとプロダクションに行ったもののこの洋館に連れてこられ、そして監禁され、次から次へと現れる侵入者たちにありとあらゆる陵辱《りょうじょく》の限りを尽くされる。はじめは泣いたり喚いたり懇願したりと激しく抵抗するも、しだいに人形のように無表情になっていく女優。その様子を、各所に仕掛けたカメラで撮影する……というものだが、その様子はあまりにリアルで、それがすべて「演技」だったとすれば、この女優は普通の役者の道を選ぶべきだった。いや、役者であっても、あれほどリアルな演技はできないだろう。

あれは、確かに、やりすぎだった。

その女優は、監禁されて三日目に、洋館の外で死体で発見された。それは、ただの事故死として片づけられたが、明らかに、陵辱の末の消極的自殺だったと、当時のことを知る者から聞いたことがある。

その作品にも、このユニットバスで盗撮されたであろう場面が含まれていた。

他にも、このユニットバスが舞台の盗撮作品はあまたある。どれもほぼ同じアングルで。ということは、盗撮カメラはこのユニットバスの備品の一部で、固定されていると考えられる。

たぶん、あそこだ。

僕は、ドアの上を見た。そこには棚があり、トイレットペーパーが三つ、並べて置いてあった。トイレットペーパーをずらすと、それはあっけなく現れた。量販店あたりで簡単に手に入る小型カメラ。が、電源は入っていないようだった。それでも念のため、レンズ部分を壁側に向けると、僕はようやく、便器に向かった。

放尿の解放感に浸りながら、僕は、改めて、自分が置かれた立場を確認してみた。

要するに、僕は、「週刊全貌」の版元である州房出版にかくまわれているという格好らしい。が、それを手配したホソノの気配はない。

そういえば、僕の私物は？　確か、ショルダーバッグを持っていたのだが。その中には、いわゆる貴重品……財布と免許証と保険証、そして仕事道具……携帯電話とシステム手帳が入っている。着の身着のまま自宅から飛び出したこともあって、タブレットとボイスレコーダーを入れてきたかどうかは定かではないが、いずれにしても、全財産と言ってもいいほどの品々が、ショルダーバッグには詰め込まれていた。が、不思議と、そのことで不安を覚えることはなかった。強い睡眠薬でも飲まされたような、あるいはひどい二日酔いの朝のような、ぼんやりとした痺れがいまだ僕の体を支配していた。そのせいで、意識と体が分裂しているような感覚がずっと続いている。自分自身を、天井から見下ろしているような感覚だ。貴重品が入ったバッグが見当たらないという事実も、なにか他人事《ひとごと》のように思えた。

だから、不思議と、恐怖は覚えなかった。

そんなことよりも、僕をパンツ一丁のままこの部屋に放置したホソノに対する怒りが、じわじわと込み上がるのだった。

……ああ、そうだ。杏里ちさと。彼女のことも記しておかなくてはならない。

ホソノの糞野郎の言葉を信じるとすれば、杏里ちさとも死体で見つかったらしい。三人目だという。

三人連続してAV女優が怪死し、そしてどういうわけか、僕がインタビューした女優ばかりだ。

そう、彼女たちの不審死の共通点は「僕」で、だから僕が疑われるのは仕方がない。人は、それがどんなに意味のない偶然だとしても、そこになにがなんでも「意味」を見出そうと躍起になる。「言葉」というツールを手に入れた人類は、その代償として「意味付け」という呪縛に晒されてしまったのかもしれない。どんな事象にも「意味」を探し、因果を立証しようとする。それが困難な場合は、ありとあらゆる想像力をかき集め、道筋に合った話を拵えるか、はたまた、神の思し召しのせいにして、安心しようとする。

つまり、人間は、道ばたの石ころの存在にも意味がないと、自分の存在そのものが信じられなくなる、厄介な生き物なのだ。言葉を手に入れたばかりに、人間は、死ぬまで意味を探し続ける呪われた存在なのかもしれない。

だから、今回、三人のAV女優が不審死したとき、真っ先にその意味のひとつとして、「僕」が挙がるのはなんの不思議もない、というか自然な流れだろう。

僕もまた、彼女たちの死に「僕」がどのような意味をもたらしているのかと、考えずにはいられない。僕が直接手を下さなかったとしても（断言するが、僕は彼女たちを殺していない）、僕のなにげない言動が、回り回って彼女たちを死に至らしめたのかもしれない。そんなふうに考えると、いたたまれなくなるのだ。

殊に、杏里ちさとの死に関しては、そう強く思える。

彼女には、明らかな自殺願望があった。インタビュー中も、そのあと、確認のために電話したときも、彼女の死のサインはあからさまだった。

近いうちに、自殺するな。

そう確信するほどだった。確信しながら、なんの手だても講じなかったという点を責められれば、僕は返す言葉がない。死ぬことを分かっていながら見殺しにした、お前が殺したも同然だ……と言われれば、その通りだと観念するしかない。
だからといって、AV女優のサインをすべて真に受けていたら、こちらの身が持たない。
彼女たちは、良くも悪くも〝嘘つき〟で、虚構の中で生きているところがある。両手首には
おびただしいリストカットの痕がある女優も多いが、あれとて、アクセサリーに過ぎないのだ。
タトゥーのようなものなのだ。客の歓心を買うために、かつての女郎はときには指も切り落と
したというが、それに近い行為なのだ。体を張った、PRだともいえる。「私をもっと知っ
て！」と、体にキャッチコピーを刻むようなものなのだ。
だから、杏里ちさとの手首にそれを見つけたときも、僕は特段、驚きもしなかった。それど
ころか、「こいつもか」と、少々落胆したものだ。
が、杏里ちさとの経歴を鑑《かんが》みれば、その傷痕はただのアクセサリーではなかったのだと、あ
とになって思う。
杏里ちさとは、かつては新体操の選手だった。オリンピックの強化選手に選ばれたこともあ
るほどの、実力の持ち主だ。が、あるスキャンダルによって一年間の謹慎処分を受け、その後、
選手名簿からも抹消される。事実上の追放だ。が、その一年後に、AVデビューする。そのと
き、二十一歳。去年のことだ。
「新体操の元オリンピック選手、AVに挑戦」という見出しのニュースは、大手検索サイトの
トップにも表示され、大変な話題になった。が、「元オリンピック選手」ではなく、「元オリン
ピック〝強化〟選手」だということが知れると、その騒ぎも嘘のように鎮まった。それでも、

「芸能人」と謳っているくせして一般的にはほとんど知られていない地下アイドルや着エロモデルのAVに飽き飽きしていた愛好者にとっては、久々の大物だったのだ。オリンピック〝強化〟選手とはいえ、地上波のテレビで放送されるような大きな試合に何度も登場したことがあるメジャーな選手で、さらに「美しすぎる新体操選手」としてネットの一部ではマニアックな人気を博していた選手だからだ。元国民的アイドルだった井草明日香ほどではないものの、上玉の単体女優誕生と、大いに話題になったものだ。

DVD発売直前、プロモーションの一環で僕は彼女にインタビューしたことがある。

美しかった。新体操選手というのは容姿そのものも採点に影響するようで、平均して容姿端麗な女性が多いのだが、杏里ちさとは群を抜いていた。そのスタイルを数字に置き換えると、よくいるモデルのそれかもしれないが、彼女の体は数字でははかれない、極限まで鍛えられた美しさがあった。むろん、その顔も美しかった。古き良き時代のシネマ女優……例えば、芦川《あしかわ》いづみのような雰囲気を持つ、正統派美人だった。その肌も、陳腐な表現だが白磁のようにきめが細かく滑らかで、僕はしばし見とれてしまった。

どうしてこんな子がAVに出てセックスを晒すはめになったのか。好奇心より、痛々しさのほうが先に立ったほどだった。

僕は単刀直入に訊いた。

どうして、AVに?

「どんなジャンルであっても、自己を表現するということは変わらないと思うんです。私は試合のとき、私のすべてを曝け出す意気込みで臨んでいます。レオタードは着ていますが、それは裸と同じなのです。だから、AV出演の話が来たとき、私は自ら『出る』と即答しました。世間で言われているような、『ある事情があって、強制的に出演させられている』わけではありません。私自身の意志で、決めたんです」

彼女は、試合を控えた選手のように、きゅっと顎を上げて、凜とした瞳で言った。そして、こうも付け加えた。

「……それに、私、セックス、大好きなんです。セックスをとことん、追求してみたいんです」

それらの発言は本音だったのか、それとも「言わされた」ものだったのか。僕は、後者であると、踏んだ。

というのも、彼女にはちょっとした噂があった。それは彼女自身も触れていたが、「ある事情があって、強制的にAVに出演させられた」というものだ。いや、噂ではなく、事実だろう。スポーツ紙の記事を書いているライターにその辺の事情に詳しいやつがいて、それとなく訊いてみると、彼女はある理由でAVに売られたというのだ。

彼女が新体操界から追放される原因にもなった、ホスト狂いがその理由だという。

「謹慎処分を受けて、事実上追放されたときに、自棄《やけ》になったんだろうね。彼女はホストクラブに通いはじめたんだよ。で、あるホストにハマってしまって、借金を重ねた。その借金が莫大になり、返済不可能というときに、白馬の騎士が現れた。芸能プロダクションの社長だ。借金を肩代わりするから、うちに来てくれって。彼女にしてみれば、芸能界デビューのチャンスだし、なにより借金の返済からも逃れられる……の一石二鳥ということで、サインしてしまったんだろうね。そのプロダクションが、ＡＶ専門の事務所だとも知らずに」

プロダクションZEGENのことだろうか？

「いや、違う。今のプロダクションに移籍してきたのは、最近だ。上玉の単体女優としてはもう使いものにならないってことで、今のプロダクションに売られたんだよ」

記者は、同情の眼差しを漂わせながら続けた。

「ハメられたんだと、みんな言っているよ。遡《さかのぼ》れば、彼女が謹慎処分を受けることになった原因からして、ちょっと臭うんだ。……プライベート画像が流出したんだよ。当時付き合っていた彼氏と、裸で愛し合っている写真。つまり、ハメ撮り画像だよ。結局、それがきっかけで、彼女は転落の一途を辿ることになる。でも、それはすべて計画されたことで、彼女をＡＶに堕とすために、仕組まれたストーリーだってね」

じゃ、ホストクラブ通いも、そこでホストに狂って借金漬けになったのも……？

「人生かけて打ち込んでいた場所から追放されたんだ、それこそ凄まじい虚脱感と絶望感だったろうよ。そんな弱り果てた人間をたらすのは簡単だ。子供を騙すよりもね。で、溺れた犬をさらに棒で追いやるように、甘い言葉をかける人物を登場させると。弱りまくっているからね、警戒心も薄いんだよ、ころっとその甘い言葉に溺れる。そのあとは、赤子の手をひねるよりも簡単だっただろうね、新体操に打ち込んでいたときは経験しなかったような〝ちやほや〟攻めだ。これは、ある意味ドラッグ以上の効果がある。〝ちやほや〟攻めに遭って、落ちない人間はそういない。たいがいは、落ちる。で、ターゲットは〝ちやほや〟欲しさに、我も忘れて金を使いまくる。借金も、はじめだけは警戒するかもしれないが、そのハードルはどんどん低くなる。借金をしている感覚が鈍ってきたところで、強面《こわもて》の借金取りを登場させて、いったん、冷や水を浴びせる……と。これも効果抜群だ。まるで乾いたスポンジのように、どんな脅迫もどんどん吸収してくれる。脅迫に対する恐怖で飽和状態になったところで、……まさに抜群のタイミングで、白馬の騎士を投入するんだ。もう間違いなく、一〇〇パーセント、すがってくるね。なにしろ、ターゲットにとっては救世主。神だよ。それ以降は、救世主の思うがままだ。神が言えば裸にもなるし、性器だって見せるんだ。それが正しいことだと、思い込んでしまうんだろうね」

つまり、彼が言いたかったことを要約すると、杏里ちさとは、自分でも知らないうちにAV女優へのレールを敷かれ、それにまんまと乗せられたということだ。

いや、珍しいことではない。世の中はそんなことだらけだ。

自分の意志で選択して、そしてその道を自分の足で歩んでいるように見えて、実は、それは誰かの〝采配〟だったりする。

「杏里ちさとは、アスリートということもあり、指導者の言うことは素直に聞くという習性が身についていたんだろうね、彼女は見事に、プロダクションの期待に応えていった。でも、葛藤もあったと思うよ。その証拠に、プロダクションは杏里ちさとに、『清純派のアスリート』

像をいつまでも求めていたが、彼女はしだいに、自らその反対路線を歩むようになってしまう。〝ビッチ〟路線だ。デビューして半年後、ある撮影に彼女は、整形したての腫れた顔でやってきたらしい。撮影現場は凍りついたっていうよ。整形というのは本来、元の顔よりも美しくなるものだが、彼女の場合はその逆だった。その切れ長の奇麗な目を醜い不自然な二重にして、その筋の通った鼻もただ馬鹿でかいだけの不格好な形にしてしまった。その唇にいたっては、気持ち悪いナマコそのものだ。あの清純派の美少女の面影はひとつもない、ただのゲテモノになってしまった。杏里ちさとがとうとう壊れた。もう用はないとばかりに、プロダクションの社長は、キワモノの女優ばかりを集めたプロダクションZEGENに売り飛ばした……というのが、業界のもっぱらの見解だね」

この記者の言う通り、杏里ちさとはもはや別人というほどの変わり果てた姿で、一年振りに僕の前に現れた。それが、一週間ほど前のことだ。

場所は、恵比寿にあるシティーホテルのラウンジ。杏里ちさとが選んだ場所だったが、そのラウンジには相応しくない服装で彼女は現れた。簡単に言えば、ＳＭの女王様のコスプレのような、ラバースーツ。ドレスコードはなかったものの、それを理由に入店を断られるんじゃないかとヒヤヒヤする思いだった。

香水もきつかった。

目眩《めまい》とも吐き気とも分からない不快な感覚に、取材中、僕は終始悩まされた。

が、彼女の手首にリストカット痕を見つけたとき、この姿はすべて、彼女の虚勢によるものだと理解した。ここまで虚勢を張らないと、もう生きていけないほどに、彼女は追い詰められていたのかもしれない。

僕は、直感した。

彼女は、自殺するかもしれない。

僕は、訊いた。一年前と同じ質問だ。

「あなたは、どうしてAVに？」

なんとも、不毛な質問だ。

僕は、こんな馬鹿げた質問を、今までいったい、何回繰り返してきたのだろう？　分かっている。僕は、きっと、こういう回答が欲しいのだ。

「AVなんて、出たくありませんでした」

しかし、女優たちから、そんな回答を得られたことは今までになく、そしてこれからもないだろう。彼女たちは、頑《かたくな》に、こう答えるしかないのだ。「セックスが、好きだからです」と。

そのたびに、僕は打ちのめされる。なんて見事に調教されてしまったのだろうと。

「AVなんて、出たくありませんでした」

しかし、杏里ちさとは、言った。

「私、ハメられたんです。そして、もう、逃げられません。私は、いずれ、殺されます。私、保険金を掛けられています」

杏里ちさとの告白は、僕を動揺させるには十分なほど、深刻なものだった。

しかし、そのときの僕は、動揺するだけで、それ以上のアクションは起こさなかった。いや、それどころか、杏里ちさとを残して、早々に退散した。

が、今になって思う。杏里ちさとの告白は、他人事ではないのだと。僕は、今、確信している。この一連の不審死には、あるシナリオが存在すると。

だとしたら、僕は、なぜ、今回ライターとして呼ばれたのだろう？

その答えは、簡単だ。僕の役所は、連続殺人鬼だ。そう、ＡＶ女優たちを、次々と殺害していく、切り裂きジャック。

なるほどね。そして、僕は、殺人鬼の汚名を着せられたまま、この洋館で消される運命なのだろう。

翌日。

いや、もしかしたら、まだ日付は変わっていなかったかもしれない。今となっては、時間の感覚が無に等しい。

いずれにしても、夜。

ホソノが、現れた。当分の食事と水分だと言って、菓子パンとペットボトルが大量に詰め込まれたレジ袋を置いていった。

去り際、彼は言った。

「双樹沙羅の死体が、見つかったらしいよ。三月十二日に、殺害されたらしい」

三月十二日といえば、僕が双樹沙羅にインタビューした日だ。カラオケボックスで。その様子は、カラオケボックスの監視カメラもしっかり撮影しているはずだ。証拠としては、これほど強力なものはない。

僕は、特段、驚きもしなかった。シナリオ通りだからだ。双樹沙羅殺しの犯人も、僕ということでシナリオは進むのだろう。

そして、小石川雪路。僕が取材したAV女優の一人だが、彼女も生きてはいないかもしれない。だとしたら、彼女もまた、僕が殺したことになるのだろう。

僕は、ある種の諦観に浸っていた。

とはいえ、僕の物書きとしての〝業〟まで放棄したわけではなかった。真実を、伝えなくては。

ホソノの気配がすっかりなくなるのを確認すると、僕は、原稿用紙の代わりになる紙を探した。幸い、ペンは、ベッドの脇机に無造作に置いてある。

とにかく、伝えなくては。

……僕は、犯人ではないと。

本当の、黒幕は――

第二部

第二の采配

1

とにかく、伝えなくては。

……僕は、犯人ではないと。

本当の、黒幕は——


原稿は、ここで終わっている。

倉本渚《くらもとなぎさ》は、ここまで読んで、これ以上できないというところまで両の眉頭を寄せた。鼓動が少しばかり、速まっている。

それは、もちろん、とんでもない原稿を読んでしまったという興奮に他ならなかったが、しかし、厄介なものに足を突っ込んでしまったという本音も含まれていた。

この原稿が着払いの宅配便で、ここ州房《すぼう》出版に送られてきたのは昨日、三月二十七日木曜日のことだった。

レジ袋で乱暴に梱包されただけの、紙の束。キッチンペーパーやら壁紙を破ったものやら包装紙やらチラシの切れ端やら、とにかく、ありとあらゆる種類の紙の束だった。いたずらかと思った。

出版社に勤めていると、この手のいたずらに遭遇することがある。生ゴミが送られてきたことも一度や二度ではない。これが一般の会社ならばなにかしらのセキュリティーにひっかかるのかもしれないが、出版社という立場上、どんなに怪しげな荷物であったとしても、それをむげに弾くことはない。その中に、「リーク」や「たれ込み」などのお宝が入っている可能性もあるからだ。

それに、その差出人の名前がひっかかった。

「名賀尻龍彦」

これは、今、「AV女優連続不審死事件」の容疑者としてネットで騒がれている人物の名前だ。まさに、時の人だ。

むろん、だからこそ、いたずらをまず疑ったのだが。

全国的に話題になっている事件の当事者や、または逃亡犯の名を騙《かた》って送られてくる郵便や荷物は珍しくもない。その大半はいたずらで、中にはその人物になりきって、自叙伝もどきの原稿を送ってくる強者《つわもの》もいる。

が、それこそ千にひとつの確率だが、本物の場合がある。犯人本人からの挑戦状といった類いのものだ。過去にも、歴史に残るような有名事件で、このような方法で世間を挑発した犯人は少なからずいる。もしそれをいたずらとして見過ごしてしまったら、それこそ社員何人かの首が飛ぶほどの失態なのだ。

そこで、どんなに怪しげな荷物であろうと、仮にそれが爆弾であったとしても、開封して中身をチェックするというのがこの出版社のマニュアルだった。

開封しチェックするのは、宛名が具体的に記されてない場合、その荷物を最初に受け取った人物……というのが暗黙のルールだ。

最初に受け取るのはたいがい、編集部の宅配便や郵便の手配を受け持つ、臨時に雇われているバイトか派遣社員だ。その中でも一番の下っ端が「開封」という任を負うことになる。

倉本渚は二ヵ月前、この編集部に派遣されたばかりだった。その下はいないので、今のところ、最底辺に位置する。そういうこともあり、この荷物は、渚に託されたのだった。

「こんな仕事ばかりだ」

渚は、荷物を睨みながら、苦々しく、ひとりごちた。

「契約にないことばかり」

契約書の仕事内容は「編集業務」ということだったが、今のところ、「編集」らしきことは一切していない。いわゆる、雑用だ。

本来、派遣の契約書に書かれていない業務をする必要は一切なく、仮にさせられたらそれを派遣会社のコーディネーターに報告して、改善を要求しなくてはならない。そういうふうに、法律かなにかで決められているらしい。

昨日、派遣コーディネーターが勤務状況を視察に来たときも、「どうですか？　契約以外の仕事、させられていませんか？」と訊いてきたが、「はい、させられていません」と、渚は応えた。ここで正直に、「契約にはないことばかりさせられています。編集部員のプライベートな買い物とか、お茶くみとか、……先週なんか、保育園に編集部員の子供を迎えに行かされました」などと訴えたところで、こちらが職を失うだけだ。むしろ、雑用業務で時給千七百五十円というのはありがたいことなのかもしれない、編集スキルはまったく活かされないし、スキルアップにもならないが、まあ、これはこれでよしとしよう……と諦めてもいた。派遣コーディネーターもその点は承知していて、

「先方様も、あなたのことをよく気がきくいい人だって、おっしゃってました。これからも、先方の指示をよく聞いて、頑張ってくださいね」

などと、言葉ばかりのねぎらいを残して、帰っていった。

そのあとだっただろうか、この、怪しげな宅配便が編集部に届いたのは。

とにかく、異様な荷物だった。しかも、その差出人は、時の人の名賀尻龍彦。

いたずら？　本人？

……どうしたらいい？

しかし、お伺いを立てようにも、編集部員はほとんど出払っていて、席にいたのは、越谷《こしや》さん。サボタージュすることが仕事だと広言しているような、五十代の編集部員だけだった。その歳になってもなんの役職にも就かず、仕事もないようだ。一日中、デスクで気怠《けだる》そうに雑誌か新聞を読んでいる。一事が万事こんな調子で、そのせいで、社内をあちこちタライ回しされていると聞いたことがある。いわゆる、社内ニートだ。飲みすぎて肝臓でも悪くしたのか顔はいつも土気色《つちけいろ》、その無精髭などはもはやホームレスのそれだった。本人はアウトローでも気取

っているのかもしれないが、ただの得体の知れないおっさんだ。

「あの……。こんな荷物が届いたんですが」

渚が言うと、彼はちらりと荷物を見たものの、すぐに視線を雑誌に戻して、

「中身、チェックして。ただのゴミだったら捨てちゃって。ネタになりそうなたれ込みだった場合も、捨てちゃっていいよ」

などと、適当に言い放つ。

「は？　たれ込みも捨てちゃうんですか？」

「別に、いいよ。興味ない」

ダメだ。この人の言葉を真に受けていたら、こちらの身が危険だ。

事実、ここに派遣されたばかりのときに、越谷さんに「これ、捨てておいて」と書類を渡されてその通りにしたら、編集長に泣かされるほど怒鳴られた。それは、大切な裏付け資料だったのだ。

なのに、この人は、「あーあ、やっちゃったねぇ、ハケンさん」などと、他人事のように言った。「まあ、気にしない、気にしない」と、肩まで叩いて。

……この人は、いったい、なんのためにこの職場にいるのだろう？　仕事なんかしているところは見たこともない。それどころか、業務に支障を来すようなことばかりをやっている。

それでも今日のように他に社員がいない場合は、この人にお伺いを立てるしかないのだ。派遣社員は、なにをするにも、独断で行ってはいけないのだから。独断でできるのは、トイレに

行くことぐらいだろうか。いや、それすら、声をかけないとあとでいろいろと言われる。

「分かりました。……じゃ、とりあえず、開封しますね」

そして、現れたのは、この異様な紙の束だった。

「ゴミ？」

越谷さんが、その首を亀のように伸ばしてこちらを窺っている。

「はあ、ゴミみたいです」

応えると、

「なら、捨てちゃっていいよ」

言われたが、その指示に従うべきか、しばし迷った。

なにしろ、この人の指示が適切だったためしがない。仮に本当にゴミだったとしても、やはり、ちゃんとした社員が戻ってきてから、改めてお伺いを立てるのが賢明だろう。

そう判断し、とりあえず自分のデスクの下に置くと、昨日は職場をあとにした。

が、家に戻ってからも、その荷物が気になって仕方なかった。

というのも、忘れ物に気づき一度職場に戻ったのだが、自分のデスクに、あの越谷さんが座っていたからだ。しかも、あの紙の束を読み耽っている。なにかメモしながら。

こんな熱心な姿は、初めてだった。

もしかして、あれはただのイタズラでもゴミでもなくて、本物？　本物の名賀尻龍彦が送ってきた、重要なナニカなのでは？　だって、あの越谷さんが、あれほど、かぶりついている。

このまま隠れてのぞき見を続けるわけにもいかない。渚はわざと大きな足音を立てて、自分のデスクに向かった。

それに気づいたのか、越谷さんが、「あ、どうした?」と、慌てることもなく、こちらを見た。

「越谷さんこそ……どうしました?」

「うん?……あ、ごめん、ちょっとデスクを借りていたよ。ついでに、パソコンも」

見ると、パソコンの電源が入っている。原則、社員に与えられたIDとパスワードで派遣スタッフ用のパソコンにもアクセスすることはできると聞いてはいるが、それを実際にやられると、いい気はしない。

「ところで、どうした? 君、帰ったんじゃ?」

「いえ、ちょっと忘れ物が……」

「あ、そう。なら、俺はこれで」

そして、紙の束を名残惜しそうにデスクに戻すと、オフィスを出ていった。

「なに?」

渚は、今まで彼が使っていたであろうパソコンをのぞき込んだ。

大手検索サイトが表示されている。

そこには、「例の洋館」と打ち込まれていた。

例の……洋館?

ひどく興味をそそられたが、時間が迫っている。

今日は夫の誕生日だ。予約していたケーキを取りに行かなければならない。

渚は、紙の束を鍵付きの引き出しに入れると、後ろ髪を引かれる思いで、再び、社をあとにした。


そして、今日。

渚はいつもより早めに出社して、急《せ》かされるようにその引き出しを開けた。

まだ、誰も出社していないことを確認すると、紙の束を引きずり出し、そこに記された文字を追いはじめた。

＋

倉本渚が、それを読み終え顔を上げたのは、午前十時を少し過ぎた頃だった。

が、オフィスには、まだ誰も来ていない。

いくつかの出版社を渡り歩いてきたが、こんな時間に出社しているのは校了を抱えて徹夜で仕事をしている働き盛りか、それとも会社に泊まり込んでいるような仕事中毒者、はたまた入社したての新人ぐらいだ。その他はたいがい、午後からの出勤。中には、取材だ打ち合わせだと称して、数日顔を出さない輩《やから》もいる。

アルバイトや派遣社員などの雑用スタッフも、ほとんどが昼までに出勤するようなシフトで、渚も契約上は十時半までに出勤すればいいことになっている。

なのに、今日、渚は八時には、もうこのデスクについていた。

どうしても、この紙の束が気になったからだ。「AV女優連続不審死事件」の容疑者「名賀尻龍彦」から送られてきた紙の束。

昨日、これを開封した時点では、それほど気にも留めなかった。どうせ、頭のおかしい人のいたずらだろう。やれやれだ。これをどう処理すればいいのか、その方法を誰に訊けばいいのか、……ああ、面倒臭い、という思いだけだった。

が、昨日の夜。いったんオフィスを出て、しかし忘れ物に気づいて戻ると、自称サボタージュの越谷さんが、この紙の束を熱心に盗み読みしていた。その姿を目撃したのがトリガーとなったのか、渚の中でじわじわと「名賀尻龍彦」の存在がクローズアップされたのだった。

それは、はじめはゆっくりとしたスピードだった。が、注文していたケーキを取りにショップに入る頃には加速がつき、気がつくと「名賀尻龍彦」のことを熱心に考えている始末。そのせいで、蠟燭《ろうそく》の本数を間違って告げるほどだった。本当は、四十二本だったのに。箱を開けたら、二十二本だった。いや、この間違いは、もしかしたら、自身の本音が導き出したものかもしれない。四十二本だなんて、そうそう言えない。四十二歳にもなって……と、店員にこっそり笑われるのがオチだ。

四十二歳にもなって。

そう。これは、間違いなく、自分の本音だ。四十二歳にもなって、誕生日ケーキを希望する夫も夫だが、それを素直に聞く自分も自分だ。

……まったく。彼の頭の中は、生まれながらのバブル時代なのだ。ちょっとした日用品にも高級品を好み、イベントともなるととことん拘《こだわ》りを見せる。今年のお正月なんか、都内一流ホテルのお節を取り寄せた。六万円。確かに美味しかったが、二日で食べ尽くした。二人で、一日、三万円を食したことになる。一人頭、一万五千円！　それでも夫は不満らしく、次は、八万円のお節を取り寄せようなどと、言っている。

……こんな調子では、今の生活環境から一歩も抜け出せないのではないか。貯金もゼロ、先月などは、危うく、水道が止められそうになった。ライフラインの要である水道が止まることはないとどこかで信じていたが、それはどうやら都市伝説のようだ。自身の携帯電話料金に充てようと思っていたお金で急いで支払ったおかげで、水なしの生活という最悪の窮地は回避できたが、その代わりに携帯電話が止められ、給料が入金されるまでの数日間は、不便な生活を強いられた。

……こんな綱渡り的な生活からは一刻も早く脱しないと。それでも、夫からなにかリクエストがあるとそれに応えざるをえない。拒否した時点で、夫はどこか遠くに行ってしまうのではないか。

……そんな面倒な夫なら、自分から捨ててしまえばいいのに。だって、四十過ぎて誕生日にバースデーケーキを欲しがる夫なんて、いる？　しかも、店まで指定して。半年前から予約しなくてはいけないような有名ショップ、最低でも一万円はするケーキを、派遣社員で糊口《ここう》を凌《しの》いでいるような妻にリクエストする？

……いないよ、いるわけがない。いたとしたら、相当なファンタジー男だ、それとも、究極の貧乏神。そんなやつと一緒にいたら間違いなく、破綻する、人生台無しよ。今ならまだ間に合う。深みにはまる前に、とっとと捨てちゃえばいいんだよ、あんな男。

……でも、やっぱり……。

彼がいないと、寂しい。

そんな葛藤もあったせいか、昨夜の誕生日会は、ほとんど上の空だった。「名賀尻龍彦」から送られてきた紙の束も気になっていた。というのも、家に戻る頃には、「名賀尻龍彦」のイメージが、渚の思考のほとんどを占領していたからだ。

名賀尻龍彦。

三十九歳のフリーライターだと、どこかの週刊誌で読んだ気がする。テレビだったか。いや、ネットだ。モザイクやぼかしで隠すことなく、その顔写真まで出回っていた。

一言で言えば、童顔の優男。歳を知らなければ、大学生だと言われても信じてしまうかもしれない。とても連続殺人などやるような雰囲気ではなかったが、いや、そういう人ほど、とんでもない凶行に出るのかもしれない。

名賀尻龍彦。

ベッドに入る頃には、渚の頭の中はその顔写真だらけになっていた。たとえれば、無数にコピーされた写真が隙間なく貼り付けられた部屋、というところだろうか。おかげで、殺人鬼に追いかけられる悪夢まで見た。

そして、今。その顔写真は剝がれることなく、それどころか渚の思考をすべて覆いつくす勢いで、コピーが繰り返されている。このままでは、頭を乗っ取られそうだ。

ああ、鬱陶《うっとう》しい！

渚は、大きく頭を振った。

その拍子に、パソコンのスクリーンセーバーが、解除された。

「あ」

そういえば、昨夜、このパソコンで越谷さんがなにか検索していなかった？

なんだっけ。……えっと。

そう、確か、「例の洋館」。

ブラウザを立ち上げると、検索履歴が残っていた。ネット百科事典だ。渚は、マウスを握りしめた。

＋

【例の洋館】

アダルトビデオの撮影に使用される洋館。多くのアダルトビデオで使用されるために、一部のファンから「例の洋館」と呼ばれるようになった。

他にも、「例のマンション」や「例のカラオケボックス」など、アダルトビデオで利用されがちなスポットに「例の」をつけて、隠語的に利用するのが一般的。

なお、「例の洋館」はオカルトスポットとしても知られた場所で、「例の洋館」に入ると、二度と出られないという都市伝説もあり、「霊の洋館」と呼ばれることもある。オカルトマニアの中では、「日本で最もヤバい怨霊《おんりよう》スポット」として知られている。

「霊の洋館」と呼ばれる所以《ゆえん》は諸説あるが、有名なのが、撮影中に事故死した女優が怨霊となって洋館に棲みついているというものである。その噂を理由に、ここでの撮影をＮＧにする女優、男優、またはスタッフは多い。結果、どこで撮影するか具体的なことは告げずに、騙し討ちの形でこの洋館に女優やスタッフを連れていき、撮影を強行するケースが多発している。このとき、女優たちは目隠しされた状態で連れてこられるため、一部の監督以外には洋館がどこにあるのかは知られていない……というのが一般的な説である。洋館の場所を知る監督も不慮の事故により死亡したという噂もあり、「例の洋館」がどこにあるのかは謎のままである。

が、かつてはホテルで、その後は一般作品の撮影現場としても利用されていたという証言もあり、まったくの謎であるというわけではない。長野県の山の中にあるという説もあれば、神奈川県にあるという説もある。

いずれにしても、悪いイメージがつきすぎたため、洋館を管理する側が、あえて、〝謎〟にしているという説が有力だ。

「霊の洋館……」

渚の両の腕が、一瞬にして鳥肌立った。

その一方で、ひとつの洋館がエロとホラーのふたつの顔を持っているのが、少しおもしろいとも思った。エロとホラーは紙一重。そんなことを言った人がいるが、まさにそうなのだろう。その証拠に、官能色が強い作家は、ホラー色が強い作品も得意としている。

渚の現在の職場である「州房出版・漫画編集局」、ここが発行している女性向けの漫画誌「キュンキュン」も、今月号の特集はホラーで来月はエロの予定だが、作家じたいはほぼ共通している。

「要するに、エロもホラーも、根は一緒なのよ。人の原始的な感情を刺激するという点で」

編集プロダクションから出向してきている女性部員の一人が、漫画に描かれた局部にモザイクを入れながらそんなことを言っていた。

「でも、こんなことばかりやっていると、その原始的な感情すら、ささくれてくるけどね。もう、私、なにを見ても興奮しなくなったわよ」

彼女曰《いわ》く、「キュンキュン」は今年に入って、ホラーとエロを交互に特集しているのだと。

以前の「キュンキュン」は、恋愛、ミステリー、ファンタジーと多岐にわたっていたが、どうも最近、エロとホラーに特化する方向性でかたまったようだ。彼女は「廃刊の伏線よ」とぼやいていたが。

「ゆくゆくはエロ一本に絞られるわよ、テコ入れってことで。エロ路線になるっていうのは、つまり廃刊路線に乗ったということ。今までも、多くの雑誌がそういう道を辿って死んでいった」

なるほど、エロというのは、それこそ最終手段。これより先はもうないという意味なのだろう。女性芸能人が脱ぐときなどは、まさにそうだ。裸を機に自身の価値を高めるか、それとも無惨な値崩れに身を委ねるか。が、実際は、どちらでもない、「消滅」という結末が大半を占める。

メディアもしかり。かつて、映画業界が斜陽を迎えた昭和四十年代、映画会社が生き残りをかけたのはピンク映画だった。なんとか凌いで今では一般映画を製作するまでに復活した会社もあるが、その大半が、消滅していったと聞く。

「エロコンテンツ」というのはそれほどの劇薬なのかもしれない。一瞬は業績を伸ばせるかもしれないが、その反動もまた凄まじい。「ネガティブイメージ」という副作用が付きまとうからだ。一度ついたネガティブイメージを払拭するのは至難の業だ。

なのに、「テコ入れ」という名の下に、安易にエロコンテンツに走るメディアは後を絶たない。だから、粗製濫造《そせいらんぞう》も止まらない。素人すら、安易に手を出す。ネットの動画に素人のハメ撮りが毎日のように流れ、そして同人誌即売会で素人の制作したエロ漫画や小説が山と売られている。

「でも、所詮、どれも使い捨てのジャンク」例の編集部員は、モザイクを局部に入れながら、こんなことも言っていた。「まあ、そりゃそうよね、セックスなんて、誰でもできるものなんだから。特別なことじゃないんだから、素人もプロもないのよ。もっと言えば、なんの技術もいらない。やっているところをただ撮って公開するだけで、素人が何千万円と稼ぐことができるんだから。知ってる？　動画サイトで、素人がハメ撮りを公開して、相当荒稼ぎしているんだって。一億近いみたいよ。……まあ、近いうちに逮捕されるんだろうけどね」

彼女は、モザイクを睨みつけながら、続けた。

「まあ、うちの雑誌も、エロホラー路線に切り替えてから、売り上げは少しは持ち直したけど、その効果もいつまで続くか。無理なダイエットに失敗した人のような激しいリバウンドが来るんじゃないかって、みんな戦々恐々よ。事実、先月の売り上げは結構シビアだった。……エロって、食いつきもいいけど、飽きられるのも早いのよね、まったく」

そんなことを延々とぼやいていた彼女も、先週、突然会社に来なくなった。過労による鬱病だという噂もあるが、事実上のリストラだというのが正解らしい。

いよいよ、「キュンキュン」も廃刊か？

静まりかえったフロアを見渡しながら、渚の口から、寒々としたため息が漏れる。

午前十一時前。

いつの間に出勤したのか、いくつかの人影も確認できる。

が、それは実体のない輪郭のようで、もっと言えば、カカシのようだ。「ここには一応、人間がいる」というのを知らしめるためだけの、ダミー。

この編集部だけではない。隣の部署だって。その隣の部署だって。

そして、渚は、はっと思い当たる。危ないのは「キュンキュン」なのではなくて、この州房出版なのではないか？

そうだ。自分がここに派遣されたのも、一気に辞めた二人の正社員の穴を埋めるためだと聞いた。その二人はろくな仕事をしていなかったのか、その後釜であるはずの自分もろくな仕事をしていないが、そもそも、州房出版じたいが、ろくな仕事をしていないのかもしれない。

渚の両腕に、先ほどとはまた違う鳥肌が立った。

また、倒産の阿鼻地獄と叫喚地獄を一度に経験させられるのではないか。

ここに来る前に派遣されていたのは小さな出版会社だったが、ある朝出勤すると、もぬけの殻だった。社長とともに全社員が夜逃げしたのだ。そのあと、債権者にもみくちゃにされたのは、なにも知らない自分だった。まるで極悪人扱いで、リンチの果てに東京湾にでも沈められるのではないかというほどの、熾烈極まる恐怖を味わった。

むろん、そんなことにはならずに無事に帰宅したのだが、ほんの一瞬の恐怖だとしてもあのインパクトは、今でも頭のどこかにじくじくとした余韻を残している。

あんな目に遭う前に、私も逃げ出したほうがいいのかもしれない。

「ダメだよ」

夫の声が、聞こえたような気がした。

そう。昨夜の、夫の言葉だ。

「大丈夫だよ、州房出版は」

渚の上の空を察したのか、夫はそんなことを言った。渚がここのところずっと派遣先への不満と不安を口にしていたので、またそのことで悩んでいると思ったようだった。本当は違ったが、しかし、渚は話を合わせた。

……そうだよね。なんだかんだいって、州房出版は四谷に自社ビルを持つ準大手の老舗出版社。前の会社のように、突然倒産なんてあるはずもない。

……だから、大丈夫だよね。

夫の顔を見ながら、渚は軽く頷いた。

それが合図だとでも思ったのか、夫は、嬉しそうに、蠟燭の火に息を吹きかけた。

そして、毎年の恒例だとばかりに、例の歌をくちずさんだ。

「22才の別れ」

なんで、ことあるごとにこの歌なのかと思う。別れてほしいというアピールなのかとも思った。

違う。この人は「22才」というフレーズが好きなだけなのだ。今年で四十二歳だというのに。いつまでも、二十代の気でいるのだ。

自分より十歳以上も年上なのに、ふと、そんな歳の差を忘れてしまうことがある。夫の甘ったれ気質のせいだ。

たぶん、性格というのは、歳でも星座でも血液型でもなくて、兄弟の数とそしてその立ち位置で決定するのではないか。私は三人兄弟の長女だが、夫は三人兄弟の末っ子だ。十歳年上であろうが、夫は弟で、私が姉なのだ。

だから、夫が仕事を辞めてきても、いまだに定職に就かなくても、強く責めることができない。そして、夫の誕生日には、相変わらず彼のリクエストに応えてケーキを買ってくる。

夫とは、五年前、仕事で出会った。

当時夫は映画製作会社のプロデューサーで、渚は広告会社のアシスタントだった。結局お蔵入りとなったのだが、ある映画の広告戦略会議に呼ばれたときに、知り合った。

こちらの一目惚れだった。どこがいいというわけではなかったが、本能の一番敏感な部分が疼いた。

この人と、ずっと一緒にいたい。この人と……。


「例の洋館?」

後ろから突然声がして、渚の体は大きく跳ねた。

横を見ると、見慣れない女性が中腰で、自分のパソコンをのぞき込んでいた。

……えっと。この人、誰だっけ? 見たことないけど、……でも、どこかで会ったような気もする。首からぶら下がっている赤いＩＤカードには、雑誌編集局の文字が見える。雑誌編集局のフロアは、十階。未知の世界だ。行ったこともなければ、どんな人が働いているのかも知らない。

「私、『週刊全貌』のトミオカだけど」

女は、抑揚もつけずに、早口で自己紹介した。

「ちょっと、小耳に挟んで。うちのところの荷物が、間違って、こちらのフロアに届いているって。……ああ、もしかして、これ？」

トミオカと名乗る女が、乱暴に、紙の束を拾い上げた。そして、その束をぱらぱらやると、言った。

「ああ、間違いない。うちに来たやつだ」

そして、これみよがしに、威嚇のような大きなため息を吐き出した。

「ね、もしかして、これ、読んだ？」

「え？」

「そうだよね、読んだよね、絶対」

そしてトミオカは、検事が被告人に対してするように、パソコンのディスプレイを指さした。

「だって、『例の洋館』を検索しているぐらいだから」

「いえ、これは、私じゃなくて……」

越谷さんが検索したのだと訴えたかったが、その履歴を追って表示させたのは紛れもなく自分だ。渚は、顔を赤らめた。

「あなた、派遣？」

トミオカは、今度は渚のＩＤカードをのぞき込んだ。派遣社員には、黄色のカードが与えられている。その色の違いで、誰が見てもその人がどんな立場の人間なのかが分かるようになっている。

「派遣社員だって、守秘義務の契約ぐらいあるでしょう？」

トミオカは、威圧的に、吐き捨てた。

「だったら、これは見なかったことにして」

そして最後に、やくざ者がするように鋭い視線できっと睨みつけると、大股でフロアを出ていった。

「なに？」

呆気にとられた渚が、そのことに気がつくのは、一時間ほど過ぎたあとだった。

「え？　あのトミオカって人。……赤いカードだった」

赤いカードは、外部スタッフに一時的に与えられるものだ。例えば出向、例えばフリーランス。

「え？　あの人、社員さんじゃないの？」

2

「あの……。トミオカさんってご存知ですか？」

午後二時。

ようやく出社してきた〝サボタージュ〟越谷の腰が椅子に沈み込むのを確認すると、渚は声をかけた。

「トミオカ？」

越谷が、耳の中に小指を突っ込みながらじろりと睨みつけてきた。

「はい。トミオカさんです。『週刊全貌』の」

「『週刊全貌』の……トミオカ？」

耳に入れた小指をくいくいと動かしながら、越谷。その視線には、相変わらず、誠意の欠片《かけら》もない。そして、

「トミオカね……。知らないな」

と視線を外すと、耳から指をすぽっと引き抜いた。その指の先には、どろりとした耳垢《みみあか》がへばりついている。

「おっ、大漁だ」と越谷はいかにも嬉しそうに、それをデスクの端に擦り付けた。そうやって毎度毎度耳垢を擦り付けているのか、越谷のデスクの端は、得体の知れない汚れが奇妙な凹凸を描いている。

渚は、一歩、体を引いた。昼に食べたピーナッツクリームのランチパックが逆流しそうになり、思わず、きゅっと胸を押さえつける。

「で、『週刊全貌』がどうしたって？」

「昨日届いた例の紙の束、『週刊全貌』のトミオカって名乗る人が、取りに来たんです」

「へー。そう」

越谷は、今度は鼻の穴に、右の親指と人差し指を突っ込んだ。そして、ふんっという鼻息とともに、指を抜く。予想通り、その指には鼻毛が数本、挟まれていた。そして、先ほどと同じように、それらをデスクの端に擦り付けた。

たぶんこれは、越谷なりの、「邪魔だ、さっさと行け」というアピールなのだろう。が、渚は、その耳垢と鼻毛がなにかの拍子にこちらに飛んでくることがないように慎重に場所を選びながら、さらに質問を重ねた。

「越谷さんが、トミオカって人に、紙の束のこと、知らせたんですか？」

「なんで？」

越谷の細い目が、不快感も露わに、こちらを睨みつける。渚の体が、さらに、後ろに退く。

「だから、なんで？」

いや、だって。あの紙の束のことを知っているのは、私以外は越谷さんだけだし。……渚がそんな思いを言葉にしようとしたとき、

「知らないよ、俺じゃないよ」

と、越谷は、デスクの端に向けて、「ふぅー」と息を吹きかけた。埃ともに、例の得体の知れない汚れのかたまりと鼻毛がふわっと舞い上がる。

渚は、体を遠くに避難させた。

「キモっ」

渚は、二の腕を摩った。

できるなら、もう二度と、あのデスクには行きたくない。

でも、気になった。

どう考えても、越谷さんしかいないのだ、「週刊全貌」のトミオカに、例の紙の束のことを話したのは。

それとも、このフロアの誰かが見ていたのか。

渚は改めてフロアを見渡したが、相変わらず、生気のないカカシが、ぽつんぽつんと見えるだけだ。

仮に、昨日、自分と越谷のやりとりを聞いている人がいるとしても、それを「スクープ」だといち早く認識し、そしてその情報を最も欲しがるであろう「週刊全貌」のスタッフに耳打ちする……というような機転をきかしそうな人は、見当たらない。その証拠に、カカシたちの首にぶら下がっているのは、黄色か赤色のカードばかりだ。つまり、一時的にここに集められた、外部の人間ばかり。契約にない仕事など、なにひとつする義務のない連中ばかりだ。

渚の視線に気がついたのか、カカシの一人と目が合った。カカシは、「なにぼーっとしてんだよ」というような無言の圧力をかけてきた。

渚は、取り繕うように、手元の資料を手繰り寄せようとした。今日中に発送しなければならない郵便物に添付する送り状だ。

……あれ？　ない。

送り状、昨日、確かにプリントアウトして、ここに置いておいたのに。

「あ」

渚の声に、相変わらず鼻毛抜きに熱中している越谷が、ちらりとこちらを見た。

「あの人だ」

トミオカさんだ。トミオカさんが、紙の束と一緒に、持っていったに違いない。

渚は、腰を浮かせた。

越谷が、なにやら意味ありげな視線を送ってよこしたが、渚はそれを振り切って、席を立った。

＋

州房出版に派遣されて二ヵ月。職場のある三階と総務部がある最上階以外のフロアには、行ったことがない。

たぶん、これからも行くことはないだろう……と思っていたが、渚は、エレベーターに乗り込むと〝10〟のボタンを探した。が、すでにそれは点灯していた。

「あれ？　あなた」

後ろから声をかけてきたのは、どこかで見た顔だった。お世辞にも奇麗とは言えないような、個性的な顔。そう、まるでモアイ像のような。中年の女性だ。たぶん、四十代後半。えーと。誰だったかしら？　えーと。名前がなかなか出てこない。

……えっと。どこの誰だったかしら？

「倉本さんじゃない？」

しかし、相手のほうが先に、自分の名を呼んだ。

「えっと……」

渚がもじもじとぎこちない笑みを浮かべているうちにも、その女性はどんどん話を進めていく。

「やだー、倉本さんじゃない！　元気だった？　一年振り？　私も、倉本さんが辞めてからすぐに契約が打ち切られてね。あの会社、今、結構ヤバいみたいよ」

一年振り？　ヤバい会社？……ああ、グローブ出版？　あそこのファッション誌で一ヵ月ほど、一緒に働いていた派遣仲間？……えーと。そうそう、サイトウさんだったかしら？……そう、難しい〝齋〟のほうのサイトウさん。その漢字を正しく書ける人がなかなかいなくて、そのたびに、字が違うと、愚痴っていた人だ。自分も面倒だから、この人宛のメモなどには、カタカナで済ませていた。

「え、そうなの？　グローブ出版が？」

渚は、今ようやく思い出したということは上手に隠して、話に乗った。

「そうなのよ、かなり、ヤバいみたい。……で、倉本さんは旦那さんとはうまくいっているの？」

「え？」

「だって、前に言っていたじゃない。離婚するかもしれないとかなんとか」

「ああ……」

確かに、一年前はそんなこともあった。夫が、突然、会社を辞めてきたときだ。早期退職者を募集していたから、名乗りを上げたと。退職金が二千五百万円出るから、普通に定年退職するよりもお得だと。六十歳の定年退職まで待つと、退職金は二千万円しか出ないと。

……が、普通に定年退職まで勤め上げて毎月お給料をもらっていたほうが、それ以上の収入が見込めたのだ。そして普通に退職金をもらっていれば、たぶん、合計で一億円以上になっていたはずなのだ。どう考えても、早期退職するほうが大損なのだ。だからこそ、会社も早期退職者を募ったのだろう。

……なのに、あの人は、目先の「二千五百万円」に飛びついた。一事が万事、あの人はそうだ。長期で物事を考えるということがない。そもそも、赤字にならないようにお金を使うという単純な計算すらできない。その瞬間その瞬間を生きている。それが格好いいとすら思っている。

……しかもだ。その退職金で、さっそく車を買った。詳しい価格は知らないが、高級外車だ。

たぶん、退職金のすべてをそれに充てたのだろう。というか、それが目当てで、早期退職に飛びついたに違いない。マンションのローンも残っているのに。再就職が決まるまでは、私のお給料と預金だけで暮らしていかなくてはならない。……もう離婚するしかない。

そんなことを、何かの飲み会で、延々と愚痴ったことを、思い出す。

「でも、離婚はしてないみたいね」

サイトウさんは、渚の左手薬指を見ながら言った。その指には、結婚指輪がはまっている。

「旦那さん、再就職は決まったの？」

「うん……。というか、なんか、会社を立ち上げるって」

「会社を？　じゃ、社長になるの？」

「……ええ、まあ」

頷いてはみたものの、会社を立ち上げる、ビッグなことをする……とは毎日言っているが、それに向けてなにか具体的なことをしている様子はまったくない。

「じゃ、社長夫人だね」とサイトウさんは言ったが、その目にはどこか哀れみの色が滲んでいる。

この業界で、「社長になる」とか「独立する」というのは、ただのフリーランスになるというのと同意語で、なんの珍しさもなければ、特別なことでもない。むしろ、受難の道が約束されたことを意味している。

事実、預金もゼロとなった現在、渚の人生の中でも最大の受難の道に差し掛かっている。今の給料だけでは、住宅ローンを支払ったら、ほとんど残らない。今月は実家の母に用立ててもらったからどうにか凌げるとしても、……来月からどうしよう？

「……ところで、倉本さんは、今、どこに？」

渚の心中を察したのか、サイトウさんは話題を変えた。

「私は、……漫画編集局に」

レディコミ「キュンキュン」の名前は出さずに、曖昧に答える。そして、変な突っ込みが入る前に、「サイトウさんは？　今、どこに？」と、質問した。

「私？　私は……」

サイトウさんが応える前に、エレベーターの扉が開いた。十階フロアの、雑誌編集局だ。

「私は、ここ」

そして扉が開くと、サイトウさんは一歩、踏み出した。渚も「あ、私もここ」と、それを追った。

十階フロアには、週刊誌の編集部が三つ入っている。

女性週刊誌の「女性モダン」、写真週刊誌の「激撮」、そして、男性週刊誌の「週刊全貌」。どれも、一時代を築いた有名雑誌だ。ピーク時には「女性モダン」が六十万部、「週刊全貌」が八十万部、「激撮」にいたっては、百万部を超えていた。が、今となっては、どれも、ピーク時の五分の一にも達していない。

最も部数を落としているのは「週刊全貌」で、公称部数十五万部ということになっているが、実売は、十万部もほど遠いという。つまり、埼玉県にある倉庫には毎週、返本の山が築かれているということだ。テコ入れで、先週号は元アイドルのヘアヌード写真を袋とじで付けたらしい。それでなんとか、久し振りに完売したようだ。が、特に目玉のない今週号は、悲惨なことになるだろう……というのが、社内のもっぱらの噂だ。

一時代を築いたものほど、落ち目になるとその凋落《ちょうらく》ぶりは悲惨極まる。

このフロアも、かつては活気に溢れていたに違いないのだろうが、今となっては、秋の逗子海岸以上の寂しさだ。兵《つわもの》どもが夢の跡。そんなフレーズが、ふと、過《よぎ》る。

「今、私は、あそこ」

サイトウさんが指さしたほうを見ると、「週刊全貌」と書かれたプレートがぶら下がっていた。

「あ、『週刊全貌』なの？」

「うん。……なに？　倉本さん、うちに用だったの？」

「ええ。まあ。……トミオカさんって、いる？」

「トミオカ？」

サイトウさんの視線が、天を仰ぐ。

「トミオカさん？」

「うん、そう。赤いＩＤカードをぶら下げていたから、たぶん、外部スタッフ」

「外部スタッフの……トミオカさん？　女性？　男性？」

「若い女性。たぶん、三十歳ぐらいの」

「どんな感じの人？」

あれ？　どんな人だったろう？　髪は短かった？　長かった？　そしてどんな服装をしていた？　とにかく、あまりに威圧的だったので、注意深く観察していない。でも、いい香りはした。

「香水。香水をつけていた。あれは、たぶん、……そう、エルメスの『ナイルの庭』」

「エルメスの香水？……そんなしゃれた人、うちの編集部にはいないけどな」

「うそ。だって、あの人、『週刊全貌』だって言ってた。本当に知らない？　サイトウさんが知らないだけで――」

「ここのことはたいがい知っているよ？　外部スタッフだって、全部知っているよ？」

サイトウさんは、プライドを傷つけられたどこかの女性議員のように、語気を強めた。

「なにか、勘違いしてんじゃないの？　倉本さん！」

「え？　でも、確かに『週刊全貌』だって……」

「少なくとも、うちの編集部にはいないから、そんな人！」

「え、でも、『アルテーミスの采配』……」

不意に飛び出した「アルテーミスの采配」というワードに、いくつかの視線が飛んできた。

そして、「ちょっと」と、サイトウさんが唇に人差し指を押し当てながら、詰め寄ってきた。

「黙れ」というサインか？

「とにかく、トミオカなんて人、ここにはいないから」

嘘だ。絶対に、何か知っている。渚は、逆にサイトウさんに詰め寄った。

「困るの。トミオカって人が、うちの編集部の大切な書類を持っていったかもしれないの。それを返してもらわないと、とても困るの」

本当は、もう一度プリントアウトすればいいだけの話だったが、でも、個人情報が印字されているのも確かだ。このご時世、行方不明になるのは、困る。

「そう、困るの！」

渚は粘ったが、

「本当に知らないんだってば！」

と、サイトウさんに強く拒まれ、渚は渋々、十階フロアをあとにした。


——じゃ、あの女は誰だったのよ？

自身のデスクに戻っても、渚のモヤモヤは募るばかりだった。

トミオカって、確かに名乗っていた。

知らない人だったけれど、どこかで見たような気はするのだ。たぶん、このビル内ですれ違ったか、見かけたか。

渚は、キーボードに指を置くと、「トミオカ」と入力してみた。そのワードで検索してみたが、案の定、膨大な「トミオカ」が表示されるだけで、あの女につながる情報は見当たらない。

ならばと、「州房出版」「週刊全貌」とワードを増やしてみるが、それでも、的は絞れなかった。

あれ？

ディスプレイに表示された文字の列を眺めながら、渚は、ずっと頭の中で小さく蠢《うごめ》いていた違和感の正体に思い当たった。

――そうだよね、読んだよね、絶対。だって、「例の洋館」を検索しているぐらいだから。

トミオカって人は、確かにそう言った。つまり、彼女は、例の紙の束に、「例の洋館」のことが書かれていることを知っていたということだ。

どういうこと？

彼女は、紙の束の内容を知っていたということ？

……どういうこと？

あ、紙の束の内容といえば。さっき、何気なく口にした「アルテーミスの采配」という言葉に、反応してなかった？　そうよ。サイトウさんも、そして他の編集部員も、確かに、反応していた。

渚は、今一度、キーボードに指を置くと、「アルテーミスの采配」と入力し、「検索」をクリックした。

そのものずばりの単語に関するサイトはヒットしなかったものの、「アルテーミス」に関するサイトはいくつかヒットした。

「へー、アルテーミスって、ギリシャ神話の女神なんだ」


【アルテーミス】

アルテーミス（Artemis）は、ギリシャ神話に登場する狩猟の女神、あるいは純潔を司る処女神。ゼウスとレートーの娘で、アポロンとは双子の姉弟。

妊婦の守護神でもあるが、その一方、突然の死をもたらすという疫病の弓矢を持ち、生を与えながら、生を奪うという相反する存在でもある。

男女の性愛を嫌悪し、特に男性の性的な欲望に対しては激しい怒りでもって復讐をはたす、残虐の女神としても知られている。


「ずいぶんと、物騒な女神ね」

ひとりごちながら、渚は、引き続き検索ワードを入力した。

「東城ゆな」

3

ボンジュール☆

ゆなぴょんです☆
今日は、とても嬉しいことがあったのだ☆
事務所から連絡があってね☆
このわたくしめにインタビューの依頼があったのだ☆
いろいろ聞きたいんだって☆それに、インタビューの内容は、本になるんだって☆
しかも、ちゃんとした出版社さん
からの依頼なのだ☆大きい出版社だよ☆たぶん、誰でも知っている出版社☆
ワオ！　ってなぐらい、超メジャーだよ☆
でも、名前はまだ言えないんだけど☆ごめんちゃい☆

　倉本渚は、そのブログを開いたとたん、なんとも居心地の悪い気分に陥った。つい、周囲を気にする。

〝サボタージュ〟越谷と目が合う。越谷も、なにか都合の悪いサイトを開いているのか、慌てて目を逸《そ》らすと、その体でパソコンのディスプレイを隠した。その隙間からちらりと見える、女性の裸体。

　やれやれだ。あのおっさんが仕事をしているところなど、今まで見たことがない。たいがいは、雑誌か新聞を読んでいる。それも仕事の一部だと言われればそれまでだが、さすがにエロサイトを閲覧するのはアウトだろう。いくら、出版社とはいえ、こんな勤務時間に。

……が、渚が今、ディスプレイに表示させているのも、まさにアダルトサイトだった。

いや、これは仕事だから。渚は、自分に言い聞かせた。

……特に依頼はされてないけど。

でも、名賀尻龍彦という人物が書いた原稿を、〝トミオカ〟という女に横取りされた。そのトミオカを探しに「週刊全貌」編集部に行ってみたけれど、トミオカなどという人物は知らないという。これは、由々しき問題だ。本来は、あの原稿はこの部署に届けられたのだ、つまりは、この部署の責任で処理しなくてはいけない荷物だったのだ。編集長にはまだ報告していないけれど、報告して問い詰められたときのために、ある程度答えを準備しておかなくてはならない。だから、アダルトサイトにアクセスしたのも、その一環なのだ。

……我ながら、無理がある。

認めよう。これはただの〝好奇心〟なのだと。

名賀尻龍彦が書いた原稿を読んでしまったからには、調べないではいられない。あんな原稿を読んで、我関せずとスルーできる人物なら、そもそも出版関係の仕事になど就かない。

だから渚は、好奇心に導かれるままに、「東城ゆな」を検索してみた。

東城ゆなは、通称「ＡＶ女優連続不審死事件」の一番目の犠牲者だ。その惨殺死体が発見されたのは今年の三月十二日の深夜。それを皮切りに、十五日に海王セイが、十六日に杏里ちさとが、そして十七日に双樹沙羅が死体で発見されている。

例の原稿によると、その他にもう一人、ＡＶ女優が死亡している可能性があるというのだ。

全員で五人。この五人は、すべて『アルテーミスの采配』というインタビュー本の取材対象者で、ＡＶ女優だという。

ここまで突きつけられて、気にならないほうがおかしい。

アダルトサイトなど、これまで仕事でもプライベートでも開いたことはないし、興味もなかったが、渚の指は止まらなかった。

「東城ゆな」で検索してぞろぞろと出てきた怪しげなサイト名の羅列に圧倒されながらも、本人の公式ブログだという「ゆなぴょんのヌレヌレな日々」というページにアクセスしてみる。そのショッキングピンクにまずはぎょっとなった。どこか精神の異常さを疑わせるような、がちゃがちゃしたデザインと色。見ているこっちが、おかしくなりそうだ。事実、黒地にピンクの文字のせいで、目がチカチカしてきた。視線を逸らしても、その残像がどこまでもついてくる。

それでも、我慢して読み進めた。

ブログは、三月三日が最後だった。この日は十二回記事が投稿されており、しかもどれも長文で、名賀尻龍彦の原稿の中でも言及があった通り、東城ゆなは、〝ブログ中毒〟に陥っていたようだ。

しかし、なぜ、三月三日が最後なのだろう？

東城ゆなは、三月五日に殺害されたはず。東城ゆなの、それまでの投稿頻度からいえば、四日、そして殺害された五日も、なにかしら投稿されているはずだ。

……まさか。……削除された？

そう閃いたとき、渚の両腕に、さぁっと鳥肌が立った。

それは、恐怖というよりも、高揚感に近かった。そう、好奇心が、最高潮に達したサインだ。

そして気がつけば、渚の右手人差し指は、マウスのスクロールボタンをごりごりと擦り続けていた。東城ゆなの過去の投稿記事が次々と現れる。


それらをすべて読み終えた頃には、定時をとっくに過ぎていた。

今日は、幸い、社員は越谷しかいない。いわゆる校了明けの二日目で、みな、代休をとっているのだ。こういう日は派遣社員も開店休業状態だが、だからといって、こうやってずっとアダルトサイトにかぶりついているのはさすがに罪悪感がある。でも、止まらなかった。

渚は、裏紙で作ったメモ用紙に、さらに数字を書き込んだ。その数字は、東城ゆなが、ブログを投稿した時間だ。

「やっぱり」

渚は、メモに並んだ数字を見ながら、ひとり、頷いた。

「この人、投稿する時間は決まって、深夜か早朝だ」

が、それは平日に限られていて、土日祭日は、特に時間に法則はない。

が、それはなにも特別なことではない。勤め人が平日に投稿するとなると、どうしても深夜か朝方になってしまうだろう。事実、東城ゆなは、本業は「歯科医師」だったという。渚は、事件翌日の新聞記事を、ディスプレイに表示させた。

――12日午後11時20分頃、東京都三鷹市のマンションで、「女性が死んでいる」と、110番通報があった。三鷹西署によると、死亡していたのは歯科医師の馬場映子さん（36）で……。

「それにしても、なんで、歯医者さんが？　しかも、三十六歳って……」

同じ女性として、理解できないことばかりだ。

いや、同じ女性といっても、まったく異なった個体だ。理解できないこともそりゃ、多いだろう。むしろ、「女性は……」とか「男性は……」などと、ひとくくりに語るほうが間違っているし、なにより傲慢だ。人間の数ほど、個性があるものなのだ。……と、寛容に構えてみても、やはり、分からない。

年齢を詐称していたのはいいとして、歯科医師という、社会的にも経済的にも上層部に位置する人間が、なんで、わざわざ、ＡＶ女優という、世間一般には〝底辺〟と認識されている性産業に身を沈める必要があったのか。

そう、ＡＶなどの猥褻動画を頒布する行為は、社会的には紛れもなく〝底辺〟なのだ。職業に貴賤はないなどと言われているが、それは建前に過ぎない。建前は、あくまで建前だ。〝本音〟を隠す詭弁に過ぎない。今の時代でも、国によっては死刑に値するほどの、禁忌であり、罪でもあるのだ。

渚は、最近読んだ本を思い出していた。

ジョナサン・ハイトというアメリカの社会心理学者の著書だが、ハイトによれば、人類は組織化・集団化するように進化した社会的動物で、その進化の過程で〝道徳心〟という直感が育まれ、その道徳直感には六つの基準があるのだという。

その六つの中で、渚が印象的だったのは、「権威と転覆」、そして「神聖と堕落」だ。

人は直感的に、序列に従う者を好み、序列を乱す者を嫌う（権威と転覆）。そして、人は直感的に、決して穢《けが》されてはならない聖なるものを尊び、穢れたものを忌み嫌う（神聖と堕落）。

つまり、人間が、社会的な生活を送る上で、〝権威〟や〝神聖〟なものを敬うのは必然的かつ重要な心理作用で、逆に、〝転覆〟と〝堕落〟は避けなければならない卑しい行為として、強く心にインプットされているのだという。

とはいえ、人類の歴史は転覆と堕落の繰り返しでもあり、そのつど、為政者が入れ替わっている。そして新しい為政者の下で新たな〝権威〟と〝神聖〟が作られ、一方、卑しむべき対象が作られてきたのだ。つまり、人間が社会を営む以上、「権威・神聖」と「転覆・堕落」は背中合わせで存在し、光と影のように切っても切り離せない。まるで天使と悪魔の関係のように。

そう、人間は直感的に理解しているのだ。「転覆・堕落」もまた、人間にとっては不可欠な要素であることを。言い換えれば、卑しむべき「転覆者」と「堕落者」という存在があるからこそ、人間は安定した社会を手に入れてきたともいえる。それが差別につながり、戦争につながったとしても、人は生まれながらに、転覆者と堕落者には容赦がないのだ。それは、善い悪いではない。〝直感〟、あるいは〝本能〟の領域なのだ。

だから、どんなに「職業に貴賤はない」と声を上げたところで、偽善者あるいは詐欺師の嘘っぱちにしか聞こえない。なぜなら、人は、先天的に、「卑しく穢れた」ものを遠ざけるようにプログラミングされているのだから。しかし、その一方で、卑しく穢れたものは、魅力的で刺激的で、そして快楽的だ。ジークフリート王子がブラックスワンに魅せられたように、穢れたものが放つ誘惑は強靭だ。が、それはあくまで「秘事」であり、暗いドブのほとりにこっそりと咲く、異端の花に他ならない。リビングに堂々と飾る花にはなりえないのだ。

なのになぜ、東城ゆな……馬場映子は、リビングに飾られた花であったにもかかわらず、わざわざ、ドブのほとりに咲く花に自ら堕ちていったのか。

分からない。……同じ女性なのに分からない。いや、同じ女性だからこそ、その心理が分からない。

マウスを操る渚の指に、ますます加速がかかる。

ディスプレイには、すでに無数のウインドウが開かれており、それはどれも、東城ゆなと馬場映子に関するサイトだった。

歯科医師としての表の顔と、ＡＶ女優としての裏の顔。まさに、「神聖と堕落」の図式だ。一人の人間の中に潜む、光と影。

「やだやだ。こうはなりたくない」

渚は、つい、ぽろりと漏らしてしまった。

それに応えるように、越谷が「さあ、もう帰るか」などと言いながら、おもむろに、席を立った。そして、「じゃ、あとはよろしく」と、渚のデスク横のゴミ箱に、レジ袋を放り投げた。

いつもそうだ。自分のゴミ箱に捨てればいいのに、わざわざ、人のゴミ箱にゴミを捨てていく。対等な社員の身ならば、ここで文句のひとつも言うものを、派遣という立場ではそれもできない。渚にできるのは、「お疲れ様でした」と棒読みで言うことぐらいだ。

「まったく、あのおっさんは！」

越谷の気配がなくなると、渚は吐き出した。

「もう、本当に信じられない！」

ゴミ箱から、なにやら饐えた臭いがしてくる。きっと、コンビニ弁当の残りかなにかなのだろう、それを腐るまでずっと放置していたに違いない。

「ったく！」

ゴミ箱を見ると、レジ袋の横、週刊誌も見える。越谷が一緒に捨てたのだろう。

「AV女優連続不審死事件の真相」というタイトルが見える。さらに、「東城ゆなの親族が激白！　AV女優と歯科医師のふたつの顔！」という一文も。

渚は、一瞬躊躇《ちゅうちょ》したが、その週刊誌を引きずり出した。

それは「週刊リアル」という男性向け雑誌だった。かつては「週刊全貌」と発行部数を競っていたライバル誌であったが、今となっては「週刊リアル」の一人勝ちだ。「週刊全貌」が勝手に脱落しただけなのだが、書店などで「週刊リアル」が山と積まれている様を見ていると、いったいどこでこれほどまでに差がついたのかと考えざるをえない。その成功の秘訣を自らの人生にも当てはめたいという心理なのか、「週刊リアル」はサラリーマンに圧倒的な人気で、その発行部数も八十万部で安定している。

そう。アイドルのヘアヌード写真を袋とじで付けなくても、エロ記事を一切載せなくても、売れるものは売れるのだ、そのコンテンツがおもしろければ。

そう。「週刊リアル」には、その発行部数を誇るだけの「おもしろさ」が詰まっている。その表紙を見ただけで、本来はこの手の雑誌には無縁の層までが、つい手を出してしまうほどに。事実、「週刊リアル」のスクープでスキャンダルが暴露されたケースは枚挙にいとまがなく、また「週刊リアル」のスクープで失脚した巨悪も少なくない。

そう。「週刊リアル」は、ジャーナリズムのお手本のような存在なのだ。

惨殺された歯科医師、馬場映子が、ＡＶ女優の東城ゆなであることをいち早くスクープしたのも、この「週刊リアル」だった。

渚は、その表紙をティッシュで軽く払うと、ページを捲《めく》った。

東城ゆなという名前は一般的ではないが、一部には大変な知名度を誇っている。その証拠に、その死体が発見されたというニュースが伝わったとき、「Twitter では一時トレンドワードになるほどの騒ぎになった。大騒ぎになった理由にはふたつある。キカタン女優として人気があったＡＶ女優が、惨殺死体で見つかったという点。そしてもうひとつは、「馬場映子」という歯科医師が、ＡＶ女優だったという点。

そもそも、その一報は、歯科医師の「馬場映子」の惨殺死体が見つかったというニュースだった。最初はその残虐な殺害方法に注目がいき、そして、各メディアもそれを切り口にこぞって取り上げた。当誌も、『エリート歯科医師の無惨な最期』というタイトルで特集を組む段取りをしていた。

が、事件の翌日、「東城ゆなが、惨殺死体で発見された」というニュースが、ネット上で流れた。この時点では、馬場映子さんとはまったく関係ない事件だと思われた。が、続いて「東城ゆなは、歯科医師だった」という情報が流れ、そしてついには、「三鷹市のマンションで惨殺された馬場映子は東城ゆなだった」という情報が流れたのだった。

二重の驚きだった。

あの東城ゆなが殺害され、しかもそれは歯科医師の馬場映子のことだったからだ。

当誌も、特集記事を差し替える必要に迫られた。

結果、『殺害されたエリート歯科医師、その隠されたもうひとつの顔』というタイトルの記事を出したのだが、その反響は大きかった。

「私も、その記事で、映子さんの副業を知ったんです」

そう、目を伏せながら語ったのは、馬場映子さんの遠縁にあたるC子さんだ。C子さんは馬場家とは親密な関係にあり、幼い頃から馬場家にも出入りしていたようだ。

「八王子の馬場家は、本家にあたるんです。うちは父の代で分家され、今は山梨に居を構えてますが、でも、なにかあると八王子の本家に集まるのが習慣になっていたのです」

C子さんの父は医師で、地元で診療所を開業している。

「うちの一族は、代々、医師になる者が多く、また、そのように教育もされてきました。特に馬場家は、その傾向が強かったと思います」

馬場映子さんの実家は、八王子でも名家といわれる医師一族で、祖父も祖母も父も母も、そして兄と二人の妹も、医師である。

「でも、映子さんだけが、歯科医師の道に進みました」

C子さんは、苦渋の表情で言った。

「私も、医師にはなりませんでした。いえ、なれなかったんです。医大の受験も試みましたが、見事、失敗。浪人もさせてもらえませんでした。父が、体面を気にしたんです。うちは、そういうところが見栄っ張りで。それで、滑り止めで受けて合格した私立大学の文学部に進んだのです。そのキャンパスが八王子にあるということで、大学の四年間は、八王子で一人暮らしすることになりました。それを機に、馬場家に、しょっちゅう出入りするようになって……」

C子さんは、ハンカチを握りしめると、ここでいったん、口を閉ざした。が、なにかを決意したかのように顔を上げると言った。

「映子さんの、遊び相手に指名されたんです。映子さんは当時五歳。ですが、母親が妊娠していたこともあり、映子さんの面倒を見る者が別に必要だったようです。もちろん、お手伝いさんも何人かいました。彼女たちが主に映子さんの面倒を見ていましたが、でも、映子さんは彼女たちにはなかなか懐かなかったらしくて」

しかし、C子さんには懐いたという。大学入学が決まって、馬場家に挨拶に行ったとき。C子さんがたまたま持っていったロールケーキを映子さんはいたく気に入り、それからは〝ロールケーキのお姉ちゃん〟と呼ばれるほど、慕われるようになったという。

「それを見ていた映子さんの母親が、私にアルバイトを打診してきたのです。映子の家庭教師……遊び相手になってくれたら、時給三千円出すって。当時で時給三千円ですよ？」

時給三千円といったら、今でもかなりの高額だ。いうまでもなく、当時はもっと価値があった。日給で三千円のアルバイトがごろごろあった時代だ。

「もちろん、私は飛びつきました。というのも、実家からの仕送りだけでは、なかなか足りなくて。八王子とはいっても、やはり、山梨の田舎とは訳が違うんです。出ていくお金も多くて。……それで、私、引き受けたんです」

月曜日、水曜日、木曜日の夕方五時から七時までの二時間、そして土曜日の午後二時から五時までの三時間、C子さんは映子さんの遊び相手になるというアルバイトを引き受けた。それは、約二年続いたというが、当時の映子さんは、どんな子供だったのだろうか？

「いたって、普通の子でした。たぶん、普通の家庭にいたら、むしろ賢い子供として認識されていたに違いありません。でも、馬場家の中にあっては、普通、あるいは少々劣る子供として認識されていました」

それだけ、馬場家のレベルが高いということだと、C子さんは、笑顔を歪めた。

「映子さんのお兄さんは某有名私立小学校に合格、映子さんのすぐ下の妹は、某有名私立大学付属の幼稚園を目指していました」

その妹は、C子さんが馬場家でのアルバイトをはじめた翌年に志望幼稚園に合格している。ちなみに、映子さんも同じ幼稚園の受験に挑戦しているが、前年に不合格になっている。

「それで、映子さんは地元の幼稚園に通っていたのですが、馬場家としては、信じられない汚点です。有名私立大学付属の幼稚園の受験は、どちらかというと、本人の資質よりも、両親の資質に重きが置かれます。八王子の名家で両親とも医師ならば、不合格のはずがありません。なのに、不合格。映子さんの父親は、映子さんを責めたといいます。お前の出来が悪いから、落ちたのだと。映子さんもそんな父親の言葉を素直に受け止め、自分がいけないのだと、思い込んでいたようでした」

C子さんは、ここでまた、口を噤んだ。握りしめたハンカチが、激しく震えている。C子さんは、なにかを決意したように、二度、三度、頷くと、言った。

「映子さんのせいじゃないんです、不合格になったのは。……当時、彼女の父親が経営する病院でちょっとした問題が起きまして。……患者さんに訴訟を起こされてしまったんですね」

俗に「東八王子病院医療ミス裁判」といわれる事件だ。当時はちょっとした話題になり、週刊誌もあれこれと記事にしたものだ。……なるほど、その渦中で行われた受験ならば、映子さんが不合格になるのも無理のないことだ。なにしろ、当時、病院の経営者でもあった映子さんの父親は、マスコミによって不倫までバラされてしまったのだから。ちなみに、その裁判は、病院側の勝訴で終わっている。それを機に馬場家は名誉を回復し、映子さんの妹も、有名私立大学付属幼稚園に入園を許されたという。

「そう、だから、映子さんは、たまたま、タイミングが悪かっただけなのです。映子さんに非があるとしたら、その運の悪さだけです。映子さん自身は、なにも悪くありません。でも、そのお受験失敗が、映子さんの性格、もっといえば人生に深い影を落としてしまったのは否めません」

C子さんによると、映子さんは、他者の顔色を異様に窺う子供だったという。むろん、子供には多かれ少なかれ、そのような傾向がある。大人の庇護下にある以上、大人の顔色を窺うのは子供の本能のようなものだ。

「でも、少し、度が過ぎていました。箸の上げ下ろしをするにも、他者の目を気にしながらでした。……まあ、それは、馬場家の躾《しつけ》の厳しさから来ているのかもしれませんが。馬場家では、挨拶やマナー、身のこなしにいたるまで、小さい頃からしっかりと叩き込まれるのです。受験に失敗したことで、勉強に関してはすでに劣等感のかたまりだった映子さんでしたから、せめて、身のこなしは完璧にしたいと思ったのかもしれません。まるで調教中の犬のように、映子さんは大人の顔をちらちら窺いながら、日々暮らしていました。それはそれは、痛々しい光景です。お兄さんや妹たちは、厳しい躾も子供らしい悪知恵を働かせて器用にかわしていたにもかかわらず、映子さんだけは、徹底的にしこまれた子犬のように、従順でした。そうすることで、大人たちの関心をつなぎ止めていたのかもしれません。大人たちから見放されまいと、必死だったのかもしれません」

しかし、映子さんは、C子さんだけには、心を開いたという。

「私と映子さんは、似ているんです。私も、家の中では劣等生。はみ出し者でした。私一人、医大受験に失敗し、親兄弟を落胆させました。だから、映子さんの気持ちが、痛いほど分かるんです」

しかし、そんなC子さんも、映子さんのもとを去る。

「大学に在学中でしたが、……私、結婚したんです、二十歳の頃。妊娠してしまって。親からも勘当されましたので、馬場家との付き合いも立ち消えてしまったんです」

しかし、その後も、映子さんとは〝文通〟という形で、細々とつながっていた。

「文通は、数年前まで、続いていました。……映子さん、幼稚園の受験以降は、順調だったんです。小学校、中学校、高校と、親が希望する名門に合格しましたから。だから、小学校に入ってからは、まるで別人のように、ハキハキとした子供になりました。相変わらず、他者の目を気にする傾向はありましたが、でも、劣等感は克服したように見えました。以前は、どこか大人に媚びている様子がちょっと嫌らしいと思ったことも正直あるんですが、小学生になった映子さんからは、そんな過剰な〝媚び〟も消えたように感じました。でも……」

映子さんは、第一志望の、某国立大学の医学部受験に失敗する。

「その失敗が、幼少時代を思い起こさせてしまったのでしょう。映子さんの劣等感が蘇りました」

そのとき映子さんから来た手紙は、自身の愚かさを延々と綴ったものだったという。

「目を覆いたくなるほどの、自虐的な内容でした。でも、それは、私に救いを求めた結果なのでしょう。自分を責めながらも、自分のことを理解してほしい、慰めてほしい……という叫びが見え隠れしていました。私にも覚えがあります。自虐というのは、結局、自己表現のひとつ。リストカットのようなものです。痛々しい自身を曝け出すことで、他者の目を惹きつけたいだけなのです。注目してほしいのです。自分の存在を認めてほしいのです。だから、私は、できるだけの慰めと同情を込めて、手紙を出しました」

映子さんは、結局、滑り止めだった私立大学の歯学部に入学し、実家も出て、三鷹市で一人暮らしをはじめる。

「歯学部だって、医学部と変わりません。……まあ、偏差値からいえば、ちょっと違いますが。……でも、今思えば、一浪してでも、医学部に行っていたほうがよかったのかもしれません。そしたら、映子さんの劣等感も、あれほどねじれることもなかったのだと。劣等感を克服するには、その劣等感の原因になったものを克服するしか、道はありません。いくら他のもので穴埋めしようとも、それはますます劣等感の穴をこじ開けるだけなんです。それは、私が一番、理解しています。私は、医学部に行かなかった……いえ、行けなかったコンプレックスを、〝結婚〟で穴埋めしようとしました。……でも、それじゃ、結局、ダメなんです」

果たして、映子さんは、歯科医になる。勤務先は、表参道にあるクリニックだ。

「クリニックに勤めだした頃の映子さんに、一度だけ、会ったことがあります。勤務先は芸能人や著名人も多く利用する有名クリニックでしたので、映子さんの劣等感も少しは薄まった印象でした。……要するに、映子さんにとって、〝権威〟が劣等感のもとだったんじゃないでしょうか。言うまでもなく、映子さんにとっての〝権威〟は、実家であり〝医師〟という職業です。それらから見放されたと感じた映子さんにとって、最後にすがれるのは、〝有名〟という〝権威〟だったような気がします」

芸能人や著名人が通うクリニックに勤務することで、映子さんは劣等感を克服したのだろうか。

「克服していたら、今回のような事件に巻き込まれるはずもありません。ニュースで映子さんの死を知ったとき、私はどこかで『ああ、やっぱり』と感じずにはいられませんでした。あの子は、自身の劣等感を克服するために、最も野蛮で最も危険で、しかし、最も有効な方法を選んでしまったのだと。そう、あの子は、自分を苦しめた劣等感のもとを『穢《けが》す』ことで、克服しようとしたんじゃないでしょうか。自身がAV女優となることで、自分を見放した実家に泥を塗るのが目的だったようにも思います。その割には、ちょっと中途半端でしたけれど」

中途半端とは？

「だって、あの子、AVプロダクションには、はじめは歯科衛生士と偽っていたのでしょう？それが、あの子のいけないところです。土壇場で、保険を掛けてしまうんです。すべて曝け出して勝負しなくてはいけない場面でも、晒しきれないんです。……まあ、私もそうですけれど」

＋

ここまで読んで、倉本渚は、強烈な既視感を覚えていた。

「それが、あなたのいけないところよ。土壇場で、保険を掛けてしまう。すべて曝け出して勝負しなくてはいけない場面でも、晒しきれないのよ」

母の、口癖だ。

それだけじゃない。山梨に実家があって、その実家は診療所で、八王子にいる親戚も病院を経営していて、でも自身は医大には進まず私大の文学部に進み、しかし二十歳の頃妊娠し、結婚。実家とは縁を切る。そのとき生まれたのが、自分だ。

母のもうひとつの口癖。親子喧嘩したときに必ず出るセリフ。

「結婚や子供では、私のコンプレックスは穴埋めできない。……あなたさえ、生まなければ。私には別の人生もあったはずなのに」

……うそ。もしかして、C子って、私のお母さん？

渚は、般若のような母親の顔を思い浮かべた。

4

「なによ、これ。私、こんなこと、言ってないじゃない」

土屋千恵子《つちやちえこ》は、届けられたばかりの週刊誌を投げ捨てるように、マガジンラックに放り込んだ。そして、おもむろに、リビングテーブル上の固定電話に視線をやった。

あいつは、もうこれを読んだだろうか？　それとも、まだ？　でも、今日中には読むだろう。だって、そもそも、あいつが持ち込んだ企画だもの。自分のところに届いたのが今朝だから、都心に住むあいつだ、必ず今日中には届けられるはず。そして読んだら、電話が来るはず。そう、必ず、電話が来るはず。そしたら、なんて言おう？「どう？　これで、溜飲《りゅういん》が下がった？　満足した？」。ううん、それだけじゃ収まらない。あいつには、言いたいことは山とある。

でも、電話は来なかった。

こちらからしてやろうか？　とも思ったが、それはさすがにやめた。そう、私が慌てることはなにもない。でんと構えていればいいのだ。下手に急《せ》いたら、あいつにまたなにか隙を与えてしまう。あいつのような狡猾な人間に対しては、とにかく、こちらからアクションを起こしてはダメなのだ。どんなに正当性のあるアクションであったとしても、あいつは逆手に取って、汚い手口で攻め込んでくるに違いないのだから。

それにしたって！　なにか、連絡ぐらいあってもいいじゃない。

ほんと、頭来る！

千恵子は、もう何度も出しては戻すを繰り返しているその週刊誌を、またもやラックから引き抜いた。

指の脂を含んだせいか、紙の端が妙にたわんでいる。手に取っただけで、そのページがぱかりと開く。


――しかし、そんなC子さんも、映子さんのもとを去る。

「大学に在学中でしたが、……私、結婚したんです、二十歳の頃。妊娠してしまって。親からも勘当されましたので、馬場家との付き合いも立ち消えてしまったんです」


私、こんなこと言ってないわよ！

怒りも新たに、千恵子は紙の端に爪を立てた。

私、親から勘当されてないわよ！

……まあ、確かに、妊娠をきっかけに、親から見放されそうになったけれど。でも、ちゃんと結婚し娘を出産してからは、両親とも許してくれた。初孫が生まれたことを、むしろ心から喜んでくれた。

なのに、こんなふうに書かれたら、まるで私がいまだに勘当されたままの孤独な人間のようじゃないか。

ここだけじゃない。全体的に、変な色がついてしまっている。「エリート一家のはみ出しっ子」あるいは「出来の悪い劣等生」という色だ。映子ちゃんは確かにそうだった。だからあんな最期を迎えてしまったのだろうけれど、私は違う。私は、妊娠と結婚の順番をちょっと間違えてしまっただけだ。それでも、そのミスはすぐに取り戻した。当時頼りない学生だった夫は、今では立派な司法書士で、近々都議選に出馬しようかというほどの地元の名士だ。故郷の両親にとっては、自慢の婿だ。そしてそのとき生まれた長女を、東京大学に入れた。下の二人の子供も、ともに国立だ。

そう。学生時代、若気の至りというやつで少々のミスはしたが、今はそれを見事払拭してみせた。そんな自分に誇りすら感じる。

なのに、私のささやかな幸せと成功に、あいつはつけ込んできた。

千恵子は、怒りに任せて、もう何度も捲ったページを改めて捲った。

C子。

これが一番、腹が立つ。C子なんて、全然匿名になってないじゃない。Cの頭文字に「子」だなんて、「チエコ」の他に、なにがある？　チカコ、チヨコ、……それぐらいしか思い浮かばないわよ。こんなに範囲を狭めて。どういうつもり？　私だってバレたらどうするの？　絶対バレないからって言うから、取材を受けたのに。

ああ、あいつに言ってやりたい。もう、言葉がこんなに溢れている。とにかく、早く、電話ぐらいしなさいよ！　落ち着かないじゃない！　もう、夜になっちゃったじゃない！　もういい加減にして！

と、週刊誌をラックに叩きつけるように差し込んだとき、固定電話の着信ランプが、かすかに光った。そのあとすぐに着信メロディーが鳴る仕様だが、千恵子はそれを待たずに、受話器をとった。

「ママ？」

しかし、その声は、予想していた人物の声ではなかった。……娘の渚だ。

「あ……」落胆の息が歯の隙間から漏れる。「……なに？　今、ちょっと鍋を見ていて手が放せないんだけど」

千恵子は、今料理に忙しくて……という体《てい》で、応えた。その割には、受話器をとるのが早すぎたのだが。普通の人なら「あ、他に待っている電話があるんだろうか？」と気づき、すぐにでも電話を切ろうとするものだが、この娘は誰に似たのか、そういうことには一切気がつかない。だから、「ねえ、ママ、今、ちょっといい？」と、のんびりと質問をはじめる。

「だから、ママ、今ちょっと忙しいのよ」

言っているのに、渚は気に留める様子もない。

……まったく、この子は。せっかく東大に入ったというのに、変な男にひっかかって中退。駆け落ち同然で同棲したのにすぐに捨てられて、その後もろくでもない男ばかり捕まえて、苦労しっぱなし。挙げ句、十以上も歳の離れたバブル脳の男と結婚。……俗にいう、ダメンズ・ウォーカーというやつだ。その上、この通り、空気がまったく読めない。こんな調子で、本当に、外でちゃんと生活できているのだろうか。昔は母親である自分がいちいちフォローしていたが、結婚して独立した今、そうそう親が干渉するわけにはいかないと、あえて突き放してきた。そんな親の気持ちなど知ったこっちゃないとばかりに、この子はなんだかんだと、親にすがってくる。先頃も、生活費が足りないから工面してくれという電話があったばかりだ。

……まさか、また、お金の無心？　冗談じゃないわよ。これでもう何度目？　金額にしたら、優に百万円は超えている。金回りのいい男と結婚したんじゃなかったの？　あんなに自慢していたじゃないの。歳の差が気になるって言ったら、「でも、その分、収入は多いの。だから、経済的な心配はないの」って。なのに、ここんところ、毎月のようにお金の無心じゃない。知っているのよ。あなたの旦那が、今、無職だってこと。働く気は全然ないことも。……ほんと、とんだ男にひっかかったものよね。あなたは昔からそう。男に借金を肩代わりさせられては、こうやってママに泣きついてきて。下手に突き放して、変な闇金にでも手を出されるよりは……と、毎回、用立てているけれど。でも、こちらもそうそう余裕があるわけじゃないのよ。だって、パパには内緒でママのへそくりから出しているんだから。そのへそくりだって、もう底をつきそうよ。それに、今月はいろいろと出費がかさんで。……だから、泣きついてきても、今度こそ、ママはなにもしてあげられないの！　自分でなんとかしなさい！

千恵子は受話器を握りしめると、身構えた。今日こそは、がつんと言ってやらなければ。結局は、それが娘のためなのだ。

「ね、ママ、ちょっと訊きたいことがあるんだけど」

しかし、今回は、どうやらお金のことではなさそうだ。千恵子は、肩に入れた力を抜いた。

「ママ、『週刊リアル』って週刊誌、知ってる？」

「え？」

その名前を聞いて、千恵子の肩に再び力が入る。と、同時に、マガジンラックを見やった。まさに先ほど、あのラックに放り込んだ週刊誌のことだ。

「なんで？」

声が裏返ってしまった。動揺があからさまになった格好だったが、案の定、娘の渚には伝わらなかったようだ。こういうときは、娘の鈍感さがありがたい。

「今ね、仕事でね。最近起こった事件についていろいろと調べていて、その一環で『週刊リアル』を読んだんだけど——」

「仕事？」仕事って……あなた、派遣社員でしょう？　それにしても、東大まで入っておきながら、派遣社員だなんて。情けないにもほどがある。……それで、なに？　事件を調べているって。

「あれ？　言ってなかった？　今、出版社に派遣されてんの」

「あ……あ、そうなの？」千恵子は動揺を押し殺しながら続けた。「派遣っていうから、普通の会社の事務とかやっているんだと思ってた」

「出版社だって、普通の会社だよ」

「まあ、……そうだけど」

いやいや、とてもそうは思えない。千恵子は、先日取材で会った、「週刊リアル」の記者の顔を思い浮かべた。まさに、絵に描いたような強面。やくざそのものの風貌だった。

「どこの出版社？」そぞろに不安が込み上げてきて、今度は千恵子が質問した。「そこでは、どんな本を作っているの？」

「……州房出版ってところで――」

「すぼうしゅっぱん？」……ああ、州房出版。名前は知っているが、そう大きな会社ではない。どんな出版物を出しているのかも、すぐには思い当たらない。

「で、どんな本を出しているの？　変なものは出してないでしょうね？」

「え？」

「だから、その出版社よ。……いかがわしい本とかマンガとか」千恵子は、声を潜めた。

「……まあ、私はただの派遣だから、よく分からないけど」

出しているんだ。ああ、この子ときたら！　いかがわしい本を出しているようなところで働いていることが夫にバレたら。……夫の仕事に傷がつく。それは、私自身の体面が傷つくということでもある。千恵子は、押し殺しながらも声を荒らげた。

「もう、これ以上、ママたちに恥をかかせないでね」

「恥？」

「そうよ。そもそも、派遣で働いているってことじたい、ママもパパも、納得いってないのよ。だって、非正規ってことでしょう？……底辺ってことでしょう？」

「底辺って……。そんなこといったら、日本人の大多数が底辺ってことになるわよ。そんな偏見、やめて」

「偏見？　じゃ、どうして、毎回毎回、生活費が足りないの？　お給料だけで十分に生活できていないってことは、それは働き方に問題があるからじゃないの？」

「…………」

「それに、あなたの旦那さん、今、無職なんでしょう？」

「無職じゃないわよ。会社を立ち上げているところなのよ。準備中なのよ」

「その準備中とやらはいつまで続くの？」

「それは……」

「あなたを責めているわけではないのよ。むしろ、同情しているの。奥さんだけを働かせて、自分はブラブラ高等遊民を気取っているような男を旦那に持ったあなたが、不憫《ふびん》で仕方ないのよ」

「だから、あの人はブラブラなんかしてないって」

「しているわよ、自分で言っていたんだから〝高等遊民〟って」

「え？……どこで？」

「ブログ。あの人、ブログ立ち上げているのよ。知らないの？」

「…………」

「ほんと、あなたって、なんにも知らないのね。あの人はね――」

ここまで言って、千恵子はいったん、言葉を止めた。あのブログのことはあまり触れないほうがいいだろう。なにしろ、ひどい内容だ。罵詈雑言の嵐。しかも下ネタ満載。猥褻《わいせつ》画像も貼り放題。言っていることもかなりおかしい。たぶん、人間性に問題があるのだろう。渚の悪口めいたことも書き込んであったので、たまらず、匿名でメールを出したこともある。「奥さんのことを悪く言うのは、読んでいて不愉快になります」と。すると、あの男はそのメールをブログに晒した上に、口汚く罵ってきた。そのあまりの仕打ちに、体調を崩したほどだ。それ以来、あのブログには行っていない。……本当に最低だ、あの男は。まともじゃない。たぶん、娘もそれを薄々承知しているのだ。だから、一度も彼を親に会わせようとしない。結婚して大分経つのに、いまだにだ。そんな非常識なことがあるだろうか？

「悪いこと言わない。あの人とは別れることも考えなさい。今はまだ子供もいないんだから、障害はなにひとつないのよ？」

「今、そんな話、してない」

「じゃ、なに？　なんの話？　あなたが、いかがわしい本を出している話？」

「今時、エロコンテンツなんて、どんな大手だってやってるよ。ＡＶ女優のエッセイをホームページに出している大手自動車メーカーだってあるんだから」

エロ？　ＡＶ？　そんな言葉をよくも堂々と。……ああ、信じられない。あなたまで、そんなことを言うようになるなんて！　すっかりあの男に感化されちゃって！

「もう、ほんと、これ以上聞きたくない。電話、切るわよ！」

「あ、ごめん、違うの、待って、ママ」

「だから、なに？　ママ、忙しいの。あなたに付き合っている暇はないの。あなたと話していると、頭痛がしてくるのよ」

本当に、頭痛がしてきた。たぶん、イライラのせいだ。更年期に入ったせいか、気分がどうも安定しない。このまま電話を続けていたら、本当に爆発しそうだ。取り返しのつかない暴言を吐きそうだ。

「ね、ママ」

「もう、だから！　言いたいことがあるなら、さっさと言いなさい」

「……ママ、インタビュー受けた？」

「え？」

「馬場映子さんって、ママの親戚なの？」

その名前を娘に出されて、千恵子の体が一瞬にして冷たくなった。が、顔だけは熱湯を浴びせられたように、ぐんぐんと熱を孕《はら》んでいく。

……なんで？　千恵子は、受話器を握りしめた。

「だから、仕事の一環で、『週刊リアル』を読んだところなのよ。で、冒頭のスクープ記事。……あれ、ママだよね？　馬場映子さんの親戚って、ママのことだよね？」

顔から汗が吹き出す。千恵子はそれを拭いながらも、努めて冷静さを装って言った。

「ごめんなさい、本当に、ママ、忙しいの、切るね。本当に、もう、無理。……ごめん」

受話器を置いても、千恵子の動悸は止まらなかった。

……ああ、そうだよね。「週刊リアル」といったら、有名な雑誌だもの。男性週刊誌の中でもダントツの発行部数だと、あの強面の記者も言っていたもの。……渚が読んだとしても、不思議ではない。

でも、今の今まで、ひとつもそんなことを考えなかった。そう、不特定多数の人が読むであろうことは頭で理解していても、それを実感することはなかった。

甘く、見ていた。

自分を知っている者があの記事を読んで、そして、記事のネタ元が自分であることに気づくことなど、ひとつも想定していなかった。

だって、あの強面の記者は言った。匿名にしますから、あなたのことは一切、バレませんから……って。

嘘ばっかり。こんなにあっさり、バレてしまったじゃない。やっぱり、〝C子〟というのがいけなかったのよ。なんで、他の名前にしてくれなかったのよ。

娘が読んだぐらいだ。きっと、夫も読むだろう。夫の仕事関係の人も、夫の取引先の人も。……ご近所の奥さんも、手作りドールの仲間たちも。……親戚がAV女優だったと知ったら、彼らはなんて思うだろうか？　たぶん、あからさまに話題にはしないだろう。でも、陰ではこう言うのだ。

「千恵子さんって、ＡＶ女優と親戚なんですって」「ＡＶ女優がいるような家柄の人とは、あまりお付き合いしたくないわね」「ええ、そうね。距離を置いたほうがいいわね」

千恵子は、今更ながらに、気づいた。自分の行動が取り返しのつかないほど危険で軽率だったことに。

ああ。私は、とんでもないことをしてしまった。……やっぱり、受けなきゃよかった、あんな取材！

でも、取材を受けないという選択肢などなかった。

あのとき。あいつは言ったのだ。

「これは、あなたのためなんですよ」って。そして、こうも言った。「私は、あなたの窮地を助けてあげたいんです」って。

＋

千恵子にそのメールが送られてきたのは三月のはじめのことだった。

それは、趣味でやっている手作りドールのホームページを経由して届いたメールだった。

独学ではじめた手作りドールだが、今では結構ファンがいる。月に何通かは、ドールを売ってほしいというメールが舞い込む。商売でやっているわけではないので……とそのたびに断りのメールを返しているのだが、そのメールに関しては、いつもと様子が違っていた。

――大変、ご無沙汰しています。私のこと、覚えていますか？　ドールのホームページ、拝見しました。懐かしくて、つい、メールしてしまいました。昔から器用でしたよね。彼のために編んでいたセーターも、とても凝った模様編みで、不器用な私はただただ見とれるばかり。あの緑色のセーター、完成しましたか？


そこまで読んで、千恵子はなんとも居心地の悪い気分にとらわれた。それは、封印していた記憶がこじ開けられるときの不安まじりの不快さだった。

なのに、千恵子はその名前を、つい口にしてしまった。

しぃちゃん？

口にしたが最後、記憶が次から次へと溢れ出してきた。破裂した水道管よろしく、もう制御はきかない。千恵子は半ば放心状態で、記憶の洪水の中を漂った。


……しぃちゃん。

ええ、覚えている。何度も忘れようとしたけれど、忘れられるはずもない。

あれは三十一年前、昭和五十八年。私が大学生のとき。

私は八王子の学生用マンションで一人暮らしをはじめたばかりで。……きっかけはなんだったかしら。とにかく、いつのまにか、彼女が側にいた。

……しぃちゃん。

ほんの数ヵ月付き合っただけの、通りすがりの友人。友人とも呼べないのかもしれない。なにしろ、いつだってあちらが一方的に押しかけてきた。お風呂を貸して、電話を貸して……と、図々しく、深夜でも早朝でも。

ああ、そうよ。思い出した。きっかけは、バス停よ。利用するバスは違っていたけれど、毎朝、同じ時間にあの子も同じ停留所を使っていた。

今思えば、あれも彼女の策略だったのかもしれない。そう、たぶん、私を待ち伏せしていたのだ。あの子は、英会話教材の勧誘のアルバイトをしていた。そのせいで、土地のことに随分と詳しかった。どこに誰が住んでいるかはもちろん、その家族構成も、そしてその収入も。今と違って、個人情報保護の概念などないに等しい時代だ。誰もが簡単に、個々の家庭のプライバシーを堂々と取り出すことができ、それを利用することができた。あの子のバッグの中にも、大量の情報が詰まった名簿がいつも忍ばせてあった。

そう、あの日も、バス停で佇《たたず》むあの子はいつものバッグを重たそうに抱えていた。安物の布製のバッグだ。ところどころ布が裂け、持ち手のヒモもとれそうだった。私はそれを、同情と軽蔑の入り交じる眼差しで、ぼんやりと眺めていた。そんな私の視線に気がついたのか、あの子は突然振り返ると、にたっと笑った。

「ね、もしかして、甲州街道沿いの、煉瓦のマンションに住んでいるの？　大学生向けのワンルームマンション？」

驚きながらも「え？……はい。あのマンションです」と応えた私に、あの子は続けた。

「すごいねー、あそこ、大学生向けっていっても、家賃、めちゃめちゃ、高いんでしょう？」

はい。とも応えられず、俯《うつむ》きながらにやにやしていると、

「私なんて、家賃一万五千円の、平屋のアパート。トイレもお風呂も共同で。隣なんて、お墓なんだから」

お墓と聞いて、ぴんときた。……ああ、あそこ。あの古い建物、アパートだったの？　廃屋だと思ってた。とても、人が住んでいるようには思えない。

「ああ見えても、一応、女子アパートなんだよ。私を含めて六人の女子大生が住んでいるの」

「……あ、そうなんですか」

「ボロくて汚いアパートだけど、まるで寮のようで楽しいよ。まあ、たまには喧嘩とかもするんだけど、基本はみんな仲良くて。ワイワイ言いながら、楽しく暮らしている」

「へー」

「そうだ。ね、今週末、うちのアパートでちょっとしたパーティをするんだけど、来ない？　持ち寄りパーティなんだけど」

「持ち寄りパーティ？」

「手作りの料理をみんなで持ち寄るの」

「手作り……？」

「ね、お願い、来て。実はね、友人を一人以上連れてくることになっているの。他の子たちは連れてくる人を決めているみたいなんだけど、私はまだ決まってないのよ。……だから、お願い、来て」

「……え、でも。手作りの料理なんて」

「簡単だよ。なんでもいいの。サラダでも、みそ汁でも。でも、一応ルールはあるんだけど。料理は五百円以下の材料費で作ることっていう」

「五百円？」

「そう。五百円で、最低でも十人分のなにかを作るの。……なんかゲームみたいで、おもしろいでしょう？」

当時、私はサークルの人間関係で行き詰まっていた。とにかくお金のかかるサークルで、実家からの仕送りと子守りのバイトだけでは間に合わない状態だった。サークルだけではなく、洋服、アクセサリー、バッグなど、日常のあれこれにもお金がかかった。当時はＤＣブランド全盛期だ。ブランド物を身につけてない者は女子大生……いや人間に非《あら》ずとまで言われた時代だ。地方出身者であるというハンディまである。馬鹿にされないようにと、ブランド物を身につけることで自分自身を必死に粉飾していた。が、そんな無理が祟《たた》ったのか、大学一年目ですでに私は疲れきっていた。そんな有様だったから、予算五百円以内の料理を持ち寄るパーティというのが、ひどく温かくそして魅力的に思えた。だから、私は応えた。

「分かりました。ぜひ、参加させてください」

この日はじめて言葉を交わしたような相手の誘いに乗るなんて……と、今ならば思う。でも、当時の八王子という街は学生で溢れていて、街そのものが巨大なキャンパス。サークル勧誘でもする感覚で気楽に声をかけ合うという光景があちこちで見られた。初対面なのに、その場で親友になるというようなことも珍しくなかった。

だから、そのときの私も特に警戒することなく、彼女の誘いに乗った。

が、これは罠だったのだ。

私は、五百円の予算で餃子を作り、それを持って彼女の部屋に行った。六畳一間に、十一人の男女がぎゅうぎゅうに集まっていた。みな学生のようだったが、ブランド物など着ているような人は一人もおらず、某ブランドのワンピースを着ていった自分が妙に恥ずかしくなったのをよく覚えている。たぶん、そのせいで、気後れしていたのだろう。私はすっかり、その集団のパワーに飲まれた。十一人がかりで煽られ、おだてられ、脅されて、ついには「十万円、安くするから！　こんなチャンス、もうないよ？」という口説き文句に負け、気がつけば二十万円もする英会話教材一式を購入する契約書に拇印を押していた。

そう、あのパーティは、勧誘パーティだったのだ。一人五百円として、十一人で五千五百円。そんな低コストのパーティで、彼らは二十万円の売り上げを手に入れたことになる。悔しかった。教材を買わされたことより、そんなにお安く扱われたことに、プライドが傷ついた。

が、プライドがどうのなんて言っている場合ではなかった。問題は、二十万円のローンを背負わされ、それを三年かけてせっせと支払い続けなくてはならない……という理不尽を押しつけられたという現実だ。当時、クーリングオフという制度を知らず、また、未成年の契約の場合はそれを無効にすることができるという法律も知らなかった。

そのときすでに、私にはいくつかローンがあった。ブランド物の服とバッグとアクセサリーを衝動買いしたせいだが、それは百万円を超えていたと思う。その上、二十万円のローン。冷静になればなるほど、悔しかった。

なのに、あの子は、それからはまるで馴れ馴れしかった。人のよい親戚でも訪ねるように、私の部屋になんだかんだとやってきた。あの子にしてみれば、本当は三十万円の教材を二十万円にしてやったんだという思いがあったのだろう。その恩を返せとばかりに、お風呂を使っても、電話を使っても、その代償を払うことは一切なかった。一度なんか、電話料金が五万円を超えたことがあった。実家が九州だというあの子が、何度も長電話したせいだ。

……なんて子なの。こんな子とは縁を切りたい。「もう、うちには来ないで」。でも、それをなかなか言い出せずにいた。そこが私の最大の欠点だ。いつでもどんな人にでも、「いい人」だと思われたい。嫌われたくない。

そんな私の葛藤に、当時付き合っていた彼がいち早く気づいた。テレビが故障したときに来てくれた電器屋のアルバイト店員だ。彼はH大学の法学部の学生で、私が通っていた大学にはいないタイプの男性だった。自分勝手で強引ですぐに大風呂敷を広げるような信用ならない男だったが、ひどく優しかった。機械にも強く、ビデオデッキが壊れたときもあっというまに修理してくれた。その手際の良さに見とれていたら、キスをされた。それがきっかけで、交際がはじまった。

「よし、いい考えがある」

私があの子のことを打ち明けると、彼は言った。

「その女と確実に縁が切れる方法がある。ついでだから、取られた二十万円も取り戻そう。俺に任せろ」

そして、彼の指示通り、私は彼女を部屋に呼んだ。「おもしろいビデオを見ない？」という誘い文句で。冬だった。雪が降りそうな、ひどく冷え込む、冬の夜だった。こんな日は家でおとなしくしているに限るのだが、彼女はのこのことやってきた。

そこまでだ、私がやったことといえば。そこから先は、すべて彼の〝采配〟だ。彼女が部屋に来て一時間が経った頃、こたつの中で、彼は私の足を蹴った。これは合図だった。部屋を出ろと。私は、飲み物を買ってくるとかなんとか言いながら、財布だけを持って、部屋を出た。彼からは、朝まで戻ってくるなと言われていた。私は、バスで十五分ほどの場所にある親戚の家に向かった。

……そして、朝。部屋に戻ると、彼が半裸で札束を数えていた。微妙に、部屋のあちこちが乱れている。そしてその濁った空気と臭い。なにかとんでもないことがこの部屋で行われたことに、気づかないではいられなかった。

「作戦、成功」

彼が、私に、札束の一部を差し出す。数えると、二十万円。

「残りの十万円は、手配料ということで、俺がもらっておくから」

いったい、なにをやったの？　この部屋で？　しぃちゃんは？

そんな質問が次々とのどから飛び出しかけたが、私はそれらをすべて、ごくりと飲み込んだ。

たぶん、知らないほうがいいんだ。

「これで、あの女は、もう、ここには来ないよ」

彼の言う通り、その日を境に、しぃちゃんとは完全に縁が切れた。

部屋も引っ越したようで、彼女とバス停で会うこともなかった。

そう。あの子とは、それだけの関係だ。たった、数ヵ月の。

なのに、なんで、今更、連絡を？

――どうしても確認しておきたいことがあって、連絡しました。

メールには、そんなことが記されていた。

確認したいこと？

動悸が速くなる。その動悸に促される形で、千恵子はメールの続きを読んだ。

――今、私は芸能関係の仕事をしています。モデルや女優を何人か抱えた、小さなプロダクションの社長です。

うちの事務所には、毎日のように女優になりたいと、女の子が訪ねてきます。その一人に、気になる子がいて。

芸名は「東城ゆな」といいます。

彼女ははじめ、偽の履歴書を携えて、うちに来ました。でも、うちは偽名や嘘の経歴は一切認めません。免許証か保険証を提示させて、本人かどうかを確認しています。年齢を詐称してやってくる未成年者も多いので、その辺はきっちりと調べています。それを言うと、彼女はすごすごと帰っていきました。が、翌日もやってきたのです。保険証を持って。そして、今度こそ本物だと言って、履歴書を改めて提出しました。

保険証も履歴書も、問題はありませんでした。いえ、それどころか、久し振りの逸材がやってきたと、興奮を隠しきれませんでした。私は早速「東城ゆな」という芸名を彼女に与えて、デビューさせました。

ところが、先日、彼女が再提出した履歴書も嘘だったことが分かったのです。問い詰めると、彼女はようやく「馬場映子」と本名を名乗りました。

ところで、彼女にはデビューの際に、本人の希望で整形手術をさせています。その代金は、私が立て替えました。約百五十万円です。さらに、彼女は撮影を何度かすっぽかしています。その違約金が約五百五十万円。合計で約七百万円。今のところ、本人にそれを支払う能力はなさそうです。

そうなると、保証人に支払っていただくことになるのですが、うちの事務所と契約するときに彼女が提示した保証人は「土屋千恵子」。あなたの名前です。が、契約書に書かれた連絡先が、これまたまったくの出鱈目《でたらめ》でした。そこで、私は、探偵社でも使ってあなたの連絡先を調べようと思ったのですが、その前にネットで検索すると、手作りドールのブログがヒットしました。同姓同名の他人かもしれないと、ブログを遡ってひとつひとつ読んでみました。そして、馬場映子の親戚である「土屋千恵子」本人で間違いないと、メールをお送りした次第です。

それにしても、驚きました。土屋千恵子さんが、あのちぃちゃんだなんて。

ちぃちゃんですよね？

八王子の、甲州街道沿いの赤煉瓦のマンションに住んでいた、村里千恵子さんですよね？

こんな偶然、あるんですね。本当に、驚きました。まさか、こんな形で、あなたに連絡をとることになるなんて。……土屋という姓になったということは、ご主人は、あの男なんですね。当時、付き合っていた、電器屋でバイトしていた彼。そういえば、法学部の学生だったかしら？　あの男も、今では、司法書士の先生なんですって？　すごいですね。さぞかし、お稼ぎなんでしょうね。選挙にも出るとか。成功の道まっしぐらですね！　あの男なら、いつかは成功するだろうと、私、思ってましたよ。だって、あれほどの悪知恵の持ち主なんだもの。私、知っているんですよ。あの男と手を組んで、あなたたち、随分荒稼ぎをしていたでしょう？そう、私のときのように、他にも女友達を部屋に誘い込んで、裏ビデオを撮ったんでしょう？その子、私の友達でもあったんです。知ってます？　彼女の母親、自殺したんです。娘の裏ビデオを見て、ショックのあまり。

とにかく、一度、お会いしたいです。保証人の件もさることながら、昔話に花を咲かせたいのです。いろいろと、お話ししたいことが沢山あるんです。

私はあれから、〝鮫川しずか〟という芸名で、芸能界にデビューしました。そしていくつかの作品に出ました。今もその名前で、仕事をさせてもらっています。

あなたには、本当に〝感謝〟しています。

今の私があるのは、あなたのおかげですもの。

この三十一年、あなたにお礼をすることばかり考えてきました。

お礼はきっちりとしないと、死んでも死に切れません。

だから、必ず、お礼をさせてください。ご連絡、待っています。

プロダクションZEGEN社長　鮫川しずか

＋

鮫川しずかからのメールは、千恵子に五つの衝撃を与えた。

ひとつ目は、「鮫川しずか」が元AV女優だということ。これは、ネット検索で知った。

ふたつ目は、プロダクションZEGENが、アダルトビデオに出演するAV女優専門の事務所であること。それはつまり、親戚の映子がAVに出演しているということなのか？

恐る恐る「東城ゆな」で検索してみたところ、とんでもない画像が次々とヒットした。あまりのことに、パソコンの電源コードを引き抜いたほどだ。それが三つ目の衝撃。四つ目は、しぃちゃんが、あのことを知っているという衝撃。そう、確かに、私はしぃちゃんと同じように、もう一人、女友達を部屋に招いた。だって、彼がお金に困っていたから。お金を返済できなかったら殺されるって、泣きつかれたから。だから彼を助けたくて、彼に言われるがまま、女友達を部屋に誘った。奇麗な子だった。憎たらしいほど奇麗な子。あの子と一緒にいると、こちらが惨めになるほどだった。……でも、私はなにもしていない。しぃちゃんのときと同じように、部屋に呼んだだけ。私はすぐに部屋を出たから、何が行われたのかなんて、知らない。だから、私は関係ない。

そして、五つ目の衝撃は、自分がいつのまにか、七百万円の借金を背負わされていること。どういうこと？

映子ちゃん、これはどういうこと？　とにかく、映子ちゃんから直接、話を聞かなくては！

それは三月五日だったろうか。

この日、何度も千恵子は映子に電話を入れた。が、携帯電話にはつながらず、それではと固定電話にかけてみた。

固定電話ののんびりとした留守番電話メッセージを聞いているうちに、それまで押し殺してきた感情が爆発した。

「映子ちゃん、どういうこと？　あなた、なにやっているの？　アダルトビデオだなんて……信じられない。とても信じられない。ご両親は知っているの？　知っているわけないわよね、知っていたら、あなた、ただじゃすまないものね。高潔なあの二人のことだもの、あなたを殺して自分たちも死ぬ道を選ぶに違いないわ。娘があんなビデオに出ているなんて知ったら、間違いなく、そうするわ。……ああ、私も知らないでいたかった。親戚がＡＶ女優だなんて、私のほうが死にたいくらいよ。世間に知られたら、私まで終わりだわ。映子ちゃん、あなた、分かっているの？　あなたは、両親と兄妹と、そして親戚一同を殺したも同然なのよ？　あなたは、それだけのことをしたのよ？　死んで、お願い、死んで！　でなければ、私があなたを殺してしまうわ！」

怒りに任せて、そんなことを留守番電話に残してしまった。

それから一週間した頃だろうか。

映子の死をニュースで知った。その同じ日、しぃちゃん……鮫川しずかから電話が来た。

「ちぃちゃん、あなた、東城ゆな……馬場映子を殺しました？」

まさか！

「そんなわけないでしょう！　冗談でもやめて！」

そう返すと、

「よかった。そうだと思ってました。ちぃちゃんが、そんな残酷なことをするわけないって。でも、留守番電話に、あなたの不穏なメッセージが残っていたものだから、ちょっと心配になって」

留守番電話。……あ。

「嘘よ、あのメッセージは嘘なのよ。興奮に任せて、あんなことを言ってしまっただけなのよ」

「やっぱり、そういうことですか。だと思って、私、ちゃんと、メッセージ、消去しておきましたよ。ちぃちゃんが警察に変に疑われないように」

「消した？　どういうこと？　そもそも、どうして、あなたが、あの留守電のことを知っているの？」

「私が、第一発見者なんです。最初に、馬場映子の死体を発見したんです。で、ふと固定電話を見ると、留守電ランプが点滅していて。再生してみたら、あなたのメッセージが残っていたもんだから。……でも、大丈夫です。消しましたから」

そのときは、心底ありがたいと思った。が、これを機に、鮫川しずかから毎日のようにメールが来るようになった。それは、文面上では千恵子を慰め励ますものだったが、千恵子はそれを読むたびに、なにか重い足枷《あしかせ》をはめられたような気分に陥った。

そして、一週間前。

「私の知り合いに、フリーの記者がいるんです。彼の取材に協力してほしいんだけど」

という電話が来た。断ると、

「これは、あなたのためなんですよ。私は、あなたの窮地を助けてあげたいんです。だって、あなた、このままじゃ、警察にマークされるかもしれないんですよ？　留守電のメッセージは私が消したけれど、電話の着信記録は残っちゃってるんだもの。あなた、このままでは、疑われますよ？　容疑者になりますよ？」

容疑者？

その言葉で、千恵子の思考は完全に機能停止に陥った。

「……その取材に応じれば、私は助かるの？」

「ええ、そうです。だって、さすがに、犯人ならば取材には応じないじゃないですか。だから、身の潔白を証明するためにも、取材に応じたほうが賢明ですよ。そうすれば、警察のマークからも外れますよ」

「本当に？」

千恵子は、すがるように言った。でも、頭の隅ではしきりに警告音が鳴っていた。

やめろ、やめろ。これは罠だ。あの持ち寄りパーティのときのように、高い代償を払わされる。だって、彼女はたぶん、私を恨んでいる。彼女がＡＶの世界に堕ちたのは、あのときのことが原因だろうから。あのときなにが起きたのかは、具体的には知らない。でも、想像はつく、犯罪的なことが行われたであろうことは。たぶん、それは、一人の人間の運命を変えるような出来事だったに違いない。だから、私は、恐れてもいたのだ。しぃちゃんが警察沙汰にしたらどうしよう……と。でも、犯罪を計画した彼は言った。「大丈夫。警察沙汰には絶対ならないから。そもそも、犯罪ですらない。彼女の同意の上、行われたことなんだから。ちゃんと、同意書もある」。その言葉を信じ、しぃちゃんの記憶も封印したのだが。……でも、やはり、この三十一年、どこかで恐れていたのだ。彼女の報復を。彼女だって言っていたではないか。この三十一年、あなたにお礼をすることばかり考えてきました……って。

だから、きっと、これは罠なんだ。だから、そんな誘いに乗ってはいけない。

「分かった。取材、受ける」

しかし、千恵子は承諾した。

罠だとしても。……これしか道がないような気がした。そして、こうも思った。この罠にあえてかかることで、しぃちゃんの恨みがとけるのならば。それは私自身の心のつかえもとれるということだ。だとしたら、私自身を救うことにもなる。

……今思えば、なんとも都合のいい解釈をしたものだ。とんだこじつけだ。負けると分かっていながらギャンブルをやめられないクズの言い訳だ。こうやって人間というのは、どんどん深みにハマっていくものなのかもしれない。

堕ちる。

そんな感覚に襲われて、千恵子は、ソファにゆっくりと体を沈めた。頭痛がひどい。もう、目を開けていられない。体が、勝手に崩れていく。

なのに、千恵子は、固定電話を見つめ続けた。

あの女から電話がかかってくるまでは、崩れるわけにはいかない。

今日こそは、あの女の本音と目的を聞き出さなくては。

5

「倉本さん」

声をかけられて、渚ははっと身構えた。そして、手にした携帯電話を慌てて、デスクに置いた。

建前上は、仕事中だ。なのに、私用電話をしていたとなると、罪悪感から体が勝手に反応してしまう。

「倉本さん、まだいたんだ。残業？」

振り返るとそこには、「週刊全貌」の派遣編集者、サイトウさんがいた。

「ああ、まあ、そう」

渚は、しどろもどろで応えた。見ると、フロアには、ほとんど人がいない。電話のベルが鳴っているわけでもなく、どう見ても、繁忙期のそれではない。

「うちは、校了明けだから、開店休業状態」

サイトウさんは言った。自分のところもそうだが、渚は、笑みだけで応えた。

「倉本さんは、まだ、帰れないの？」

サイトウさんが、ノートパソコンのディスプレイをのぞき込む。

「え？……ううん、今、帰り支度をしていたところです」

渚は、ぎこちない手つきでノートパソコンを閉じた。

しかし、その横の「週刊リアル」までは、隠しきれなかった。それをめざとく見つけたサイトウさんは、

「『週刊リアル』。今週号も、即日完売の店が続出みたいよ」

と、苦々しく、顔を歪めた。

「どうして……」どうして知っているの？　という渚の問いにかぶせるように、サイトウさんは言った。

「前に派遣で一緒になった子が、今、『週刊リアル』でアシスタントしていてさ。それで、さっき、そんなメールが来た。金一封が出るかもって、嬉しそうに」

「金一封？」

「大入り袋みたいなものよ。このご時世に、景気のいい話だよね、まったく」

「ほんとですね」

「時給もいいみたいよ。千七百五十円だって」

自分と同じ時給だったが、

「えー、すごいですね。羨ましい」

とだけ、応えておく。

派遣どうしの時給の話題は、御法度だ。同じ職場に派遣されて、同じような仕事をしていても、人によって差があるからだ。

派遣の時給は、仕事ができるできないのスキル差というよりは、タイミングと運に大きく左右されるところがある。渚の場合は、早急に欠員の穴埋めが必要だったらしく、割と高めの時給で決まった。それまでの契約は、今よりもっと忙しくて仕事も広範囲に及んだが、時給は千五百円だった。

まさに、この職場に派遣されたことは、ラッキーとしか言いようがない。繁忙期は確かに忙しいが、それは編集者ならば想定範囲内だし、むしろある程度忙しいほうが心理的には楽だ。時間が早く過ぎる。今日のような閑散期のほうが、かえって、疲れる。

「ね、ご飯は？」

サイトウさんの問いに、渚は「ううん」と一応は、軽く首をひねってみる。

が、誘いには乗れないというサインもついでに出しておく。

「家に、作り置きのカレーがあるから、今日はそれで間に合わせようかなって。軽くサラダでも作って——」

が、

「トミオカさんのこと、私、知っているよ」

と、サイトウさんが、耳元で囁いた。

「え？」でも、さっきは、知らないって。

「うん、さっきはね」

サイトウさんは、後ろの席から椅子を引きずり寄せると、もったいつけて腰を落とした。

「さっきはさ、人がいたから知らないふりしたんだけど」

そして、周囲を見回し、近くに誰もいないことを確認すると、渚のほうに体をすり寄せながら、サイトウさんは言った。

「トミオカさんは、『週刊全貌』の編集者で、正社員だった人。私もよくは知らないんだけどね、今は産休中で……」

「産休中なんですか？」でも、おなか、出ていたっけ？

「うん。産休中。もうすぐ、出産予定なんだけど――」

「臨月ってこと？　そんな人が、なんで、会社に？」

「なんかね、彼女、責任感が強いというのか、仕事を人に任せられないというか。自分が立ち上げた企画が気になって、産休に入ってからもちょくちょく会社に来ていたみたいなのよ」

「その企画って……」

「そう、それが、『アルテーミスの采配』。ＡＶ女優たちの赤裸々な私生活を暴く……という企画」

「ああ、なるほど」じゃ、あの原稿は、本当にトミオカさん宛に届いたものだったんだ。でもなにかの手違いがあって、うちの部署に届いた……と。そういうことなら、納得だ。

「でもね、その企画、ボツになったみたいなのよ」

「連続不審死があったから？」

「え？」

「だから、そのインタビュー集に登場するＡＶ女優が次々と死んでいったから、でしょう？あの、容疑者の男が、インタビューしていたんでしょう？」

「なに、それ」

「え？」

「ちょっと、なに、それ」

サイトウさんの顔色が変わった。それは、職業病ともいうべき、好奇心が露わになったときに出てくる、あまり上品とはいえない色だ。

「ちょっと、その話、詳しく聞かせて」

＋

それから三十分後、渚は、四谷三丁目駅近くのカラオケボックスに引きずり込まれていた。

いや、渚自身も気になったからこそ、なんだかんだとここまでついてきたのだ。ときどき忘れてしまうこともあるが、自分もかつてはジャーナリストを目指していたことがある。目の前に気になる食べ物がぶら下がっていたら、それに食いつかないわけにはいかない。

テーブルには、たった今届けられたばかりのオニオンフライのタワー。渚は、そろそろと指を伸ばすと、そのてっぺんを摘んだ。

「で、それから、それから？」

唐揚げを片手に、サイトウさんが、渚のほうに体をすり寄せてくる。ニンニクの臭いが、ぷーんと漂う。渚は、少しだけ、体を引いた。

なのにサイトウさんは、無遠慮に距離を縮めてくる。その様子はさながら、おとぎ話の続きをねだる子供だ。

渚は、『アルテーミスの采配』という謎の原稿が届けられたことを、サイトウさんにあらかた話したところだった。が、「これでおしまい」と句点をつけようとしたところで店員がオニオンフライを届けに部屋に入ってきたので、サイトウさんにとっては、とんだお預けの形となった。

「で、それから？　それから？」

「いや、だから。これで終わり。続きはありません」

言うと、

「ほんと？　これで、全部？」

と、いっぱしのジャーナリストの顔で、疑念の視線を飛ばしてくる。

「本当ですって」

「分かった。じゃ、今回はそれを信じることとして」

今回は……って。はじめから、こちらは真実だけを言っている。こんなところで嘘を言ったところではじまらない。

「でも、その話を信じるとすれば、おかしなことばかりなんだよね」

言いながらサイトウさんは、トートバッグから大学ノートとボールペンを取り出した。

そういえば、前に同じ職場にいたときも、しょっちゅう大学ノートに何かをメモしていたっけ。それは、なに？　と訊いたことがある。そのとき彼女は、「ネタ帳」と、照れながら言った。「いつか、自分の書いた物語《ストーリー》を発表するのが夢なんだ」とも。

「おかしなことの一番目――」サイトウさんが、大学ノートをぺらぺら捲りながら、独り言のように言った。「……『アルテーミスの采配』っていう企画は、私が聞いた話だと、そもそもがそんな内容ではないはずなんだけど」

「どういうこと？」

渚は、指に摘んだオニオンフライのはじっこを齧りながら、大学ノートをのぞき込んでみた。が、サイトウさんは巧みにそれを腕で隠す。これは私だけのネタ、誰にも譲れない……とばかりに。

そんな警戒心を隠しながら、サイトウさんは女子トークの無防備なノリで、話を続けた。

「『アルテーミス』って、ギリシャ神話の女神ってことは知ってる？」

「うん。さっき、調べました。太陽神アポロンの双子のお姉さんなんでしょう？」

だから、渚も、他愛のない与太話を受けるノリで、返した。

「そう。アポロンのお姉さん。で、貞操と復讐の女神でもあるんだけど……」言いながら、サイトウさんはトートバッグからタブレット端末も取り出した。「復讐といえば、復讐代行って知っている？」

「復讐代行？……復讐を代行するってこと？……必殺仕事人みたいな？」ふたつ目のオニオンフライを摘みながら、渚は返した。

「そう。ネットにはね、復讐代行を謳っている業者がたくさんあってね――」

サイトウさんは、タブレットを数回叩くと、「あ、これ、これ」と、それを渚のほうに向けた。

そこには、「復讐代行」という文字を堂々と掲げているサイトが、ずらっと並んでいる。

「なに、これ」思わず、腕に粟が立つ。「これ、全部、必殺仕事人……というか、復讐代行なんですか？」

「そう。……とはいっても、ここに並んだ業者のほとんどが、インチキだけどね」

「インチキ？」

「そう。……まあ、あれよ。迷惑メールみたいなもの。一億円差し上げます……とか、アイドルのヤバい画像を見ませんか？……とか、芸能人とエッチできます……とか、人の好奇心を巧みにつく言葉を使って、呼び込む手口」

「つまり、復讐代行しますなんて言いながら、その実は、アダルトサイトだったり、怪しいマルチ商法の勧誘だったり？」

「それそれ、まさに、それ。でも、中にはね、本物もあるっていう噂もあって」

「本当に復讐を代行する業者があるんですか？　そんなこと、していいの？　違法じゃないの？」

渚の問いに、サイトウさんは半ば呆れたように、目を細めた。「そりゃ、ヤバいわよ。場合によっては違法よ」

そして、出来の悪い生徒に言い聞かせるように、続けた。

「でも、ネットなんて所詮は無法地帯じゃない。犯罪のるつぼ。ドラッグの売買だって、売買春だって、なんでもござれよ。なにしろ、大手通販会社が、堂々と児童ポルノのＤＶＤを販売しているぐらいだからね。最近、ようやく摘発されたけど」

「ああ、やっと摘発されたんだ。気になってたんですよね、あれ。誰でもフツーに、サンプル画像とか見られて」

「あれは、マジでヤバいよね。あれに比べれば、復讐代行なんて、まだ可愛いほうなんじゃないの？」

「でも、やっぱり、違法は違法でしょう？」

「やり方によっては、違法よね。でも、まあ、振り込め詐欺と同じで、実体がないからね、なかなかしっぽが摑めないんじゃないの？」

「じゃ、どうやって、依頼するんですか？　そういう、闇サイトは」

「そこは、闇金と同じ。復讐心を持っているような人に、『復讐を代行しますよ』って、ＤＭを送るのよ」

「ＤＭ？　スパムじゃなくて、ダイレクトメールを？」

「そう。なんでも、復讐したくてうずうずしている人たちのデータを集めた名簿も出回っているそうよ」

「名簿屋があることは知っていたけど。……そんな名簿まであるんだ……なんか、怖いですね」

渚は、摘んだままのオニオンフライを、口の中に押し込んだ。すっかり冷えたそれは、衣の味しかしない。

「でも」

ほとんど噛むことなくオニオンフライを飲み込むと、渚は言った。

「でも、そんなDMが送られてきたって、無視するんじゃないかしら？　だって、いかにも怪しいじゃない」

「そこが、人間の心理の弱いところで。自分が常日頃願っていることが具体的に提示されると、ついつい、興味を持っちゃうものなのよ。普段は見向きもしない迷惑メールでも、お金に困っているときに『大金が稼げます』なんていうメールが来たら、もしかして……って思うでしょう？」

「そうかな……どんなにお金に困っていても、そんな怪しいメールにはひっかからないですよ」

渚は、惰性で、もうひとつ、オニオンフライを摘み取った。

「じゃ、旅行でもしようかな……って思っているときに、『海外旅行が当たりました！』っていうメールが来たら、どう？」

「うーん、そのときは、もしかしたら、ちょっとは興味を引かれるかも」

「それと同じ。人間、自分とは無関係な情報には慎重にもなるし、冷静に判断もするけれど、少しでも関係している情報に対しては、案外、無防備になるものじゃない？　興味の回路が全開になるっていうか。そこをつくのが、商売の基本。でしょう？」

「まあ、確かに」とオニオンフライを齧りながら、渚。

サイトウさんも、我に返ったように、箸を手にすると、それで唐揚げを器用に挟んだ。

「どうでもいいけど、ここ、料理はちょっと、イマイチだね」唐揚げを丸ごと口に含みながら、サイトウさんが、今更ながらにダメ出しをする。

「まあ、ここはカラオケ屋ですから」

「そりゃ、そうだけど。でも、今の時代、料理に力を入れないと、客は来ないと思うよ」

「確かに」

しばらくは、会話が途切れる。渚はオニオンフライを、サイトウさんは唐揚げを立て続けに口にする。こんなものでも、空腹にはありがたいとばかりに。

「あれ？　ところで、なんの話、していたんだっけ？」

四つ目の唐揚げを箸に挟んだところで、サイトウさんは思い出したように言った。その表情は、どう見てもモアイ像だ。

「えっと。……そうそう。復讐代行の話？」

渚が返すと、

「ああ、そうだった。復讐代行ね」とサイトウさんは、一度挟んだ唐揚げを皿に戻すと、箸を置いて再び大学ノートを手にした。

「それでね。これはたぶん復讐代行の延長だと思うんだけど、殺人の請負をしている闇サイトがあるっていう噂があってね」

「殺人の請負？　まさか！　そんな、マンガみたいな話」

渚が笑い飛ばすと、

「あれ？　知らないの？」とサイトウさんは、語気を強めた。「実際に摘発されたサイトも過去にはあるんだよ！　私たち一般人の目にはなかなか触れる機会はないんだけど、間違いなく、そういうサイトはあるんだよ」

「復讐を代行するまではなんとなく理解はできるけど。……いや、理解できるっていうか、そういうのもあるかもしれないって思えるけど、さすがに、殺人って……」

渚は、引き続き、笑い飛ばした。

「これだから、倉本さんはお嬢様なのよね。ほんと、なんにも知らないよね」

サイトウさんは、侮蔑を含んだ視線で、渚を見た。

これだ。この視線だ。これがどうしても苦手で、以前、同じ職場で働いていたときも、つい距離を置いてしまった。

彼女自身はもしかして無意識なのかもしれないが、こうやって話していても、いちいち、ちくちくと痛い。なにか、小馬鹿にされている感じがする。特に、「お嬢様」という言い草。これも、昔からだ。ことあるごとに、「お嬢様だから……」「お嬢様には……」「お嬢様って……」とうるさかった。

いったい、なにを根拠に、「お嬢様」呼ばわりするのか。厭味にもほどがある。むかむかする。これは、なにも、オニオンフライのせいばかりではない。

「ね、なんで、私をお嬢様って言うの？」

渚は、むかむかを吐き出すように、言った。「私、別にお嬢様じゃないし、そもそも、そんなふうに呼ばれる歳でもないし」

そこまで言って、渚は、はっと、言葉を飲み込んだ。いつのまにか喧嘩腰になっている。これも、昔からだ。自分は特に怒りっぽいほうではないが、サイトウさんと会話していると、どうしても、感情が尖ってしまう。前に一度それで険悪な雰囲気になったことがある。でも、今は、そんな場面ではない。こんな個室に二人っきりでいて言い争いになったら、しゃれにならない。

「もう、ほんと、やめてくださいよぉぉ」渚は、声のトーンを二オクターブほど上げて、おどけてみせた。「私、ただの、おばさんだよぉ」

うざっ。

え？　今、なんて？「うざっ」って、言った？

渚の背中に言いようもない悪寒が走る。

しかし、サイトウさんは、何事もなかったように、話を続けた。

「殺人請負の闇サイトは、間違いなく、存在するんだよ」

渚の悪寒は止まらない。やっぱり、私、この人、苦手だ。もう、ここを出たい。が、それでも、好奇心のほうが勝っていた。サイトウさんが先ほど言ったように、人間は、自分が関心のあることに対しては、とことん貪欲にできているのかもしれない。それが、苦手な相手だとしても、自らはまり込んでいくものなのかもしれない。

「でも。……一般の人の目にはなかなか触れないようになっているんでしょう？　じゃ、どうやって、その闇サイトに辿り着くわけ、殺人を依頼したい人は？」

渚は、努めて穏やかな口調で訊いた。

「だから、さっきも言ったでしょう。明らかな殺意を持っている人に、ＤＭを送るのよ」

なのに、サイトウさんの語尾はますます尖る。

「そんなの、真に受ける人がいるなんて、とても思えない」

渚の語尾も、ついつい尖る。

「だから。……倉本さんは、ほんと、お――」

また、「お嬢様」と言うつもり？　渚は、かぶせ気味に言った。

「仮に、そういう闇サイトがあったとして。殺人なんか依頼したら、依頼したほうも捕まるでしょう？　そんなリスクを犯す人がいる？」

「それが、いるのよね。人間、切羽詰まると、リスクなんて考えないのよ。多重債務者が、返済期日が来るたびに、闇金に走るようなもんよ。そんな人は、リスクなんて考えない。目の前の危機を回避することだけを考えるものでしょう？」

「でも、そんな切羽詰まった人なら、自分でその対象を殺すんじゃないかしら？」

「それ、『借金が返せないなら、借金しなければいいのに』というへ理屈と同じ。まったく、意味がない」

どっちがへ理屈よ。そっちの理屈のほうが断然おかしいじゃない。思ったが、渚は反論を控えた。でなければ、ちっとも話が進まない。というか、いったい、なんの話をしているのか、分からなくなってきた。

そうよ。私は、「トミオカ」という人の話を聞きに来たのよ。なのに、なんで、復讐だの殺人請負だの、そんな話になるの？

「ああ、もう、ほんと、倉本さんとしゃべっていると、話がどんどん脱線しちゃう。時間がないから、先に進めるね」

は？　どっちが。ああ、もうほんと、頭来る。もう話なんか聞かなくていい、帰ろう。……そう、思ったとたん、

「アルテーミス」

と、サイトウさんは、渚の不機嫌を宥めるように、今更ながらに、話題を戻した。

「『アルテーミス』っていう名前の闇サイトがあってね。……噂なんだけど、殺人請負サイトらしいんだ」

サイトウさんは、ここでいったん息を吸い込むと、一気に言葉を吐き出した。

「つまりね、『アルテーミス』という闇サイトの真偽を探る……っていうのが、『アルテーミスの采配』という企画だったのよ。トミオカさんが上げた企画で。でも、企画が通ったとたん、トミオカさんが産休に入っちゃって、そのあとを後輩の女子社員が引き継いだらしいんだけど、……トミオカさん、どうしても自分がやりたかったんだろうね。産休と同時に、資料とデータ

をすべて、抜き取っていったのよ。しかも、後輩社員に嘘のデータを渡して。それで、ちょっとした問題になって、その後輩社員、異動になってね。その後釜が私ってこと。つまり、私はトミオカさんの後釜の後釜ってこと」

「じゃ、その『アルテーミスの采配』は、今は、サイトウさんがやっているの？」

「だから……」サイトウさんは、お前はもう口を挟むなとばかりに、早口で言った。「さっき言ったでしょう？『アルテーミスの采配』という企画は、ボツになったの。私は、単純に、トミオカさんのルーティン仕事を引き継いだだけ」

サイトウさんは、「いい？　話を進めるよ？」と視線だけで渚を制すると、大学ノートを片手に、独演会よろしく、言葉を一気に吐き出していった。

「話を戻すね。

さっき、倉本さんがしてくれた話。そう、倉本さんのところに間違って謎の原稿が届いたという話。それが本当だとすると、おかしなことが三点ほどある。

そのひとつが、さっきも言ったけど『アルテーミスの采配』という企画そのもの。トミオカさんが進めていた企画は、AV女優のインタビュー集ではない」

「え、でも。さっき、AV女優たちの赤裸々な私生活を暴く……という企画だって言ってなかった？」

渚がつい口を挟むと、サイトウさんは「話を最後まで聞いて」と喰い気味に応えた。

「『アルテーミスの采配』という企画は、『アルテーミス』という名前の闇サイトに迫るのが目的のルポで——」

だから、なんで、それでＡＶ女優たちの赤裸々な私生活を暴く……につながるの？　と渚は思ったが、それは口にしなかった。サイトウさんが渚の腕を軽く押さえて、動きを封じ込めているからだ。ここはおとなしく、彼女の話を聞くのが賢明だろう。渚は、観念して耳を傾けた。

「これはあくまで噂なんだけど。『アルテーミス』という闇サイトのクライアントは、主に、ＡＶ女優の家族または関係者らしいの。そして、ターゲットは、ＡＶ女優」

「え？」

ここまで聞いたら、さすがに、黙って聞いていられない。渚は言った。

「つまり、家族によって、殺しのターゲットにされるってこと？」

「そう」

「どうして？」

「だから、娘または妻、あるいは恋人、もしくは姉妹がＡＶ女優になったからよ」

「ということは、親または夫、あるいは恋人、それとも姉妹たちの依頼によって、ＡＶ女優は殺されるってこと？」

「そうなるわね」

「まさか！」

「でも、ＡＶ女優は、謎の死が多いこともまた、真実。現在まさにニュースになっている『ＡＶ女優連続不審死事件』も、謎だらけ。私は、闇サイト『アルテーミス』がなにかしら関わっていると睨んでいる」

「でも、……どうして？　どうして、ＡＶ女優が、家族の依頼で殺されなくちゃいけないの？」

「だから、ＡＶになんか、出演したからよ」

「それだけで？」

「それだけ？　そんな簡単なことじゃないわよ！」サイトウさんの語気がまた荒くなる。「風俗や売春ならまだしも、万人が見るＡＶに出るということは、人生そのものを差し出したようなもの。人生そのものということは、本人の人生はもちろん、家族の人生も含むのよ。つまり、公に顔を出してセックスを世間に晒すというのは、それだけ失うものが大きいということ。本人はいいわよ、お金をもらって承知してやっているんでしょうから。でも、家族は違う。自分たちはなにもしていないのに、ＡＶに出演した家族がいるってことだけで、色眼鏡で見られるし、いろんな信用も失ってしまう。会社をくびになる人もいれば、その地域に住めなくなる人もいる」

「……だから、殺すの？」

「そう。殺すというか。……消えてもらう。その手配をするのが『アルテーミス』という闇サイト」

「信じられない。……ネットって怖い」

「今にはじまったことじゃないから。ネットがない時代から、似たような請負業者はいたみたいだから。ＡＶ女優に限らず、不名誉な職に就いてしまった人が怪死する事件は、昔からある」

「でも、ＡＶ女優だからって、全員が殺されるわけではないでしょう？」

「当たり前でしょ。ＡＶ女優が何人いると思っているのよ。彼女たちをすべて殺したら、大惨事よ」

「確かに」

ここで、少しだけ空気が和らいだ。渚は、四個目のオニオンフライを摘み取ると、それを口に含んだ。酸化でもしてしまったか、中年男性の体臭のような臭いが、つんと鼻を刺激する。

「じゃ、どういうＡＶ女優が、……ターゲットになるの？」

渚が訊くと、

「私が思うに、ああいう世界に足を踏み入れた人には、大きく分けて、ふたつの勢力があると思うのよね」

と、サイトウさんは、またもや核心には触れず、外郭から語りはじめた。

「ひとつが、性産業に入るべくして入った人たち。というか、そこにしか生きる術《すべ》がない人たち。

いつの時代にも、そういう人たちが一定数存在するということから目を背けちゃいけない。今の時代でもそう。建前上は、基本的人権の尊重とか幸福追求権とか謳って、平等な社会ってことになっているけれど、性を売るしか生きる道がない人たちは、どうしたって、生まれてくる。そういう人たちはそういう環境に生まれ育って、だから、そういう環境以外の生き方を知らない。残酷な話だけれど、運命だと言ってもいい。だから、体を売ることは彼女たちにとっては私たちが仕事に精を出すのと同じで、生活の糧でもあるし生き甲斐でもあるし、なにより、存在意義なのよ。プライドだと言ってもいい。そんな彼女、彼らに、『そんなことはいけない、まっとうな道を歩め』なんていくら言ったところで、無駄。私たちだって『そんな仕事をするな』なんて人に言われたら、『は？』と思うでしょう？　それと同じ。こういうナチュラルボーンな人たちは、そこで生きるのが『当たり前』だから、殺される対象にはならない。

問題は、もうひとつの勢力。堅気《かたぎ》の人たち。今も昔も、そういう環境に生まれ育っていないにもかかわらず、性産業界に足を踏み入れてしまう人たちがいる。江戸時代で言えば、武家の娘が男に騙されて、または生まれつきの淫乱ゆえに夜鷹になるようなものかしら？　いわゆる、『堕ちた女たち』。

そして、いつの世も、注目されるのは彼女たち。

『堕落』というものに、人はどうしてもロマンや快楽を抱いてしまうものなのね。生まれつきの商売女には無関心でいられても、『堕ちた』商売女に関しては、いろいろと詮索してしまうし、注目してしまう。

貧困ゆえにＡＶに出るようになった、それこそなるべくしてなったような子には大した興味は持たなくても、有名大学の現役学生とか、学校の教師とか、アイドルとかがＡＶに出ましたってなると、そりゃ、大騒ぎになるのよ。そして、話題になるのよ。

どうしてだと思う？

それは、人間にとって、他者が堕ちるのを見るのが、なにより快楽だからよ。快楽というのは、つまり、防衛本能の副作用。他者が堕ちるということは、それだけ、自分を脅《おびや》かす人が減るということ。その安堵感が『快楽』に変換される。だから、自分を支配する可能性がある高い地位にいる人が堕ちると、より快楽が増すようになっている。

そう。人は、自分より下の者がどんなことになろうとそれほど興味は持たないけれど、自分より上の人にはぺこぺこしつつも『堕ちろ』という呪文を忘れない。

そんな人間の本能を商売にするのが、サービス業であり、娯楽なんだと思う。私たちの仕事もまた、そのひとつね。私たちも、人の失敗や堕落を散々、ネタにしてきたでしょう？

つまり『堕落』は金になるのよ。その落差があればあるほどいい。

だから、昔から、『堕落』商法というのはあって。システム化もされていて、AVでも、ある種のマニュアルに沿って、高嶺の花のお嬢様や淑女が定期的に堕とされてくる。彼女たちの中には、自分の意志でこの世界に入ったと思っている人もいるかもしれないけれど、違う。たいがいは、そう思わされているだけ。それが、興行師、または女衒の腕の見せどころ。あの人たちは、『堕落』ショーを見せることにかけては、プロ中のプロだもの。アイドルに仕立ててそれを堕としてAVに出演させるとか、『自己表現をしてみませんか？』なんて甘い言葉で素人の主婦をその気にさせるなんていうのは、もう定番中の定番。中には、超有名人の隠し子や遠い親戚を探し出してきて、その有名人の名前を肩書きにAVに出演させるなんて例もある。

でも、そんな商売の裏では、リアルな悲鳴が上がっているのも確か。

それは、『堕落』した女たちの関係者であり、家族よ。彼らの中には、『堕落』し、見せ物となった彼女たちを心から恥じ、できれば消えてほしいと思っている人もいる。

事実、家族や関係者の圧力で発売中止になるＡＶも沢山ある。その場合も、ある種の手配師が、家族に代わって、動いているんだと思う」

サイトウさんは、ここでようやく、一息ついた。そして、ウーロン茶を飲み干すと、付け加えた。

「発売中止になった場合は、幸運よ。とりあえず、殺されることはない」

「つまり……」

渚はたまらず、口を挟んだ。

「つまり、殺される可能性があるＡＶ女優というのは、ＡＶとは無縁の世界に生きていた人ってこと？」

「そう。そして、守るべき『地位』や『立場』や、『親族』がいる人たちよ」

そして、サイトウさんは、こうも言った。

「そもそも、守るべきものがある人たちは、ああいう世界に足を踏み入れてはいけない」

渚も、ウーロン茶を飲み干した。そして、頭の中でまとめてみた。

つまり、「アルテーミス」という闇サイトは、粛清代行屋なのだ。自分の名誉を傷つけた身内を罰するための。

……でも、やっぱり、とても信じられない。

「あれれ。まだ半信半疑って顔してる」サイトウさんは、にやにやしながらタブレットを膝に載せた。「仕方ないな。現物を、見せてあげる」そして、タブレットを数回タップすると、得意げにその画面をこちらに向けた。

「これが、『アルテーミス』よ」

それは、一見、いわゆる「便利屋」のサイトだった。「引っ越し、掃除、犬の散歩、なんでもご用命ください！」と、作業服を着た熱血青年風の二人の男性が、にこりと笑っている。

「もちろん、これは、ダミー。表向きだけどね。その証拠に、住所とか連絡先とか、どこを探しても掲載されていない。だから、たまたまこのサイトに辿り着いてしまった通りすがりの人は、これ以上は進めないようになっている。さっき言ったように、DMをもらってこのサイトに辿り着いた、……つまり明確な目的がある人だけが、先に進めるようになっているってわけ」

「DMに、その方法が記載されているの？」

「たぶん」

「たぶん……って」

「だって、私はDMをもらったわけじゃないし。私なりの方法で、見つけ出したに過ぎないから」

「自力で、見つけ出したんですか？」

「まぁね」サイトウさんは、どや顔で顎をしゃくった。

「ね、なんで、そんなに……」渚は思った。サイトウさんは、なんでこんなに熱心に「アルテーミス」のことを探っているんだろう？　トミオカさんから引き継いだわけでもないのに。

「はじめは、ただの好奇心。だって、編集部のみんながさ、ときどき、ひそひそと話題にするからさ。『トミオカが進めていたアルテーミスは……』とか『ボツになったアルテーミスは……』みたいな感じで。気になるじゃん？　検索してみようとか思うじゃん？」

まあ、確かに。

「それで、いろいろと調べてみて、まずはこのサイトに辿り着いて。……で、最近になってようやく、その秘密の内容を見つけたってわけ。なんてことはない。……ソースよ。ソースに、隠されていたんだよ！」

宝探しごっこに夢中な子供の顔で、タブレットを軽快に操作していくサイトウさん。そして、獲物を見せびらかす猫のように、またぞろ画面を渚に向けた。

差し出された画面に表示されているのは、文字と記号の羅列だった。

「これが、ソース。プログラミング用語。つまり、ウェブページの素顔ってこと」

「素顔……？」

「ここでは、ソースの説明は割愛させてもらうよ。気になるんだったら、あとで調べて。話を進めるよ？　いい？」

サイトウさんは、独裁者よろしく、渚の返事を待たずに話を続けた。

「ほら、ここを見てみて。この部分」

サイトウさんはその文字列に指を置くと、またもや渚の反応を待たずに、話を進めた。

「これは、コメントタグといってね、このタグに囲まれた文字列は、ウェブページには表示されないようになっている。その特性を利用して、ここに、このサイトの本当の目的が記されているのよ。ほら、読んでみて」

『当サイトは、〝アルテーミス〟という名前です。〝アルテーミス〟というのは、ギリシャ神話の女神で、いわゆる復讐の女神、または粛清の女神です。穢れを憎むこの女神は、穢れ多き人物に対しては、容赦がありません。あなたの周囲にも、穢れた者はいませんか？　その穢れた者のせいで、自分自身も穢されそうになっていませんか？　当サイトは、そんなあなたをお助けいたします。もし、あなたに、粛清したい相手……例えばＡＶに出演している家族がいるのならば、どうか、一人で悩まずに、ご相談ください。穢れは、必ず、取り除いてみせます。ご安心ください。〝アルテーミス〟は、報酬はのぞみません。当組織は、女神〝アルテーミス〟に心酔する者たちの集まりです。一人でも多くの人が、〝穢れ〟から救われればそれで幸せなのです』

渚は、改めて姿勢を正すと、タブレットを自分のほうに引き寄せた。「なんですか、これ？」

「だから、これが、『アルテーミス』。粛清代行サイトだよ」

サイトウさんが、鼻息も荒くドヤ顔で言った。そして、

「これを見つけたときは、さすがの私も固まったよ。でも、同時に、めちゃくちゃ興奮した。もうドキドキが止まらなくて、ここ数日、徹夜であれこれと調べちゃったわよ。きっとトミオ

カさんも同じ思いだったんだろうね。だから、今回の『アルテーミスの采配』っていう企画を立ち上げたんだと思う。その真相を探るために、表向きは『AV女優のインタビュー』という形で。でも、それは建前で、殺人請負サイトを暴く……というのが本当の目的。だから、産休に入っても、仕事を後輩に引き継ぐことができなかったんだろうね」

「つまり」渚は、思い出したかのように、ウーロン茶を飲み干した。「つまり、インタビューするという名目で集められた女優は、粛清の対象になっているということですか？」

「ピンポーン」サイトウさんの、そのモアイ像のような顔が、渚の真ん前まで近づいた。「実はね、こんなものもあってね」

サイトウさんの指が軽快に踊る。それに見とれているうちに、そのサイトは表示された。

「ほら、見て」

得意げに、サイトウさんがタブレットを渚のほうに差し出した。

「え？」

渚は、画面に顔を近づけた。なにやら鼓動が、微妙に激しくなる。

「……っていうか。これ、東城ゆなのブログじゃないですか？」

そうだ。間違いない。この目がチカチカするような悪趣味一歩手前のデザイン、間違えようがない。

「これが、どうしたんですか？」

「驚いちゃダメだよ……」

にやつきながら、サイトウさんは、またしてもその指をタブレットの上で軽快に踊らせた。

数秒後、

「ほら、この部分、見てみて」

ゆなぴょんです☆
今日は、とても嬉しいことがあったのだ☆
事務所から連絡があってね☆
このわたくしめにインタビューの依頼があったのだ☆
いろいろ聞きたいんだって☆それに、インタビューの内容は、本になるんだって☆
しかも、ちゃんとした出版社さん
からの依頼なのだ☆大きい出版社だよ☆たぶん、誰でも知っている出版社☆
ワオ！　ってなぐらい、超メジャーだよ☆

「はい、その投稿なら、私も職場で読んだけど……。これが、どうしたんですか？」

「なんか、改行が不自然じゃない？」

「え？」

言われてみれば。

「ネットで、こういう不自然な改行があった場合、かなりの確率で暗号が隠されていることが多いんだよ」

「暗号？」

「といっても、簡単な暗号だけどね。各行、最初の文字だけ読んでみて」

言われるがまま、最初の文字だけを拾ってみる。

「ゆ、今《いま》、事《じ》、こ……」

「違う、違う。漢字は開いて、ひらがなにするんだよ。〝今日《きょう》〟は、〝き〟ってなる。つまり、こうなる」

サイトウさんは、今度は大学ノートにペンを走らせた。

『ゆ』『き』『じ』『こ』『い』『し』『か』『わ』

「ゆきじこいしかわ……？」

渚は、その文字をまじまじと見つめた。

サイトウさんは、唐揚げを摘み上げると、その端っこを勿体《もったい》ぶるように齧った。その唇は、なにかにやついている。

「ゆきじこいし……、あっ」

渚の瞼が、ぴくりと痙攣する。

「こいしかわ、ゆきじ？　もしかして、人の名前？」

「ピンポーン」

「え？　どういうこと？」

「やだ、まだ分からないの？」

サイトウさんは、ノートに「小石川雪路」と書き込んだ。そして、

「行方不明になっている、ＡＶ女優よ。まだ、正式には発表されていないけれど、『週刊全貌』のライターがそんなことを言っていたから、間違いない」

「と、いうことは、名賀尻龍彦がインタビューした女優の一人？」あ、そういえば、例の原稿にも、そんなようなことが……。

「そう。熟女ＡＶ女優。ランクは、キカタン……企画単体女優」

6

綾瀬香澄《あやせかすみ》様
突然、このようなメール、失礼します。

初めに断っておきますが、これはジャンクメールではありません。

……でも、そんなことを言っても信じられませんよね。

きっと、あなたは、これも新手のジャンクメールだと判断し、破棄されることでしょう。

もしかしたら、メールを開封することなく、削除されるかもしれません。

もし、この文面をお読みになっているのならば、それはあなたの〝運〟です。それとも〝縁〟。

今から、あなたにとってショッキングなことをお教えします。

アダルトビデオと呼ばれる、性的欲求を満足させるために制作されたポルノ映像に、〝小石川雪路〟という名前で、あなたのご母堂様が出演されています。

該当作品が閲覧できるＵＲＬを貼っておきます。どうぞ、ご確認くださいませ。

もし、〝小石川雪路〟がまったくの別人ならば、このメールは破棄してください。そして、当方のご無礼をお許しください。

万が一、ご母堂様でしたら、当方に一報いただければ、あなたのお役に立てるかと思います。

当方は、あなたの敵ではありません。むしろ同胞です。同じ苦しみを味わう者として、あなたの手助けがしたいのです。そう。私の家族もＡＶの世界に足を踏み入れ、そのせいで、他の家族が地獄の苦しみを味わったという経験を持ちます。だから、あなたの気持ちは、誰よりも理解しているつもりです。

まずは、以下のＵＲＬにアクセスしてください。

「アルテーミス」という名の、粛清代行サイトです。しかし、トップページはダミーとなっています。そのトップからは中には入れませんが、ソースをご覧ください。ソース表示はお分かりでしょうか？　プログラミング言語のことで、簡単に言えば、ウェブページの裏の顔です。そこに、詳細を書いておきましたので、お読みになり、決心がつきましたら、どうぞ、お返事ください。

お待ちしております。

アルテーミス拝

アルテーミス様
はじめまして。

メール拝見しました。本音を申しますと、まだ、半信半疑です。なにかの詐欺？　それとも罠？

でも、詐欺でも罠でも、構いません。

メールを返すことでなにかを失っても、なにかの罪に問われることになっても。

それだけ、今の私は、切羽詰まった状況です。崖っぷちです。藁にもすがる思いなのです。

ここで、少し、私の話をさせてください。

私は、都内に住む、二十四歳の会社員、女性です。

父と母と、そして私の三人家族です。

父は、八年前に脱サラして、今は年商二億円ほどの小さな会社を営んでおります。海外から靴や鞄を仕入れてそれを国内で販売するという、いわゆる輸入業者です。脱サラしたばかりの頃は、いろいろと経営は大変だったようですが、軌道に乗ってからは、詳しいことは分かりませんが、割と利益は出していると思います。その証拠に、三年前、港区のマンションを購入しました。中古でしたが、一億円はしたと聞いています。

誰もが羨むサクセスストーリーです。なぜなら、それまでは公団住まいの年収五百万円のサラリーマンだったのに、今では、六本木ヒルズも東京ミッドタウンも徒歩で行けるような場所に住む身分になったのですから。

人って、住むところが変わると、人格まで変わるものでしょうか？

父も母も、随分と派手になりました。身なりも性格も。

特に母は、別人なんじゃないかというほどの変わりよう。それまでは、地味な人でしたが、今のマンションに越してきてからは、ちょっとコンビニに行くんでも、着飾っています。

地味な人ほど、スイッチが入るととことん弾けちゃうのかもしれません。学校から戻ると、玄関には、新しいブランドの紙袋が。そう、毎日毎日、なにかしら、買い込んでくるのです。それまでの母といったら、絵に描いたような「ケチ主婦」で、節約本の内容を地でいくようなケチケチぶりでした。肉なんかも、特売タイムで半額になったものしか買わないような人でした。なのに、今では百グラム二千円はするような高級和牛を、値段も見ずに大人買い。

貧乏人が成り上がると、たちが悪いですね。その金遣いの下品さといったら。

私が卒業した大学は、ミッションスクール系の女子大でしたので、代々資産家のお友達も沢山おります。彼女たちは生まれながらのお金持ち。本当のお金持ちというのは、お金の使い方も優雅で、そして、質素です。彼女たちの立ち居振る舞いを日常的に見てきているので、父や母のような欲望丸出しのガツガツした物欲を目の当たりにすると、本当に残念な気持ちでいっぱいになります。

昔は、自慢の両親だったのに。

堅実で真面目な市民だったのに。

一円、二円を節約していた頃が懐かしいです。あの頃は、お金に余裕はありませんでしたが、それなりに居心地のいい家庭だったと思います。

なのに、今は。父は不在がち（たぶん、外に女の人がいるようです）、母は美容と浪費に明け暮れて、会話もほとんどなくなりました。

特に、母の暴走がひどいのです。

母は、三年ほど前から、プチ整形にハマっています。もともと凝り性な人で、一度ハマるととことん極めてしまうところがあります。かつて節約にハマっていたのも、この性格ゆえです。節約にハマる分にはそれほど害はありませんが（ちょっとやりすぎて、困ったこともありましたが。トイレットペーパーは一回十センチとか）、整形となると、いろいろ問題があります。

「メスを入れるような整形とは違うのよ、プチ整形は。お化粧とかスキンケアみたいなものよ」と母は言っています。確かに、母は、メスは入れていません。母が特に行っているのは、鼻を高くするためのヒアルロン酸注入と、シワ取りとエラ取りボトックスです。確かに、これらのおかげで、母は見違えるように奇麗になりました。でも、三ヵ月もすれば、元通り。

一度、美を手に入れると病み付きになるんですね。母は、まるでヘアーサロンにでも通うように、美容整形外科クリニックに通うようになりました。そう、カラーリングでもするかのように、定期的にヒアルロン酸を注入し、ボトックスをしているのです。そのお値段、一回十万円だとか。

でも、通うたびに、母の顔はなんだか不自然になってきているような気がするんです。表情がなくなってきているというか。鼻も、なんだか変なことになってきています。それを言っても、母は聞く耳持ちません。

クリニックに通う間隔もどんどん短くなってきて、これは、もはや、薬物依存症のそれです。やめられなくなってきているのです。毎朝、鏡で自分の顔を隅々までチェックし、「ボトックスボトックス」となにやらぶつぶつ呟いています。先日なんか、クリニックに行ってまだ三日と経っていないのに、「切れた、ボトックスが切れた！」と、タクシーでクリニックに駆けつける始末。

病気です。完全に病気です。

プチ整形だけではありません。

母は、歯にもお金を湯水のように使っています。もともと歯並びはよくなかったのですが、先々月でしたでしょうか、入れ歯のような真っ白な歯にしました。治療費、二百万円だとか。

とにかく、お金に余裕ができてからというもの、母は変わりました。もはや、私の知っている母ではありません。まったくの赤の他人という感じです。父も家にはあまり戻らなくなり、まさに家庭崩壊。

でも、それだけならまだよかったんです。崩壊しつつも、とりあえずの体裁を取り繕っている家庭なんて、ごまんとあるでしょうから。

でも、母親がＡＶに出演している家族となると、それほど数は多くないと思います。

間違いありません。ご指摘の通り、小石川雪路は綾瀬法子《のりこ》です。私の母親です。

アルテーミスさんからメールをいただいたとき、私はあまりのことに吐きそうになりました。いえ、実際、吐きました。こうやってメールをしたためている最中も、吐き気が止まりません。

なんで、母が、あんな作品に？

心当たりはあります。

いつだったか、母から妙にハイテンションなショートメールが届いたことがありました。銀座を歩いていたら、芸能プロダクションにスカウトされた……とかなんとか。冗談だろうと無視しましたが、まさか、それがＡＶ出演のきっかけでしょうか？

だとしたら、あまりに愚かです。これが十代の子供だったらまだ分かるんです。いえ、子供だって、おいそれとはそんな甘い言葉には騙されません。

なのに、母は、四十九歳ですよ？　分別のある大人のすることではありません。

母は、頭がおかしくなったんだと思います。整形のやりすぎで、人が持つべき道徳も理性もそして良識も、すべて壊れてしまったんだと思います。

もう、本当に死にたい気分です。

あんな人から生まれてきたと思うだけで、皮膚を剝ぎ取りたい気持ちです。そしてあんな人と同じ血が流れていると思うだけで、自分自身が許せません。

こんな穢れた血ならいらないと、手首も切ってみました。母が私に触れたときなどは、居ても立ってもいられなくなって、カビ取りの漂白剤を浴び、そしてライターであぶってみました。

それでも、ダメなんです。体中に、ウジ虫が這いずり回っているようです。

もう、耐えられません。

こんな汚い体なんて、いらない。母から生まれたこんな体なんて！

本当に死にたい！

私は、どうすればいいですか？

アルテーミス様。

私を助けてください。

このままでは、私は気が狂ってしまいます。

じきに、母の愚行は、世間に知れ渡るでしょう。

そうなったら、私は本当におしまいです。

母が憎くて仕方ありません。

自分の快楽のために、私の人生まで台無しにするような人間なんて、……消えればいいんです。

「これが、あなたの娘からの返信です」

〝ホソノ〟と名乗るその人物の言葉に、法子の裸体がぶるっと震えた。

「こんなに娘を苦しめるなんて、ひどい母親ですね」


法子が「例の洋館」に連れてこられたのは、一週間前のことだった。

撮影という名目で高級セダンに乗せられ、コーヒーを飲み、しかし途中ひどい睡魔がやってきて、気がつくと、この部屋のベッドに裸で寝かせられていた。リゾートホテルの一室のような、こじゃれた部屋。黄色い花柄の壁紙、そしてそれと同じ柄のカーテン。

服は見当たらなかった。私物もない。ドアには鍵が掛けられ、窓もどういう仕掛けなのか、外からロックされている。

つまり、法子は監禁状態にあった。

とはいえ、部屋にはトイレと風呂があり、食事も二日に一回、〝ホソノ〟という人物がやってきて二日分を差し入れてくれる。真っ裸であるという点を除けば、それほど劣悪な待遇ではない。それに、これは仕事なのだ。いつかは解放されるだろうという安心感があった。

法子が、プロダクションZEGENの鮫川しずかから受けた説明はこうだった。

「『例の洋館』に行ってちょうだい。そこで監禁されているという体《てい》で、ドキュメンタリー風の作品を撮るから。タイトルは『監禁主婦、乱れて、汚れて、穢されて』ですって。まあ、あれよ。よくある監禁陵辱もの。男は好きだからね、こういうシチュエーションが。バカみたい。

……難しく考えることはないのよ。あなたは、ただ、その部屋にいるだけでいいの。固定カメラがあなたを常時狙っているから。備え付けのビデオでも見ながら、自慰でもしていてちょうだい。……変な仕事でしょう？　でも、こういうのぞき趣味的な作品は、一定のファンがいるのよ。素人の熟女のオナニーをのぞき見したい……って変態がね」

法子は、天井を見上げた。なるほど、カメラが二台、固定されている。あれで盗撮されているというわけか。そう考えたら、股間のあたりからもやもやと欲情がせり上がってきた。たまらず、その恥丘に指を滑らせる。

我ながら、なんという恥知らずな女になったのかと思う。

――いや、もともとそういう素質があったのだろう。恥を晒すことに快感を覚えるという素質が。

法子は、紙にペンを走らせた。

この部屋のデスクに備え付けられているもので、紙はなにかの裏紙、ペンはどこかの企業が作ったノベルティーグッズのようだった。

特に強制されたわけでもないが、法子がデスクに向かって自身のことを綴りだしたのは、監禁四日目のことだった。

それまでの三日間は、備え付けのテレビでＡＶ鑑賞三昧だった。そして、自慰に耽る。その合間に食事をとるという、まさに本能剝き出しの動物的な三日間だった。

が、四日目の朝、強烈な自己嫌悪がやってきた。どうして自分は、こんなところでこんなことをしているのか。惨めで辛くて堪えがたい絶望が、体の中に充満した。それはきっと、欲望の嵐が吹き荒れたあとの、反動的にやってくる理性という名の懺悔だ。……たぶん、世に言う、「自尊心」というやつだ。法子は思った。自分と同じような境遇にいる者は、なにかのタイミングでこの自尊心というやつがひょっこりと顔を出して、もう生きていたくないほどの後悔と絶望の波に晒されるものだと。裸とセックスを商売にすることに抵抗感がなくなっていたとしてもだ。卑猥な言葉を日常的に並べ立て、下品きわまりない行為を晒すことが日常的になっていたとしてもだ。いや、だからこそ、唐突に顔を出す「自尊心」は、打撃が強い。致命傷になるほどに。

この自尊心がまったくなくなれば、どれほど楽だろうか。が、それはきっと、もう人間……いや、生物ですらなくなる。どんな小さな虫ですらあるいは植物ですら、自身または種を残すために、とことん戦うものだ。欲望に飲み込まれてその戦いを忘れた者は、もはや、菌類よりも下等な存在なのかもしれない。下等な存在に成り下がったとしても、それでも「自尊心」というやつは、手加減はしない。ここぞとばかりに頭をもたげ、自戒を促す。そして、おとしまえをつけろと、追い詰めるのだ。

法子は、ペンを走らせた。

自殺をする者が、絶望で身も心もくたくたに打ちのめされているというのにそれでも自身の生きた証しを残したいという欲求に突き動かされるように、法子もペンを走らせた。

——いや、もともとそういう素質があったのだろう。恥を晒すことに快感を覚えるという素質が。

ただ、それまでは、その素質を見つめる機会がなかった。こうあらねばならない、こうしなければならない。両親とも公務員だった家庭に生まれ育ったせいか、マニュアルに沿ったような生活をしなければならないという強迫観念がずっと付きまとっていたのだ。ちょっとでもマニュアルから逸れれば、地獄に突き落とされると。だから、節約も主婦業も、マニュアル本を買ってきてはそれを忠実に実践してきた。

結婚したのは二十三歳のときだった。夫は、知人の紹介で知り合ったアパレルメーカーの営業マン。三歳上で、当時は年収三百万円にも届いておらず、新宿から電車で一時間ほどの都下に公団住宅を借り、新婚生活をスタートさせた。

目標は、マイホーム。結婚してすぐに貯金をはじめ、二十五歳のときに娘が生まれてからは、娘のための貯金もはじめた。節約本に付いていたライフプラン表にあれこれと書き込み、節約に励む日々。結婚十年目で夫の年収は五百万円までになったが、マイホームの実現はまだまだ先だった。節約につぐ節約で、夫からも娘からも愚痴を言われる毎日。外食もせず、新しい服も買わず、ヘアーサロンにも行かず。

が、夫の立ち上げた事業が成功してからは、がらりと環境が変わった。

それまでの反動だったのかもしれない。それとも、そもそも、私には浪費の素質が眠っていたのかもしれない。あるいは、誰でもきっかけさえあれば、大胆に弾けてしまうのかもしれない。私の場合、そのきっかけは、デパートの婦人服売り場の鏡に映ったくたびれた自身の姿だった。自分自身が猛烈に恥ずかしくなり、私は、とうとう、パンドラの箱を開けてしまった。それからは、新宿三丁目の百貨店に日参し、ヘアーサロンに通い、ネイルサロンにも通い、そしてそのサロンで知り合った自営業の女性に美容クリニックを紹介してもらい、ボトックスにも挑戦した。

娘が名門女子大に入学してからはなおさらだった。年商二億、それに見合った生活を送らなければと、名門女子大に娘を通わせる保護者に相応しい立ち居振る舞いを身につけなければと、必死でマニュアルを探した。毎日のように銀座と表参道に通い、お手本を貪《むさぼ》った。

「ママ、なんか、変。恥ずかしいから一緒には歩かないで」娘にそんなことを言われるたびに傷つき、「ごめん、今は話を聞いてやれない」と夫に突き放されるたびに、美容クリニックにすがった。ボトックスをすると魔法がかかったように自信が湧いてきた。「うん。私は素敵だ」と。

自信は、私を大胆にさせた。

もっと見られたい。もっと、沢山の人に見られたい。見て、見て、私を見て！

だから、銀座で声をかけられたときは、もうそれこそ、天にも昇る快感だった。

「素敵ですよ。雑誌に出ませんか？」

それは、読者モデルのスカウトだった。四十代、五十代を対象にしたファッション誌。もちろん、読んだことがある。羨ましかった。そこに載っている人たちが、妬《ねた》ましいほどに羨ましかった。

でも、今度は、私が羨ましがられる番。

そのためには、もっともっと自信をつけなくては。ボトックスもヒアルロン酸も、切らしてはならない。お金ならあるわ。他に女を作って私を裏切った憎い夫だけれど、お金だけは稼いでくれる。お金さえあれば、仮面夫婦だろうが家庭内別居だろうが、構わない。お金さえあれば、娘にも贅沢させてあげられる。娘には恥をかかせたくない。だって、大切な一人娘。あの子には、私ができなかったいろんなことを経験させたい。名門女子大に入学させたのもそのひとつ。あの学校に入学すれば、あとの人生は安泰よ。あの学校の卒業生ともなれば、ワンランク上の就職も結婚も、約束されたようなもの。私は普通の公務員の娘だったからなにをするにも泥臭い努力を強いられたけれど、あの子には優雅に一段一段、ステップアップしてほしい。

……そう、そして、あの子は見事にステップアップを果たした。キー局の女子アナになった！入社してすぐに朝の情報番組のレギュラーになり、すぐに人気者になった。

そう、私は、人気女子アナの母親。

その肩書きに相応しい人物にならなければ。

そのためには、自信をつけなくては。

そのためには、ボトックスとヒアルロン酸を切らしてはならない。

なのに、夫が失敗した。

ずさんな会計を続けていたせいで、税務署に目を付けられた。そして、一億二千万円の追徴課税。マンションを抵当にお金をかき集めたおかげで倒産の危機は免れたけれど、信用は著しく損なった。一度信用を失うと、商売は難しい。……五ヵ月前、一度目の不渡りを出した。六ヵ月以内に二度の不渡りを出したらもう終わりだというのに、その翌月、また不渡りを出しそうになった。夫はとうとう、闇金に手を出してしまった。

もちろん、返済できる当てはない。マンションはとうの昔に銀行に差し押さえられてしまっているし、車も売ってしまった。今、家には金目のものはない。あるのは、一見派手に見える、ハリボテの偽物ばかりだ。そして、女子アナの娘。そう、借金取りは、娘に目を付けた。現役女子アナがＡＶに出れば、借金返済どころか、おつりが来ますよ。そう言って、娘を、プロダクションZEGENに売ろうとしたのだ。

娘はなにも知らない。会社が倒産の危機にあることも、多重債務で家計は火の車だということも。そして、自分が売られそうなことも。

娘だけは守らなくちゃ。夫は頼りにならない。闇金の取り立て屋に相当ひどい目に遭ったのか、「ＡＶ女優だって、立派な職業だよ」などと言い出した。「ＡＶで成功したタレントだっているじゃないか。井草明日香。第二の井草明日香を目指せばいいんだよ」と。

夫は、娘を売り飛ばそうとしている。貧困にあえぐかつての父親たちがそうしたように、娘を苦界に沈めようとしている。

「娘さんを助ける方法が、ひとつだけありますよ」

プロダクションZEGENの女社長は言った。

「あなたが、ＡＶに出てみませんか？　あなたお奇麗ですもの。今、美魔女ブームですからね、四十代、五十代の女優さんは需要があるんですよ。それに、女性誌の読者モデルもやられていたんでしょう？　そういう肩書きがある人を、メーカーも求めているのよ。『美魔女読モ、ＡＶデビュー』ともなれば、話題になりますからね。どうです？　五本で百万円出しますよ？これで、借金の利子は払えるでしょう？　あなたがその気なら、もっともっと稼げますよ？どうせなら、あなたが頑張って、旦那さんの借金を全額返済しちゃいましょうよ。……そんなに難しく考えることじゃないですよ。今や、そこそこ名の知れたアイドルや女優も、堂々とＡＶに出ている時代ですから。どうです？　ちょっと見てみます？」

そして彼女は何本かのビデオを見せてくれたが、なるほど、出演している女優たちは、そこそこ名の売れたタレントや歌手、そして「こんな人まで？」というような往年の清純派女優だった。

そんなビデオをまるまる半日見せられて、私の抵抗感はすっかりなくなっていた。むしろ、出演してみたいとすら思っていた。そう、私は、女の部分を刺激されてしまったのだ。たまらずトイレに駆け込んで、自慰をするほどに。そして今すぐ誰かに犯されたいと、懇願するまでに。

私の発情を見抜いたのか、女社長はその日、私を撮影現場に連れていった。そして、私は三人の男たちに犯された。

その日まで、ＡＶなどに出演する女性の気が知れなかったし、なぜそんなものに出演するのだろうと軽蔑もしていたが、なるほど、こうやって、いとも簡単に足を踏み入れてしまうんだな……と、私は、見知らぬ男の性器をしゃぶりながら納得していた。そして、こうも考えた。私、どう写っているかしら？　シワとたるみは大丈夫かしら？　明日、ボトックスしに行かなくちゃ……と。

もう、それからは、訳が分からなくなっていた。人間、一度でもこちら側の世界に踏み込んでしまうと、いろんな感覚が麻痺してしまう。人前で裸になることもセックスすることも性器を見せることも、まったく抵抗感がなくなる。それどころかプロ意識が芽生えてきて、もっともっと刺激的なことをして売り上げに貢献しなくては……という気にもなってくる。さらに、〝秘密のアルバイト〟をしているという事実が、生活のところどころに快感を生んでいったのも確かだった。道ですれ違っただけの人、初めて会うコンビニの店員、はたまたテレビでにっこりと笑う娘に向かって、……私は、あんたたちとは違う、あんたたちが体験したこともないような〝刺激的〟な世界にいるのよ。凄いでしょう！　と見得をきっては、自身の境遇を昇華しようとしていた。

「でも、この世界、飽きられるのも早いから」

プロダクションZEGENの女社長は言った。ＡＶに出演して、まだ三ヵ月も経っていない頃だ。

「そろそろ、あなたも、次の身の振り方を考えなくてはね。仕事がなくなるわよ」

「身の振り方？」

「素人だった人も、一ヵ月もすればすれてくるものよ。そうなると、コンシューマーはその女優には興味がなくなる。つまり、お払い箱。厳しい言い方だけど、これが性産業の現実。性産業はね、堅気の商売よりも、何倍もシビアなのよ。飽きられたら、それでおしまい。そう、使い捨てなの。非情な話だけどね。だから、こちらの世界には、おいそれと足を踏み入れてはいけないのよ。堅気《あちら》の世界のように、ぬるま湯じゃないの。救済してくれる人もいなければ、逃げ場もないのが、この世界。堕ちて堕ちて、堕ち続ける。それがこの世界の掟なのよ。で、あなたはどうする？　契約の五本はもう撮影し終わったけど、これを機に、足を洗う？　今なら、まだ間に合うわよ？　堅気《あちら》の世界に戻ることも」

そんなの、困る。ここで放り出されたら、もうお金は入ってこない。借金はまだまだあるし、なにより、ボトックス代を稼がなくちゃ。

「だったら、スカトロとかＳＭとか、……集団強姦とか、そういう変態ものに挑戦してみる？」

「それは……」

「だったら、整形してまったくの別人になって、再デビューするっていう方法もあるわよ。あなた、どうせ、お直し済みでしょう？　だったら、もっともっといじって、別人になれば？」

「いえ、さすがに、それは……」

「だったら、歯を治したら？　私、ずっと気になっていたのよ。あなたの歯、ちょっと歯並びが悪い上に、色も悪い。歯を治せば、整形しなくても、別人のようになるわよ？　どう？　腕のいい歯科医がいるわよ？」

「でも、歯の治療はお金がかかるんですよね？」

「大丈夫。それは、私が立て替えてあげるから」

そして、私は二百万円かけて、差し歯にした。二ヵ月前のことだ。整然と並んだ真っ白な歯を手に入れたが、私の借金はますます増えたことになる。

なるほど、こうやって、借金漬けにして、足を洗わせないようにしているんだ、この世界。

借金。いったい、あといくらあるのだろうか？

この仕事のギャラは、いくらなんだろうか？

いつまで、ここにいなくてはならないんだろうか？

早く、ここを出たい。そして、ボトックスしたい。

顔が、ダルダルだ。こんな顔、誰にも見せたくない。

早く、ボトックスしなくちゃ。顔が崩れる、顔が崩れる、顔が崩れる。

「ママ、顔が、変」

娘の声が、聞こえてくるようだ。

そうだね、今のママは、とっても変な顔をしているね。

それはね、ボトックスを切らしているからよ。

ごめんね、こんな顔で。母親がこんなんじゃ、恥ずかしいでしょ？

ママ、奇麗になるから、もっともっと、奇麗になるから。あなたのキャリアに相応しい、母親になるから。

この仕事が終わったら、真っ先に、クリニックに行くから。

だから、そんな目で見ないで。

ママを避けないで。

ごめん、本当にごめんなさい。

ギャラをもらわなくちゃいけないの。だから、こんな仕事もしているのよ。

ママね、もうお金がないの。

だから、顔もこんなになっちゃった。

こんなに崩れ……

＋

「酷い、顔ですね」

ホソノの言葉に、法子はそろそろと視線を上げた。その手には、プリントアウトされたＡ４用紙。娘が返信してきたというメールを出力したものだ。

これを、ホソノが食事と一緒に持ってきたのは、三時間ほど前だ。この三時間、繰り返し繰り返し読み込んでしまったせいか、Ａ４プリントはぐにゃぐにゃにふやけている。

「ああ、そうか、生理が来ちゃったんですね」

ホソノは、法子の股間を眺めながら、鼻をこれみよがしに摘んだ。

「女のあのときの血って、どうしてこんなに臭いんだろうね？」

しかし、シャワーを浴びようなどという気力は、もう法子にはなかった。

今日は、何日なんだろう？

あれから、たぶん、一週間が経っている。

なら。……ああ、こんな簡単な計算すらできなくなってしまった。寝て、食べて、自慰をして。人間の欲望はすべて充たされているというのに、この惚《ほう》けようはどうしたことか。思考力はのびきったゴムのようにたるみ、判断力も、古い感熱紙に刻印された文字のように、薄れた。

法子は、自身の顔を撫でてみた。これ、私よね？　本当に、私？

そんな自問自答を繰り返す自身の顔が、窓にうっすらと映る。猿だ、まさに猿だ。ボトックス、早く、ボトックスしなくちゃ。

「ダメですよ。あと、一週間は、ここにいてください。でなければ、ギャラは出ません」

ホソノの言葉に、

「もう、私、耐えられません、ここを出してください。家に帰してください」

と、法子は力なく返した。

「あなたに、戻る家なんて、あるんですか？　あなたのマンションはもう差し押さえられて、近々、追い出されるんですよね？　それに、娘さんに、あなたの秘密の仕事がバレてしまいましたよ。娘さんは、あなたを受け入れることはないでしょう。こんな、醜い姿のあなたを」

ホソノが、ビデオカメラのレンズを向ける。

「あなたの姿を、全国のみなさんが見ていますよ、さあ、笑って」

やめて、こんな姿、映さないでください……。

「今更、なんですか。散々、ケツの穴まで晒しておいて。今更、もう、失うものはないでしょう？」

ある。もう、これ以上、娘に恥ずかしい思いをさせたくない。……法子は、経血で真っ赤に染まるA4プリントを握りしめた。

「なら、死にますか？」

「え？」

「あなた、プロダクションZEGENと契約するとき、生命保険の契約もしましたよね？」

「……そうでしたっけ？」

まるで、堪えがたい眠気の中にいるときのように、思考が定まらない。

生命保険、生命保険……。ああ、そういえば、これは決まりだからと、ビデオ出演の契約書の他に、なにかにサインをした気がする。ろくすっぽ読まずに判も押してしまったが。

「それが、生命保険の契約書ですよ。三千万円。あの女社長……鮫川は慎重でしてね。女優がなにかあったとき自分が損をしないように、自分を受取人にして、必ず生命保険の契約を結ばせるんです、所属女優たちに。なにしろ、女優たちにはお金をかけていますから。整形手術に、歯の治療。あなたの場合は、歯の治療で、二百万円、借金があります。それを踏み倒すことなんか、できません。鮫川はえげつないですよ。どんなことをしても、金を取り戻す。どんなことをしてでもです。

いいことをお教えしましょうか?

東城ゆなという女優がいたんですけどね。ええ、そうです、先日、殺害された女です。本名は馬場映子。あなたも会っているはずですよ、彼女に。その歯を治療するときに。……そうです。東城ゆな、もとい馬場映子は、鮫川のお抱え歯医者だ。女優たちの歯の治療は、すべて馬場映子にやらせている。

しかし、馬場映子もバカな女だ。鮫川にまんまと言いくるめられて、AVに堕とされてしまった。なんでも、食事に誘われて、行った先で監禁されて、AVを撮られたといいます。

いったい、どんな恨みがあったというんでしょうね?

聞いた話だと、鮫川は、昔、馬場映子の親戚に酷い目に遭ったんだとか。その恨みを抱いて、この苦界をずっと泳いできたんでしょうね。そして、復讐のシナリオを虎視眈々と描いてきたんでしょうね。

仇《エネミー》の親戚だから馬場映子に近づいたのか、それともたまたまなじみの歯医者が仇《エネミー》の親戚だったのか、それは分かりません。いずれにしても、鮫川社長は、馬場映子にターゲットを絞った。真綿で首を絞めるように、仇《エネミー》をじわじわと苦しめようとしたんでしょうね。怖い、怖い。なんとも、執念深い話じゃないですか。いや、もはや、狂気の域だ。あの社長を敵に回したら、ヤバいですよ。だから、借金はきちんと返済しておかないと。

でなければ、あなたの大切な娘が、あの女社長にハメられますよ。

そもそも、鮫川の狙いは、そこなんだから。

そうですよ。はじめから、あなたの娘がターゲットだった。あなたはね、ただの囮《おとり》。あなたを借金漬けにして、そのかたに、娘をプロダクションに入れることが目的だったんですよ。

なにしろ、あなたの娘さんは、期待の美人女子アナだ。しかも、超名門お嬢様大学の卒業生。『名門女子大卒業の、現役女子アナが、ＡＶデビュー』となったら、そりゃ、話題になりますからね。ベストセラー間違いなしだ。何億という金が動く。

実はですね。鮫川社長、ずっとあの大学の学生を物色していたんですよ。在学中にＡＶデビューさせる子を。しかし、さすがは名門だ。そうそう脇の甘い学生はいない。そんなところに現れたのが、あなたがた家族というわけです。

鮫川社長の情報網はすごいですからね。ブラックリストに載りそうな多重債務者の家族構成はすべて押さえている。そして、年頃の若い娘がいるとなると、救世主《ホワイトナイト》を装って、娘を差し押さえに行くんです。

あなたの娘さんは、すでに大学を卒業してしまったけれど、でも、それ以上に価値のある『女子アナ』という肩書きを手に入れている。これほどの逸材がいますか？　これほどのお宝が。

つまりですね、簡単に言えば、人身売買です。人身売買は昔の話ではありません。こういう形で、今も行われているんですよ。

鮫川になにを言われたかは知りませんが、少なくとも、ただの主婦でなんの肩書きも取り柄もないあなたの裸にはなんの価値もないし、ましてやあなたの破廉恥な行為など誰も見たいとは思わないんです。あなたのケツの穴なんて、汚物そのものだ。タダと言われても誰も見ようとはしませんよ。

熟女ブーム？　美魔女？　そんなの、女性側の幻想でしかありません。男性は、いかなるときもどんな場合も、圧倒的に、若い性を貪りたいものなんです。

そう、だから、本命ははじめから、あなたの娘なんです。

どうですか？　それでも、あなたはここを出ていくつもりですか？　そして、娘が女衒たちによって連れていかれるところをその目で見るおつもりですか？

でも、あなたがここでこうしていても、どの道、あの娘は、ＡＶデビューする運命ですけどね。もう準備が着々と進められている。

なにを泣くんですか。

それにしても、ひどい顔だ。しわくちゃの猿だ。

はい、はい、分かりました。

実はですね。

助かる方法が、ひとつだけあるんです。それは、あなたが死ぬことです。ここで、自殺なさい。そうすれば、保険金で、あなたの借金はちゃらになる。

自殺だと保険金は下りないんじゃないかって？

そうです。だから、あなたは、誰かに殺されなくてはなりません。

大丈夫です。それは、あなたの死後、こちらが処理します。殺人に見えるように、工作します。

誰が殺人者になるのかですって？

それは、もちろん、『名賀尻龍彦』です。

名賀尻龍彦、覚えているでしょう？　あなたをインタビューした、あの優男ですよ。

あの男に、罪を背負ってもらいます。

だから、あなたは安心して、死んでください。

大丈夫です。あなたが記したあの手記は、なにかの形で必ず公にします。

あなたも、それがお望みでしょう？

自分が生きた証しを残したいでしょう？

すべて、僕に任せてください。

悪いようにはしません。

あなたの娘さんも、必ず助けます。

だから、これを飲んでください。

ここに来るときにも飲んだものですよ。

そう、美味しいコーヒーです。

天国に行けるコーヒーです。

さあ、お飲みください、

さあ……、
え？
僕は何者かですって？
僕は、ただの、粛清代行人ですよ」

7

「え？　え？　え？」

四谷のカラオケボックス。

倉本渚は、唾を飲み込んだ。

「……つまり、つまり」頭の中に飛び散るワードを整理してみるが、あまりに予想外のことが続き、処理速度が追いつかない。

そんな渚の代わりに、サイトウさんが言った。

「つまり、東城ゆなのブログには、粛清対象のAV女優の名前が書き込まれているってこと。他の記事も見てみたけれど、間違いない。海王セイ、杏里ちさと、双樹沙羅の名前も、暗号で書き込まれていた。どういうことかというと、東城ゆなが、連続不審死事件の首謀者で——」

「まさか。だって、東城ゆなは殺されたんですよ」

「そうだよ」

「容疑者は、名賀尻龍彦でしょう？」

「そうだよ」

「すみません、意味が分からない」

渚は、氷だけになったグラスを握りしめた。

サイトウさんも、冷えたオニオンフライを口に含むと、それをガムのようにくちゃくちゃと嚙みしめた。

「そう。私も、混乱している。トミオカさんも混乱しているんだと思う。だから、身重《みおも》の体で、ちょくちょく会社に顔を出しているんだと思う」

身重。……え、でも、ちょっと待って。

渚は、昼前に遭遇した、その女性の姿を思い浮かべた。

「あの、トミオカさんは、本当に臨月だったんですか？」

「だから、産休に入ったばかりだから……臨月なんじゃない？」

「臨月って、結構、お腹、大きいですよね？」

でも、あのときの女性は、そんなふうにはとても見えなかった。もちろん、じっくりと観察したわけではない。ほんの数分、接触したに過ぎないのだが、それでも、臨月の妊婦ともなれば、それがどんなに短時間であったとしても、それだと分かるものだ。でも、あの人は……。

「私なりに、ちょっと、まとめてみたんだけど」

渚の疑念を吹き払うように、サイトウさんは大学ノートをぺらりと捲ると、そこにペンを置いた。

そして、まずはページの中央に「アルテーミス」という文字を書き込んだ。次に、東城ゆな、海王セイ、杏里ちさと、双樹沙羅……

と、犠牲になった女性の名前を書き込んでいく。

「あ、もうひとり」

〝小石川雪路〟という名前も追加される。

「この人はまだ殺害されていないけれど、行方不明ってことで」

さらに、富岡朝子（「週刊全貌」編集者、企画、進行）、名賀尻龍彦（フリーライター）と、続く。

「今の時点で、警察が重要参考人として注目しているのが、名賀尻龍彦」

「容疑者ではなくて？」

「うん、まだ、逮捕状は出てない」

「でも、犯人だって」

「それは、……マスコミがそう、誘導しているに過ぎない。今のところ、重要参考人」

「なのに、世間では、犯人として、顔までバラされているってことですか？」

「ネットの匿名掲示板のせいだね。東城ゆな殺害後に、真っ先に、匿名掲示板で彼の名前と顔が出回ったのよ。そのおかげで、警察も無視するわけにはいかなくて。重要参考人として彼を探すはめになる……ってところじゃない？」

「じゃ、警察は、後追い？」

「そう」

「なんか、……怖いですね。犯人をでっちあげることだって、できるってことですよね？」

「でっちあげる？」

「だって、名賀尻って人、なんか、濡れ衣っぽい。彼の原稿を読んだ限りじゃ」

「ね」サイトウさんの視線が、おもちゃを見つけた猫のように、鋭く光る。

「なんですか？」

「その原稿さ、もう一度、詳しく教えてよ」

「だから……。詳しくって言われても、一度、読んだきりですから」

「じゃ、覚えている範囲でいいから」

サイトウさんは、渚にペンを差し出した。押しつけられた形でそれを受け取ると、備え付けの紙ナプキンに、〝例の洋館〟と書き込む。あの原稿を読んで、一番印象に残っているものだ。

そして、〝週刊全貌の編集者ホソノ〟〝アスカ〟。

「アスカって？」

サイトウさんの問いに、

「タレントの、井草明日香のこと」

答えると、

「ああ。井草明日香。彼女も、インタビューの対象だったの？」

「ううん、違う。インタビューはしていないけど、結構、長く紹介していたんで、印象に残っているだけ」

「なるほど。……井草明日香は、AV業界のプロパガンダに利用されているところあるからね。AV業界のミューズとか言われて。本人にしてみれば、消したい黒歴史だろうに。……まあ、それはそれとして」

サイトウさんは、書き込まれた文字をまじまじと眺めながら、

「つまり、名賀尻龍彦は、『週刊全貌』のホソノという記者にかくまわれる形で、〝例の洋館〟に連れ込まれたってことね。と、なると。問題は、この〝ホソノ〟という謎の人物だね」

「謎？　知らないんですか？　『週刊全貌』の編集者ですよ？」

「うん。知らない。少なくとも、『週刊全貌』の編集部には、そんな人、いない」

サイトウさんが、ふと、天を仰ぐ。その仕草は、数時間前に、トミオカのことを訊いたときの反応と同じだ。あのときも「知らない」と返したくせに、その実、知っていた。今回も、もしかして？

「『週刊全貌』の編集者って、確かに書いてありましたよ。……本当に、心当たりはないんですか？」

渚の疑念に気づいたのか、サイトウさんは少々声を荒らげた。

「だから、知らないって。だって、トミオカさん、この企画をほぼひとりきりで進めていたからさ、彼女以外で、名賀尻と接触しようなんて人は、少なくとも、うちの編集部にはいない

よ」

「名前も聞いたことないんですか？　ホソノって名前」

渚は、紙ナプキンに、もう一度、ホソノという名前を書き込んだ。

サイトウさんはそれをのぞき込みながら、

「偽名かもしれないし、それとも、名賀尻龍彦があえて仮名にしたかもしれないじゃん。いずれにしても、こんな名前の関係者は、うちにはいない」

「……あの、私、警察に行ったほうが？」

ペンを置くと、渚は言った。

「え？」サイトウさんの視線が、僅《わず》かに動揺する。

「だって。重要参考人の名賀尻龍彦から荷物が届いて、しかもそれは、事件に関係しているかもしれない原稿で……」

「だめよ、絶対、だめ」

サイトウさんは、摘んだオニオンフライを振り回しながら、興奮気味に言った。

「あの原稿は、『週刊全貌』に送られてきたものなんだよ？　それを、あなたが勝手に開封して、しかも中身まで読んだ。これって、守秘義務違反だよ？」

「でも」

「……なんてね。そんなことを言っていたら、この商売、成り立たないよね」

サイトウさんが、意味ありげに肩をすくめる。「私ね、これってチャンスなんじゃないかと思っている」

「え？」

「『アルテーミス』の謎を突き止めて、そして、今回の連続不審死事件を暴こうかと思っている」

「『週刊全貌』の編集部として？」

「ううん」サイトウさんは、再度、肩をすくめた。そして、声を潜めると、「このネタを、『週刊リアル』に持ち込もうと思っている」

「『週刊リアル』に？」

「だって、『週刊全貌』は、もうダメじゃん。これからどんなにテコ入れしても、廃刊は免れないと思う。編集部の人間だって、やる気ないもん。専属ライターの中には、ネタをどんどん持ち出して、それを手みやげに『週刊リアル』に鞍替えしている人もいる。……私だって、もたもたしていられない。実は、もう、話はつけてあるんだ。このネタを手みやげに、あちらの編集部に移ることが、決まっている」

「でも、これ、トミオカさんって人の企画ですよね？　いいんですか？」

「だから、そんな律儀なことを言っていられない世界なのよ。私、もう四十九歳だよ？　なのに、いまだに時給千五百円。手取りで月二十万あるかどうか。それだけじゃ食べられないからアルバイトもしている、ここだけの話だけど、風俗ライターよ。ホント、情けない。こんな生活、続けてられない。そろそろ、手応えが欲しいの。実績が欲しいのよ。このままで終わりたくないんだ。倉本さんだって、そうでしょう？」

「私は……」

「ああ、そうか。倉本さんは、主婦だもんね。なにも、がつがつと仕事に打ち込むことはないか」

「そういうことじゃないけど」

「……お金、出るよ？」

「え？」

『週刊リアル』に、名賀尻龍彦の原稿ネタを持ち込めば、……お金、出るよ？」

「……いくら？」

「まあ、私たち派遣の一ヵ月の稼ぎぐらいは、出ると思うよ。とっぱらいで」

「とっぱらい？……現金でってことですか？」

「そう」

「ネタを持っていくだけで？……本当に？」

「うん。私が交渉してあげる」

「でも、これ、守秘義務に反しないでしょうか？　私たち派遣は、守秘義務の契約を結んでいるじゃないですか？」

「そんなの！」サイトウさんは、オニオンフライを唇の端に挟むと、言った。「私にこうやって話している時点で、もう、守秘義務に反しているよ」

そして、オニオンフライをするすると吸い込むと、親しい友人と接するときのように、にこりと笑った。

渚も笑ってみた。

でも。

この人の話、信用していいのだろうか？

信用したとしても、ネタをライバル会社に流すなんて、やはり良心が咎める。

とはいえ、お金は欲しい。

渚は、氷だけになったグラスを握りしめると、氷を口の中に流し入れた。そして、それを勢いよく、砕く。

がりっ、がりっ、がりっ。

狭いボックスに、氷が砕ける音が、響く。

サイトウさんの唇から笑みが消える。そして、イライラと、貧乏揺すりがはじまった。これも、この人の苦手な点だ。打ち解けたかと思うと、突然態度が変わる。……そういえば、サイトウさん、四十九歳って言っていた。だったら、更年期なのかもしれない。そういえば、今年五十歳の母も、突然怒りだしたり、泣きだしたり、感情が定まらない。……この年頃の女性は、ほんと、苦手だ。

「あ、そういえば」渚は、母と接するときのように、少々おどけた口調で言った。

「じゃ、あとのふたつは？　名賀尻龍彦の原稿に関する件で、おかしなことが三点あるって言っていたでしょう？　あと、ふたつは？」

「それは、今話そうと……」サイトウさんが、苛立ったように口を尖らせる。

やっぱり、この人は苦手だ。渚の口もつい、尖ってしまう。

しかし、一分もしないうちに、その口は「え？」という形で開いた。

「うそ、今、なんて言いました？」

「だーかーらー」サイトウさんのイライラも、頂点に達したようだ。喧嘩でもするように、荒々しく言った。

「トミオカさん、今朝、亡くなったのよ。さっき、連絡があった」

「亡くなった……？」渚は、そっとグラスをテーブルに戻した。

「そう。今朝」

「今朝……って、何時頃ですか？」

「私が聞いたのは、会社を出るちょっと前だけど、亡くなったのは、今朝みたいよ」

「今朝ってことは……朝？」

「そりゃ、そうでしょう」

「でも、私がトミオカさんに会ったのは……」

そう、午前十一時をちょっと過ぎた頃だ。……朝というよりは、どちらかというとお昼近い。

「今朝の、七時頃だって。亡くなった……というか、遺体が見つかったのは。殺されたみたいよ」サイトウさんが、タブレット片手にさらっと言ってのけた。

「殺された？」渚の腕が粟立つ。「うそ、殺されたんですか？」

「そう」

「七時？　朝の七時に？」

「正確には、七時十分頃に自宅近くの公園で、……遺体が発見されたって……滅多刺しだって」

差し出されたタブレットには、ウェブニュースが表示されている。確かに、「富岡朝子」という文字がある。「滅多刺し」という単語も。……そして、顔写真も。

え？　この人。

「違う」

渚は叫んだ。

「この人じゃない、私が会ったトミオカさんは、この人じゃない！」

8

倉本渚の混乱は、家に戻っても治まらなかった。

夫はいなかった。いつもは、やきもきしつつも夕飯の支度をしながら夫の帰りを律儀に待つのだが、今日は夫の不在が、心底ありがたかった。

混乱しきっている頭を整理するには、うってつけの自由時間だ。夫が、ふいに戻ってきても、今日はカレーの作り置きがある。四谷駅構内のスーパーで買ったサラダもある。あとは、ご飯を炊いておけばいいだけだ。ちゃっちゃっとお米を研ぐと、炊飯器のスイッチを入れる。

よし。

渚は、まずは、大学ノートを用意した。サイトウさんの真似をするわけではないが、やはり、頭を整理するには、ノートに思いつくまま情報を書き連ねるのが一番効果的だ。

ひとしきり情報を書き込むと、渚は次に、頭の中に散らばる単語を、順不同で書き込んでいった。

「週刊全貌」「アルテーミスの采配」「名賀尻龍彦」「AV女優たちへのインタビュー」「東城ゆな」「双樹沙羅」「海王セイ」「杏里ちさと」「小石川雪路」「プロダクション ZEGEN」「鮫川しずか」「西園寺ミヤビ」「富岡朝子」「ヤマダサオリ」「馬場映子」「トミオカ」「エルメスの香水」「例の洋館」「ホソノ」

ここまで書き終えたところで、ペンを止めて、しばらくは文字の羅列を眺める。

そして、ハサミを取り出すと、単語ごとに、ノートを裁断していく。

渚の、昔ながらの勉強法だ。母なんかはなんて回りくどいことをするんだ……と呆れていたが、この方法で、各種テスト、受験を乗り越えた。どんなに無理だと思われた科目でも、この自己流パズルで勉強すると、不思議と頭の回転がよくなり、自分でも驚くほどの閃きがやってくる。だから、今回も、なにか収穫をもたらしてくれるような気がする。少なくとも、このもやもやからは解放されるだろう。

そんなことを思いながら裁断し終えると、今度は、それぞれのピースを分類してみる。

『アルテーミスの采配』というインタビュー記事を企画したのが、『週刊全貌』の『富岡朝子』。表向きはタレントの『西園寺ミヤビ』がインタビュアー兼執筆だけど、実際にインタビューして執筆していたのは『名賀尻龍彦』。つまり、ゴーストライターってことね」

渚は、ノートの切れ端に「ゴーストライター」と書き込むと、それを「名賀尻龍彦」の隣に置いた。

「ゴーストライター『名賀尻龍彦』がインタビューしたAV女優は、『東城ゆな』『双樹沙羅』『海王セイ』『杏里ちさと』。

『プロダクションZEGEN』の女社長、『鮫川しずか』が女優をセッティング。しかし、『東城ゆな』『海王セイ』『杏里ちさと』『双樹沙羅』が、死体で発見される。この四人の共通点は、『名賀尻龍彦』によってインタビューされている……と。

『名賀尻龍彦』は殺人の重要参考人となるが、『ホソノ』という編集者によって、『例の洋館』に連れ込まれる。……ああ、そういえば、『小石川雪路』という女優も、失踪中だとかなんとか」

テーブルの上に、それぞれ文字が書かれた紙切れ《ピース》が、並べられる。それは、なにかのシノプシスのようでもあった。

あ、そういえば。……確か、名賀尻龍彦の他にも、「取材ライター」というのがいたはず。文字通り、資料や情報を集めるライターだ。渚は、「取材ライター」というピースを拵えると、それも並べてみた。

何かが、ちらっと閃いた気がした。渚は弾かれたように大学ノートのページを捲ると、シナリオの登場人物を書き込む要領で、それぞれの関係性をまとめてみた。

■『アルテーミスの采配』（書籍）
〈企画〉「週刊全貌」（州房出版）の編集者、富岡朝子（殺害される）
〈インタビュアー・執筆〉西園寺ミヤビ
〈ゴーストライター〉名賀尻龍彦（容疑者・失踪）
〈取材ライター〉？？？（詳細わからず）
〈協力〉鮫川しずか（プロダクションZEGEN社長）
〈出演〉東城ゆな（殺害される）、双樹沙羅（殺害される）、海王セイ（殺害される）、杏里ちさと（殺害される）、小石川雪路（失踪中）

「うん？」

渚の手が止まった。

なんだろう？　この違和感。

渚は、今一度、テーブルに並べられた紙切れ《ピース》と、ノートに書き込んだ情報を見比べた。

ノートに書かれたそれは、名賀尻龍彦の原稿が基になっている。

つまり、『アルテーミスの采配』という書籍にまつわる情報だ。

一方、「アルテーミス」という闇サイトが存在する。これは、先ほど、サイトウさんから教えられた情報だ。

渚は、再度、ペン先をノートに押しつけた。

■『アルテーミス』(闇サイト)
AV作品に出演した人物を粛清するための、代行サイト。
■粛清対象者の名前を、ブログに暗号にて告知。
ブログの主は、東城ゆな。

ブログの記事には、海王セイ、杏里ちさと、双樹沙羅、小石川雪路の名前が暗号で示されている。


「でも」

渚は、ペンをゆっくりと置いた。

……ここが、よく分からないところなのだ。東城ゆなが、「アルテーミス」という闇サイトの主宰者ってことなんだろうか？　でも、東城ゆなは殺害されているんだよ？　というか、粛清代行っていうのが、どうもよく分からない。ブログに、こうやって粛清対象者の名前を示すのって、どんな意味があるんだろう？

そもそも。サイトウさんの言っていたことには、矛盾がありすぎる。

彼女曰《いわ》く、ＡＶ作品に出演している女優の家族にダイレクトメールを送って、ＡＶ女優の粛清を促している組織が存在すると。家族の名誉、あるいは世間体を守るために、ＡＶに出演してしまった面汚しを消すのだと。

でも、本当にそんなものが存在するのだろうか？

仮に存在するとして、なら、いったい誰が、〝粛清〟を実行しているのか？　東城ゆな？

……だから、彼女はもう死んでいるんだって！

渚は、ペンを投げ置くと、マウスを握りしめた。サイトウさんが辿り着いたという、「アルテーミス」という名の闇サイトを閲覧するためだ。が、これが、なかなか見つからない。いろんなキーワードを入力して探しまわるが、あの、一見便利屋風に見えるダミーサイトがどうしてもヒットしない。

サイトウさんは、どうやって、あのサイトに辿り着いたのだろうか？

三十分ほどが経った頃だった。「引っ越し、掃除、犬の散歩、なんでもご用命ください！」というキャッチコピーをようやく思い出し、それをそのまま入力してみたところ、見事、ヒットした。

こうやって改めて閲覧しても、このサイトが闇サイトであることはまったく分からない。ましてや、「アルテーミス」などとは、どこにも書いていない。

ソース。そうだ、ソース表示に秘密が隠されていると、サイトウさんは言っていたっけ。

その五分後。

渚は、ある結論を出していた。

……そうか。このダミーサイトと東城ゆなのブログは、切り離して考えるべきなんだ。

これは、直感ともいうべき閃きで、なんの根拠もなかったが、渚には、それが正解だと思えた。

つまり、ダミーサイトこそが粛清代行の闇サイトそのものである。

だとすると、このダミーサイトと、東城ゆなのブログには、どんな関係があるのか？

それを探るために、東城ゆなのブログにアクセスしてみる。

「これって、もしかして、反対なんじゃない？」

渚は、興奮気味にひとりごちた。

「そうだよ。このブログが粛清対象者の告知であることは間違いない。でも、それは、〝救済〟のための告知なんじゃないの？　東城ゆなは、なにかしらの理由で、粛清されるＡＶ女優たちの名前を知る立場にあって、それを暗に、知らしめようとしたんじゃ？」

そうだ。そう考えると、矛盾はなくなる。東城ゆなは、粛清代行人なのではなく、粛清対象者を予言していたに過ぎない。

マウスを握る指が、汗なのか脂なのか、じっとりと濡れている。

興奮が、治まらない。

渚は、鼻息も荒く、マウスをクリックし続けた。

それは、今年一月六日の記事だった。

記事の中に、「トミオカアサコ」という暗号を見つけた。

トミオカアサコ。富岡朝子のこと？　「週刊全貌」の編集者の？

渚は、呆然と、その字面を見つめた。

「嘘でしょう？　富岡朝子さんも、粛清対象になっていたの？」

……どういうこと？

あ。そうか。なるほど。

富岡朝子が、インタビューという名目でこの企画を立ち上げたのは、東城ゆなのブログで自分の名前を見つけたからかもしれない。なぜ、自分が粛清対象になったのか、いったい誰がそれをしきっているのか、それを探るために。そう、自分自身を守るために、だから、身重の体で、取材を続けていたのだろう。

渚は、さらに記事を探ってみた。

それは、三月二日、東城ゆなが殺害される三日前の記事だった。ある人物の名前が、書き込まれていた。

「サイオンジミヤビ」

9

「ね、本当にいないの？　いるんだったら、出てよ！」

西園寺ミヤビは、受話器に向かって、きりきりと声を上げた。「州房出版の富岡朝子が、殺害されたの、もちろん、知っているよね？　臨月だったのに、滅多刺しですって。胎児も助からなかったたって。内臓が飛び出るほどの滅多刺しだったたって」

ミヤビは、声を絞り出した。ここ数日、酒の飲みすぎか、咽《のど》が痛くてたまらない。

「ね、このメッセージを聞いたら、折り返して、必ず、電話ちょうだい、必ず！　大事な話があるのよ、次は私かもしれない、だって、私の名前が！　あのブログに、私の名前があったのよ！　今日、たまたま、東城ゆなのブログをチェックしていたら、私の名前を見つけちゃったのよ！　東城ゆなが死ぬ三日前に書かれたやつよ。……ああ、どうして今まで気がつかなかったんだろう？　ね、鮫川さん、どうしよう？　今度は私たちの番かもしれない！」

西園寺ミヤビが涙声ですがるのは、プロダクションZEGENの女社長、鮫川しずかだった。

この海千山千のやり手ババアとの付き合いは、かれこれ七年になる。

ミヤビがまだ、しがない派遣社員だった頃。とにかく、毎日が虚しくて苛ついて仕方なかった。親の反対を押し切り、家出同然で上京したものの、思うような仕事は見つからず、派遣社員とは名ばかりの、日雇いの仕事ばかり。東京に出れば、〝何者か〟になれる。そんな漠然とした期待だけ抱いて上京してきたバカな田舎者を寄せ集めたような北池袋のシェアハウス……聞こえはいいがいわゆるタコ部屋で、アイドルの動画を見ては、その感想をブログに書き連ねるだけが生き甲斐の、そんな日々。そしてたまにエキストラのバイトをして、芸能界の華やかさに触れることで、日頃の鬱憤を発散する。……そんな、惨めな日々。

心の支えは、当時、まだ処女だったという点だけだ。大切にとっておいた〝処女〟。〝処女〟には希少性がある、高く売れる。……そう、自分は、高値で売れる女なんだ。シェアハウスの同居人の中には、易々と性を売っている女も少なくなく、ひどいのになるとタコ部屋に客を連れ込んで、カーテンだけで仕切られた向こう側で売春に励む輩もいたが、私はそんな安売りは絶対しない。私は、高値で売れる女なのだ。……思えば、あの頃は、それだけが自尊心の拠り所だった。私は、あんたたちのような尻軽じゃない……と、性を売り物にする女性たちを徹底的に軽蔑することでしか、自分の価値を見出すことができなかった。ネットの無料エロ動画にどっぷり浸かっていた時期もあったけれど、それは、動画に登場する女たちをとことん貶《おとし》めるためだ。性を売り物にするしかない愚かな女たちを見ていると、自分はあそこまでひどくはないと安心できるのだ。

しかし、そんなことをしているうちに、三十歳を過ぎてしまった。大切にしておいた〝処女〟を、今こそ最大限に利用するときではないか？　きっと、私の〝処女〟は高く売れる。処女喪失のＡＶは、話題になるという。ギャラもいいと聞く。

それまで、あれほど見下して軽蔑していた性を売るという行為に自ら足を踏み入れようと思ったのは、井草明日香の存在だった。一流のトップアイドルだった彼女が潔く脱ぎ、そしてセックス行為を晒す。が、その姿には、そんじょそこらのAV女優には到底真似できない感動的な美しさがあった。彼女はそのあとも積極的にAVに出演し、そしてピークを迎えたとたん、引退。引退後は、タレントとして、芸能界にも復帰を果たした。

井草明日香。「夏休み少女組」のときから、めちゃくちゃ好きだった。あの子に憧れて、上京してきたようなところもある。東京にいれば、彼女に会える。そんな期待もあった。そして、実際に、会った。会った……というより、エキストラのバイトでテレビ局に行ったとき、見かけたというだけだが。オーラが違った。生まれながらのアイドルだと思った。サインをもらおうと近寄ったら、メンバーの一人、メグに邪魔された。クールビューティーなんて言われているけど、ただのブス。井草明日香の足下にも及ばない。なのに、こいつは、井草明日香の悪口ばかり言っているらしい。性格までブスな女だ。こんな女は懲らしめてやらなければ。だから、バイトでテレビ局に行ったとき、着替え中を盗撮してネットに流してやった。当然の報い。

そういえば、メグも、AVデビューしたはずだ。一本撮って、消えたけど。まあ、それも仕方ない。だって、ひどい作品だったもの。それはそれはチープで最低な出来だった

一方、井草明日香のAVは、DVD累積売り上げ百万本以上。ほら、これが実力の差よ。井草明日香のAVは、どれも素晴らしかった。芸術作品だった。ただの性的興奮を促すだけの、安っぽいものではない。

そう、井草明日香の存在は、AVを芸術の域まで高めたんだ。その証拠に、日本のAVは、

世界的にも評価されている。世界的にファンがいる。

そんな今ならば、私も出演する価値がある。私のとっておきの処女を、差し出す価値がある。

私も、井草明日香になるんだ。

そして、西園寺ミヤビという芸名を携えて、かつて井草明日香が所属していたプロダクションZEGENのドアを叩いた。このプロダクションなら、私を大々的に売り出してくれるだろう。

そして、世界中に、私の姿が拡散され、世界中の人が、私の姿を貪るのだ。その光景を思い浮かべるだけで、下半身が疼く。

しかし、プロダクションZEGENの女社長、鮫川しずかに、いきなりこう言われた。

「あなたは、無理。その他大勢の一人にもなれやしない。諦めなさい」

あまりの言葉に、血が出るほど唇を嚙みしめていると、鮫川社長は続けた。

「あなたは、自分のその容姿に感謝するべきよ。そんな容姿では、この世界では通用しない。だから、こっちの世界に引っ張り込まれる心配はない。今までも、これからも。違う？　なら、訊くけど、あなた、今までに、男の人に誘われたことある？　ナンパされたことある？　痴漢されたことは？　それと、女友達に男の件で嫌がらせされたことは？　ないでしょう？　なんとも羨ましい話じゃない。つまり、あなたは、これから先も、平凡に平和に暮らしていけるラッキーな人だってことよ。だって、危険が近寄ってこないんだもの。

いい？　これは、本当にラッキーなことなのよ？　あなたは、自身の容姿に感謝しなくちゃ。

あなたがもう少し目が大きくて鼻も小さくて平均的な体重でこざっぱりとした十人並みの容

姿だったら、いろんなトラップがあなたの前に現れるでしょうね。誰もが認める美人となると、そりゃそこらじゅうトラップだらけよ。

いい？　容姿が優れている女というのはね、それだけで標的にされて、危険も多いの。決して羨ましがるような対象ではないの。むしろ、可哀想なのよ。だって、同性からも異性からも、トラップを仕掛けられて、その転落を虎視眈々と狙われるんだから。

井草明日香って、いるでしょう？　彼女なんて、それはそれは悲惨な人生を歩んでいる。その優れた容姿のせいで。彼女、実父からも養父からも、性的虐待を受けていてね、実の母親からも、そのせいで妬まれていたのよ、彼女は。それで家出。それからは、行く先々でトラップを仕掛けられて、転落していく。悲惨な話でしょう？

私の古い知人にもね、かつて信じていた友人に裏切られて、ひどい目に遭った人がいる。とにかくものすごい美人で。同性の私から見ても、目がくらむようだった。憧れだった。でも、中には、彼女の美貌が妬ましくて仕方のない人もいた。そして、罠が張られて。……彼女は、その不幸をリセットするために、整形したのよ。そう、誰からも羨ましがられず、誰からも狙われないような、醜女《しこめ》にね。……私にはできなかった。それが、十人並みの女と生まれながらの美女の違いかもね。本当の美女は、自分の美に執着がないのかもしれないわね。私なんて、所詮十人並みだったから、どんなにひどい目に遭っても、〝女〟であることを選んでしまったのだけど。

……まあ、いずれにしても、あなたには無関係の話よ。だって、あなたは、生まれながらのブス。親に感謝すべきね。だって、あなたは性の餌食になるようなことは、決してないのだから。え？　騙されたことはあるって？　金を貢がされたって？　それで、田舎にいられなくなったって？　あなた、それ、ただの金づるにされただけよ。性とか関係ない。それは、あなたの性格の問題」

なんていう言い草。ミヤビは、ひたすら、目の前の女衒を睨みつけた。

「とにかく、あなたは、せっかくその容姿で生まれたのだから、感謝なさい。そして、堅気《あちら》の世界に戻って、静かに暮らしなさい」

鮫川社長は、ゆっくりとドアを指さした。が、ミヤビは、その言葉に従う気にはなれなかった。なおも睨みつけていると、

「そこが、ブスのいけないところなんだよね。ブスという価値をどうしても認めようとしない。本当に、素晴らしいことなんだけどね、ブスは。だって、実力だけで勝負できるんだよ？　実力さえあれば、ブスは最強なんだよ？　だって、美人だったら、実力でのし上がったとしても〝顔がいいから優遇された〟とやっかまれるだけだもの。公平に評価されないのよ、その容姿が邪魔をして」

言いながら、鮫川社長は、ミヤビが持参した履歴書と、そしてＡＶに関するレポートを手に取った。

「あら、あなた。実力、あるじゃない」

それからは、鮫川社長の紹介で、ＡＶの業界機関誌にコラムを寄せるようになった。そのあ

とは、トントン拍子だった。あれよあれよというまにライターとして売れっ子になり、ＡＶ監督も経験し、テレビのレギュラーも決まり、官能小説家としてもベストセラーを出した。

「西園寺ミヤビの作品は、ＡＶも小説も、超駄作だ。あの痛々しさは、芸術を意識して下手に文学に手を出した芸人の愚かさに通じる。自意識が強すぎて、見ているこっちが恥ずかしくなる。監督の自意識が強すぎて抜けないＡＶというのは数多いが、この作品は抜けないどころか、ひたすら恥ずかしく痛々しく、見終わったあとに、ああはなるまい、という妙な教訓を得る」

そんなことを言ったのは、名賀尻龍彦だった。あの男は、表面上ではぺこぺこと腰が低いが、裏では尊大な態度で、売れっ子たちをとことん貶《けな》しまくっている。まさに〝ゴロツキ〟だ、〝クズ〟だ。

だから、彼が、ＡＶ女優たちを次々と殺害していると聞いたときは、「ほらね」と腑に落ちる思いだった。彼だったら、やりかねない。まさに、ルサンチマンのかたまり、ルサンチマンを銜《くわ》えて生まれてきたような男だ。一流を羨望しながらも、その冠を手に入れることは到底かなわないと自覚し、それならばと手の届くサブカル界でくすぶる、中途半端な男。


「それ、まんま、あなたのことじゃない」

ようやく鮫川しずかから電話があり、厭味たっぷりにそんなことを言われた。

「要するに、あなたたちは、同族なのよ。同族嫌悪ってやつ」

そして、けらけらと笑いだした。

「ほんと、同族どうしの争いって、みっともないわね。そうやって、つぶし合ってればいいのよ。でも、私まで巻き添えにしないでね」

「巻き添え？」

「あなた、留守番電話にメッセージ残していたじゃない。今度は、私たちの番かもしれない……って。私たち？　冗談じゃないわよ。私は関係ない。次にやられるのは、あなただけよ」

「どういう――」

しかし、電話は切れていた。

ミヤビは、受話器を握りしめたまま、床にへたり込んだ。

「殺されるの？　私？　なんで？　なんで、私のほうが殺されるの？」

ミヤビは、膝を抱え込んだ。が、その三段腹が邪魔をしてうまく膝を抱え込めず、ごろりと、ジャガイモのごとく、床に転がる。

「私、殺されるの？……でも、なんで？　なんで、私が？」

床に積もる埃を眺めながら、今までの経緯を時系列に沿って並べてみる。


――そうよ。『アルテーミスの采配』の本の話が来たのは、一月に入ってすぐのことだった。

ＡＶ女優たちのインタビュー本だ。初めは断った。だって、そんな本、私がやらなくても、もうすでに沢山ある。そんなの、どこかの腐れライターにでもやらせればいいんだ。例えば、名賀尻龍彦のような。

が、企画を持ち込んだ富岡朝子は言った。

「これは、ただのインタビュー本ではないんですよ」

どういう意味？

「インタビューする女優たちは、死ぬ運命です。だから、この本は、死にゆく女たちの遺言集ともいえます」

死ぬ運命？

「そうです。彼女たちは、必ず死にます」

どうして？

「名前を刻まれたからです」

は？

「巷では、こんな噂があります。『アルテーミス』という闇サイトがあると。その闇サイトで、名前を刻まれた人物は、必ず、死ぬと」

なんなの？　そのサイトは。

「東城ゆなのブログ、ご存知ですか？」

東城ゆな？　知らない。どうせ、売れないキカタン女優かなにかでしょう。

「おっしゃる通りです。彼女のブログは一見、他愛もないものなんですが、よくよく見ると、名前が暗号で隠されているんです」

なに、その漫画のような展開は。

「ええ、漫画です。でも、世の中には、漫画に影響されて事件を起こす人も多いんですよ。バカにしてはいけません」

分かった。続けて。

「今のところ、四人の女優の名前が記されています。双樹沙羅、海王セイ、杏里ちさと、小石川雪路……の四人です。共通点は、みな、プロダクションZEGENに所属しているという点です。……つまりですね。種明かしをすると、この四人は、粛清の対象になっているということなんです」

どういう意味？

「この四人は、プロダクションZEGENに、多額の借金がある。なのに、返済能力がない、プロダクション側から見れば不良債権の四人です。いわゆる普通の女優ならば、借金返済のためにAVに売り飛ばされますが、なにしろ、この四人はすでにAV女優なわけで、これ以上沈めるわけにもいかない。風俗に売るという手もありますが、……事実、風俗に売り飛ばされて借金をちゃらにした所属女優もいますが、この四人の場合、歳が行きすぎていたり、すでに風俗で働いていたりしていて、借金を返済できるほどの価値はないのです。そんな不良債権の最後の手段となると、それは生命保険。つまり、その命に代えて、借金を返済してもらうんです」

まさか、……保険金殺人？

「そう。それを探るのが、今回の目的なんです。今のところ分かっているのは、鮫川社長は、子飼の男性を使って、粛清を実行しようとしているという事実です。その男はもともとはスカウトマンで、鮫川社長のお眼鏡にかなった人物を、ありとあらゆる方法でプロダクションにひっぱってきた、社長の右腕だった男です。一時は引退していましたが、先ほど、また、この世界に戻ってきたようです。通称〝ホソノ〟」

ああ、ホソノさん。伝説とまでいわれたスカウトマン、女衒ね。えげつない方法で、必ずターゲットを落とす、仕事熱心な男。何度か、会ったことあるわ。でも、彼、今は引退しているんでしょう？　普通のサラリーマンなんでしょう？

「だから、舞い戻ってきたんですよ。今、ホソノが狙っているのは、女子アナです。彼女をAVデビューさせるために、大掛かりなトラップが仕掛けられています。そのひとつが、これです」

彼女が示したタブレットには、どこかの会社のホームページが表示されていた。「引っ越し、掃除、犬の散歩、なんでもご用命ください！」という文字が躍っている。……便利屋？

「それは表向き。裏を返せば……」

タブレットに、文字の羅列が表示される。

「これは、ソース表示というものです。このソース表示は、普段は、あまり見ることがないものです。その特性を利用してホソノは、ターゲット、つまり例の女子アナをハメるための架空のサイト、『アルテーミス』を立ち上げたんです。ここを見てください」

彼女が示した箇所を読んでみると、

『当サイトは、〝アルテーミス〟という名前です。〝アルテーミス〟というのは、ギリシャ神話の女神で、いわゆる復讐の女神、または粛清の女神です。穢れを憎むこの女神は、穢れ多き人物に対しては、容赦がありません。あなたの周囲にも、穢れた者はいませんか？　その穢れた者のせいで、自分自身も穢されそうになっていませんか？　当サイトは、そんなあなたをお助けいたします。もし、あなたに、粛清したい相手……例えばＡＶに出演している家族がいるのならば、どうか、一人で悩まずに、ご相談ください。穢れは、必ず、取り除いてみせます。ご安心ください。〝アルテーミス〟は、報酬はのぞみません。当組織は、女神〝アルテーミス〟に心酔する者たちの集まりです。一人でも多くの人が、〝穢れ〟から救われればそれで幸せなのです』

なんなの、これは。

「ですから、架空の闇サイトですよ。復讐代行のようなサイトがあるということを信じ込ませるための、トラップです」

だから、このトラップを、どう利用するっていうの？

「シナリオはこうです。ターゲットの女子アナの母親を、まずはＡＶに沈めます。次に、母親のＡＶ作品を女子アナに送りつけ、絶望の底に突き落とします。同時に、『アルテーミス』という闇サイトの存在を仄《ほの》めかし、ターゲットをおびき寄せます。そして、『アルテーミス』に、母親を粛清するよう依頼させるのです」

つまり、母を殺すよう、娘が依頼をするってことね。

「そうです。つまり、これは立派な殺人依頼です。しかも、母親殺しの。その事実を手に入れるのが目的です。それをネタに脅迫して、ＡＶに沈めるのが目的です」

なるほど、さすがは伝説の女衒ね。手が込んでいるわ。

それで。その架空の闇サイトと、東城ゆなのブログは、どうつながるの？

「つながりません。まったくの別物です。だって、『アルテーミス』というサイトは、あくまで、女子アナをハメるための小道具なんですから。それ以上の意味はない。ところが、その架空サイトを放置してしまったために、それを見つけてしまった人がいる。その人は匿名掲示板にそのアドレスを貼り付け、そのせいで、『ＡＶ女優を殺害する粛清代行サイト』があるという噂が瞬《また》く間に広がったんです。それが、去年の暮れのこと。

そのちょっと前に、こんな噂も、匿名掲示板で囁かれていました。東城ゆなのブログに、暗号が刻まれていると。いわゆる、『縦ヨミ』という単純な暗号ですが、記事を遡っていくと、先ほど説明した四人の女優の名前が記されていることが分かりました。私が独自に調査したところ、この四人の共通点は、プロダクションZEGENに返済不能な借金があることです。そして、四人とも、多額の保険金が掛けられている。鮫川社長を受取人にして。

そこで、私、思い出したんです。以前にも、プロダクションに借金を抱えていた女優が不審死したことを。いわゆる『例の洋館』と呼ばれる現場で撮影中に亡くなっています。事故死として処理されましたので、保険金は、鮫川社長の懐に入っているはずです」

じゃ、今回も？……鮫川社長による、保険金殺人？……そうだとしても、なぜ、東城ゆなのブログにその四人の名前が？

「実は、東城ゆなは、鮫川社長お抱えの歯科医師なんです。いったい、どんな理由で鮫川社長に目をつけられたのかは知りませんが、彼女も仕掛けられたトラップにひっかかり、まんまとAVに沈められてしまったようです。しかし、東城ゆなはAVに出演する一方で歯科医師も続けていて、彼女の患者の一人に、どうやら、鮫川社長を担当する保険外交員がいたようです。そこから、例の四人が保険金を掛けられていることを知ったんじゃないかと。……これは、私の想像なんですが、東城ゆなは、四人に警告するために、名前を自分のブログに刻んだんじゃないかと」

でも、そんなまわりくどい警告じゃ、なかなか気づかれないわよ。

「確かに、そうなんです。ですから、それもひっくるめて、真相を探りたいんです。……どうですか？　お手伝い、願えませんか？　もし、この本が完成すれば、日本ノンフィクション大賞も狙えると思うんです。いいえ、間違いなく、獲《と》れるでしょう」

日本ノンフィクション大賞？

「ええ、そうです。ジャーナリストの頂点、この賞が獲れれば、名実共に超一流です。園遊会にだって、呼ばれます」

園遊会？

「そうです。ゆくゆくは、勲章だって……」

そんな言葉に乗せられて、このプロジェクトに参加することになったが。蓋を開ければ、あの名賀尻龍彦が実質上のライターだという。どういうこと？　私の筆力では、器量不足だというの？　失礼な話。ゴーストを立てるなら、せめて名賀尻以外のライターも呼んで。名賀尻と二人で進めるなんて、まっぴらよ。……そんな条件を出して、ようやくプロジェクトはスタートした。一月十四日火曜日のことだった。

そんなことより。どういうことなの？

『アルテーミスの采配』でインタビューした女優たちが次々と死んでいくのは想定内だったけれど、富岡朝子まで殺害されるっていうのは？

もしかして、『アルテーミスの采配』に参加した人全員がターゲットなんじゃないの？　だって。……私の名前も、記されている。

ミヤビは、床から体を起こすと、這うようにパソコンの前に座った。マウスに触れると、スリープモードが解除され、その画面が表示される。

三月二日に投稿された、東城ゆなのブログだ。

それは、他愛のない内容だった。いかにも頭の弱いＡＶ女優が書きそうな、取るに足りない、バカ丸出しの記事だ。これだけ見たら、東城ゆなが本当は歯科医師だなんて、誰も想像すらしないだろう。が、これは擬態なのだ。バカな内容に隠された、殺人予告。ここに記されている人物は、今のところ、みな、殺害されている。

だから、「サイオンジミヤビ」という名前を見つけたとき、腰を抜かすしかなかった。今も、まだまともに立てないでいる。

「嘘でしょう？　なんで？　なんで、私の名前が？」

このブログには、鮫川社長が粛清する予定の女優の名前が書き込まれていたんじゃないの？

なのに、なんで、私の名前まで、記されているの？

なんで？

誰か、説明してよ、私に分かるように、説明して！

死ぬのはいやよ。ようやく、理想的なステータスを手に入れたのに。ようやく、ちやほやされる身分になったのに。

絶対、いや、死にたくない。

誰か助けてよ、誰か！

ミヤビの叫びに応えるように、着信音が鳴る。

あ、たぶん、あの人だ。一時間ほど前に電話したけれど不在で、メッセージだけ残しておいた。「助けて」と。

芋虫のようにのた打ち回りながら、ようやく受話器をとる。

「ね、うちに、来て。今すぐ、来て」

「どうしたんですか？」

「だから、私、殺されるのよ、このままだと、殺されるのよ！」

「誰にですか？」

「分からないわよ！　とにかく、私の名前があったのよ。殺人予告ブログに」

「殺人予告ブログ？」

「だから、東城ゆなのブログよ！」

「そこに、あなたの名前が？」

「そうよ。あなたの名前だって、もしかしたらあるかもしれない」

「なぜですか？」

「だって、あなただって、プロダクションZEGENの人間じゃない！　ね、そうでしょう、ホソノさん！」

＋

音。音が聞こえる。……パソコンのキーを叩く音だ。

西園寺ミヤビは、薄れゆく意識の中で、その後ろ姿に向かってようやく言葉を吐き出した。

……なに？　ホソノさん、私になにを飲ませたの？

「市販の睡眠導入剤ですよ。これで、今夜はよく眠れますよ」

……どうして、そんなことを？　やっぱり、あなたがみんなを殺したの？　五人の女優と、そして、富岡朝子を。

「違いますよ」ホソノは、静かに応える。「東城ゆなの死には関わっていない。俺が彼女の部屋に行ったとき、彼女はとっくの昔に死んでいた。自殺ですよ、明らかな、自殺。これじゃ、保険金は下りない。それで、鮫川社長の命令で、殺害されたように工作したんです」

……なら、黒幕は、やっぱり、鮫川しずか？

「ええ、そうなりますね。でも、あくまで、自殺教唆ですけどね。そう、五人の女優たちは、みな、自殺したんですよ。自身の境遇に絶望してね。僕は、それを助けたに過ぎない。自分がどれほど罪深いのか、どれほど家族を悩ませているのか、それを教えてやっただけですよ」

……じゃ、どうして、殺害した風を装ったの？

「だって、自殺じゃ困るからですよ。女優たちに掛けた保険金を手に入れるには、殺人でなければいけない。でも、続けて殺人があったら、さすがにこちらが疑われる。そこで、連続殺人鬼なんですよ。連続殺人鬼が女優たちを殺害したとなれば、問題なく、保険金が下りる」

……それで、名賀尻龍彦を、連続殺人鬼に仕立てたの？

「はじめはね。しかし、彼はまんまと、『例の洋館』から逃げ出してしまった。今は、警察に保護されている。しかも、事件の全貌が記された原稿を州房出版に送りつけた。こうなると、予定変更だ。他に、連続殺人鬼が必要となる」

……もしかして、それは、……私？

「そう。君ですよ。君が、『AV女優連続不審死事件』のシナリオを書き、実行した。そして、自殺するんですよ」

……嘘でしょ、そんなこと、誰も信じない。

「そんなことはないですよ。あなたの日頃の横暴な態度が災いして、あなたの知り合いはみな、こう証言するでしょうね。『あの人なら、犯人であってもおかしくありません』『だって、あの人、AV女優たちをひどく妬んでいましたから』……ってね」

……妬んでなんか、いないわよ。

「そうですか？　でも、他者はそうは思ってないようですよ。ま、いずれにしても、死人に口なしですけどね」

……ちょっと、待ってよ。富岡朝子は？　富岡朝子もあなたが？

「うざい女だった。一緒に仕事をしていた時期もあるけど、心底、嫌いなタイプだった。前から死ねと思っていたから、ちょうどよかったんです。彼女、保険金のことを突き止めてしまってね。それで俺を脅してきたんですよ。朝早く、自宅近くの公園までわざわざ俺を呼び出して。彼女、妊婦ってことで、油断していたんでしょうね。まさか、妊婦にひどいことするわけないと。そんな余裕しゃくしゃくの彼女の顔を見ていたら、ムカムカしてきて。日頃の鬱憤もあったから、衝動に任せて、刺しまくっちゃった。ちょっとやりすぎたって、今は反省していますよ」

……彼女も、私が殺したことになるの？

「ええ、そうです」

……なんで？　なんで、私なの？

「さあ、なんででしょうね？　なりゆき？　いえ、違いますね。たぶん、こうなることは、はじめから織り込み済みなんでしょう。だから、あなたは、『アルテーミスの采配』プロジェクトに呼ばれたんでしょうからね」

……私を呼んだのは、富岡朝子じゃないの？

「いえ、違います。そもそも、企画を持ち込んだのも、富岡朝子ではありません。彼女は、自分の名前が東城ゆなのブログに暗号で書かれているのをある人物に教えられ、それがきっかけで、この企画に参加したに過ぎません」

……黒幕が、いるのね。

「ええ、そうです」

……やっぱり、鮫川しずか？

「ええ、そうですね。彼女も黒幕の一人であることには間違いない。なにしろ、〝連続殺人〟に見せかけて、保険金をせしめようという計画をはじめに考えたのは、鮫川しずかですから。そして、『アルテーミス』という闇サイトがあることを示唆して、富岡朝子を動かしたのも、鮫川しずかです」

……じゃ、あの闇サイトも、でっちあげ？

「そうです。あれは、とある女子アナをこっちに引っ張ってくるために用意した、ダミーサイトに過ぎません。それを利用して、鮫川は、『粛清代行』という暗示を、富岡朝子に植えつけたんです」

……もしかして、東城ゆなの、殺人予告ブログも、鮫川社長が？

「はい、そうです。あのブログは、東城ゆな本人が書いたわけではないんです」

……誰が、書いたの？

「お抱えライターですよ。基本、プロダクションZEGENに所属している女優のブログは、その人に一任してあります。鮫川社長以外に黒幕がいるとしたら、たぶん、その人でしょうね。だって、その人が書き込んだ名前の人物を、俺はこうやって一人一人殺して歩いているんですから」

……なんで？　なんであなたはそんなに従順なの？

「だって、俺は、プロダクションZEGENのスカウトマンですから。社長には義理があるんです」

……それだけが理由？

「俺は、こう見えて、義理堅いんですよ。そして、スカウトマンという仕事にも誇りを持っている。だから、引退した今も、こうやって、お手伝いをさせてもらっている。やはり、こっちの水のほうが俺には合っていますからね。今の会社をリストラされたら、こっちの世界に戻ろうと思っています。そのためには、義理をないがしろにしてはいけない。義理を欠いた者は、この世界では生きられませんからね。だから、お願いされたことは、無下には断れないんです」

……だからって、なんの恨みもない私を殺すの？

「あなた、『夏休み少女組』では、誰が推しメンでした？」

……なんの話？

「俺の推しメンは、メグでした。でも、メグは、心ないファンの行為で、心を病んでしまった。

覚えてますか？　着替え中のメグが盗撮されて、ネットに流れた事件を」

……ああ、それは……。

「その事件以来、メグの心は不安定になり、グループにもいられなくなった。そしてアイドル引退。その後は、お決まりの、ＡＶデビュー。実は、彼女をスカウトしたのは、俺なんです。俺のスカウト人生の中でも、最も辛くて苦々しいスカウトでした。

……さあ、できた。これが、あなたの遺書です。これがあれば、あなたは、誰もが認める連続殺人鬼」

……死ぬのは、いや。助けて。

「大丈夫ですよ。練炭自殺は、苦しくありませんから。それどころか、眠るように死ねる。だから、安心してください。

……さあ、俺はもう、帰りますね。妻が待っているもので」

10

西園寺ミヤビが遺体で発見されたというニュースをいち早く伝えたのは、ネットのニュースサイトだった。

州房出版のエレベーターホールでサイトウさんの姿を見かけた倉本渚は、場所も忘れて駆け寄った。

「西園寺ミヤビが死んだ」

「うん、ニュースで見た」

サイトウさんも、興奮気味で言った。そして、ホールの陰に二人して隠れると、溜め込んでいた言葉を競うように吐き出し合った。

「西園寺ミヤビも、『アルテーミスの采配』プロジェクトに参加していたんですよ。名賀尻龍彦の原稿に、そんなことが書いてありました」渚が言うと、

「その名賀尻龍彦だけど、今、警察に保護されているみたいよ」と、サイトウさんはかぶせ気味に応えた。

「え？　逮捕されたんですか？」

「違う、監禁されていた場所から逃げ出して、自ら保護を願い出たみたい」

「じゃ、そのまま逮捕されるんですね」

「それも、違う。だって、他に真犯人がいたんだから」

「え？」

「だから、西園寺ミヤビよ。彼女が連続殺人犯だったのよ。遺書に、そんなことが書いてあったって」

「西園寺ミヤビが？　五人の女優を？　なんで？」

「詳しくは分からないけどね、なんでも、嫉妬かららしいわよ」

「嫉妬？」

「そう。西園寺ミヤビって、以前はＡＶ女優志願だったみたい。でも、ＡＶプロダクションに『あなたは無理』ときっぱり断られて。それ以来、一方的にＡＶ女優に恨みを持っていたみたいなのね。それで、今回、こんなことを……」

「富岡朝子さんを殺害したのも？」

「そうみたいよ。真相を突き止めた富岡さんに糾弾されて、それで殺しちゃったみたい」

「……そんなことで、母子ともども殺害されちゃったんですか。……気の毒すぎる」

「まあ、これで、一件落着ね」

「……そう……ですね」

「あーあ。なんだか、肩透かし。このネタを横取りして、『週刊リアル』に持っていこうと思っていたのに。白紙になっちゃった。ごめんね、昨日、あんなこと言っちゃったけど、それも白紙だから」

「あんなこと？」

「だから、名賀尻龍彦の原稿の内容を、『週刊リアル』にリークして、お小遣いを稼ぎましょうっていう話よ」

「ああ、あれは、もういいですよ。はじめから、乗り気じゃなかったし」

「そうなの？　だったら、これで、本当に一件落着だね」

「うん、そうですね」

同意はしたが、しかし、渚の頭の中は、灰色のモヤモヤが立ちこめるばかりだった。

「……じゃ、昨日、私が会った「トミオカさん」は誰だったの？　ホソノは？　それに、東城ゆなのあのブログ。

「私、昨日、東城ゆなのブログをいろいろと見てみたんですけど。ちょっと気になることがあったんですよ」渚は、その場を離れようとしていたサイトウさんの袖を摘むと、言った。

「東城ゆなのブログね、ソースを確認してみたら、ＩＰアドレスが公開されていたんです。つまり、ブログ投稿者が、どの地域のどのサーバーを経由して投稿したのかが分かるようになっていた。で、ＩＰアドレスを検索してみたら、小田原から投稿されていたんです」

「小田原？」

「そう。小田原。小田原っていえば、小田急線ですよね？」

「うん。……そうね」

「私も小田急線なんだけど。……まあ、これは関係ないか」

渚は、頭に浮かんだ光景を、咄嗟に消し去った。

「なに？　気になる」

しかし、サイトウさんに言われ、もう一度、その光景を頭に浮かべた。それは、同じ部署にいる、〝サボタージュ〟越谷の姿だった。

「うん、関係ないことなんですけど、小田急線の新宿駅で、よく見かける人がいましてね。同じ部署で働くおじさんなんだけど、この人、本当にやる気のない人で……」

「ああ、ホソノさんね」

言い終わったあと、サイトウさんはしまったという表情で、逃げるようにその場を離れた。が、渚は再び、その袖を摘んだ。

「ホソノさん？　やっぱり、ホソノさんを知っているんですか？」

「ああ、……っていうか」

「なに？　なにを隠しているんですか？」

「まあ、隠しているわけではないんだけど。ついね、言いそびれた」

「なにを？」

「つまりね、ホソノさんは、越谷さんなのよ。あなたの部署にいる越谷さん」

「は？」

「私もよくは分からないんだけど。あの人、ちょっと前まで『週刊全貌』にいた人なのよ。『ホソノ』っていう名前でね。でも、なんでも、結婚して、奥さんの苗字になったみたい。『越谷』って」

「なんで、それを今まで隠していたんですか？」

「だって、『週刊全貌』編集部では、なんだかホソノさんの話題はタブーになっていたから。言い出しにくかったのよ」

「なんで、タブーなんですか？」

「なんか、悪い噂しかなくてね。取材の方法も荒くて。それで、今の部署に飛ばされたってわけ。まあ、もっとも、異動を願い出たのは、ホソノさんのほうだったみたいだけど。奥さんの具合が悪いみたいで、それで、暇な部署に移りたいって」

「奥さん、具合、悪いんですか」……だから、いつも、五時きっかりに退社するんだ。そんな事情があるんなら、言ってくれればいいのに。

「ホソノさんの奥さん、元アイドルだってさ」

「元アイドル？」

「そう。『夏休み少女組』って覚えている？」

「もちろん！　私、メグが好きだった」

「そのメグよ、ホソノさんの奥さんは」

「え？」

「メグ、芸能界を引退後は体を壊して入院していたみたいなんだけど、退院後はフリーライターになってね、『週刊全貌』のお抱えライターでもあったのよ。今もちょくちょく、州房出版に顔を見せているみたいだけど」

渚の鼻腔に、エルメスの香りが蘇る。……そうだ。昔、なにかの雑誌でメグが愛用しているのはエルメスの香水「ナイルの庭」だという記事を見つけ、それで気になって、デパートで香りを確認したことがあった。それは独特の甘い香りで、強く印象に残っている。だから、昨日も、その香りがエルメスの香水だと、すぐに分かったのだ。

……だとすると。昨日、私が会ったトミオカさんって、……メグ？

そうだ。メグだ。昨日は気づかなかったけれど、あの声、あの顔は、間違いなく、メグだ。

アイドルの頃から随分と雰囲気は変わってしまったけれど、言われてみれば、メグだった！

だとしたら、なんで？　なんで、トミオカさんに成り代わって、あの原稿を持っていったの？

なんで？

「もう、いいじゃない」

サイトウさんが、渚の肩を軽く叩いた。

「『ＡＶ女優連続不審死事件』は、解決したんだから。それに、私たちには関係のないことだし」

11

「メグちゃん、ありがとう。あなたが作ったストーリーのおかげで、女子アナの綾瀬香澄、無事、契約にこぎ着けたわ。すごいことになるわよ、ポスト井草明日香の誕生よ！　デビュー作は、三十万本は売れる見込みよ！　億よ、億単位でお金が動くのよ！　本当にありがとう！あなたは最高の軍師よ！　黒田官兵衛以上よ！」

興奮する鮫川社長を前に、越谷芽美《めぐみ》は、静かに頭を横に振った。

「いいえ、私としては、不完全燃焼です」

そして、膝に置いたタブレットに、その名前を打ち込んだ。

「倉本渚」

「メグちゃん、もういいのよ、その子のことは。土屋千恵子の親戚である馬場映子を転落させて、そして土屋千恵子に直接脅しを入れることができたんだから、それで私の溜飲も随分と下がったのよ」

「でも、土屋千恵子に対する恨みが、完全に消えたわけではないですよね？」

「そりゃ、そうだけど」

「恨みは、徹底的に晴らさないといけません。少しでも燻《くすぶ》りを残すと、それが元で、大火事になることもあるんです。……私みたいに、何年も牢屋のような病院で過ごすことになるんです」

「でもね。私としては、不良債権化していた五人の女優の生命保険金を手に入れて、そして綾瀬香澄を引っ張ってくることができれば、それで十分なのよ。それ以上は、望んでないの」

「私は違います。私は、社長の恨みを晴らすことこそが、一番の目的でした」

「いや、でも、私本人がいいって言っているんだから……」

「悔しいんです。途中までは、シナリオ通りだったのに。夫の口添えで、倉本渚を州房出版に派遣社員として入れたところまでは」

「そんなことまでしたの？」

「はい。倉本渚が登録している派遣会社は、幸いなことに夫の職場の得意先でもありましたので、州房出版におびき寄せて、名賀尻龍彦の原稿を読ませるところまでは、シナリオ通りでした」

「名賀尻が原稿を書くことも、あの子がその原稿を読むことも、織り込み済みだったのね」

「はい。あんな境遇に晒されたら、それを文字にしないではいられないのがライターです。だから、ペンと、ありとあらゆる紙を部屋の中に用意しました。それがある程度たまったところで、夫が州房出版宛に投函したのです。そして、計画通り、原稿は倉本渚の元に渡りました。私がその原稿を横取りすることで、倉本渚の好奇心はますます膨らむだろうと踏んだのです」

「そのあとは、どうするつもりだったの？」

「『アルテーミスの采配』プロジェクトに興味を持たせて、首を突っ込ませ、そして自分の両親がいかに酷いことをしたのかを自らの手で明かしてもらう予定でした。両親も、自分の娘に糾弾されたらダメージが大きいでしょう。そして、そのあとは、綾瀬香澄同様、母親殺害を依頼させ、それをネタに脅して、このプロダクションに引っ張り込む手筈《てはず》でした」

「そこまでするつもりだったの？　あの子には直接罪はないのに」

「いいえ。非道なあの二人の血が流れているんです。社長の人生を狂わせた、卑劣な両親の血が。それだけでも、粛清されて当然なんです。……でも今回は、失敗してしまいました。名賀尻龍彦、あの男がまんまと脱走などするから。シナリオが大きく変わってしまった。……本当は、西園寺ミヤビは生かしておきたかったのに」

「そうなの？　西園寺ミヤビは、あなたにとって最大の仇じゃない。あなたのアイドル生命を断った張本人よ」

「だからです。あの女には、もっともっと地獄を見てもらって、そしてこれ以上ないという苦しみの中で死んでもらう予定でした。練炭自殺など、そんな生温《なまぬる》い手段で死なせてしまったことが、悔しくて」

きりきりと拳を握りしめる越谷芽美の姿を見ながら、鮫川しずかは、なんとも薄ら寒い気分になっていた。

自分も、今まで、随分と非道なことをしてきた。修羅の川を足掻《あが》きながら泳いできた。用済みとなった女優たちを何人も劣悪な風俗に売り飛ばし、借金が返せない女優には内臓まで摘出させてお金を作らせた。保険金目当てに、自殺に追い込んだことも、もちろん今回が初めてではない。まさに、鬼畜だ。

しかし、越谷芽美の場合、鬼畜よりも恐ろしい何かが棲みついているような気がする。それは、濁りがひとつもない、清らかすぎる水の恐ろしさに通じる何かだ。

たぶん、それを世間では〝正義〟と呼ぶのだろう。

しかし、越谷芽美のその正義を利用して長年の恨みを晴らしたのも、また事実だった。そして、これからも、自分はこの女を利用して、この世界を生き抜くしかないのだろう。

そんな悟りにも似た諦めを感じながら、鮫川しずかは越谷芽美のタブレットをのぞき込んでみた。

表示されているのは、東城ゆなのブログだった。このブログは、今ではすっかり「殺人予告ブログ」と呼ばれてしまっている。

「しかし、このブログだけは、私の想定外の展開を見せました。殺人予告の暗号だなんて。まったく素敵な演出じゃないですか。……これ、誰のアイデアなんです？」

「え？　あなたじゃないの？　これも、あなたのシナリオなんじゃないの？　だって、このブログ、あなたが書いていたんじゃないの？　だって、あなた、うちの女優たちのブログを全部、書いているじゃない」

「そうなんですけど。でも、東城ゆなだけは違うんです。私じゃありません。だって、東城ゆなのブログは、私、ログインできなかったんです」

「そうだったの？」

「はい。だから、彼女本人が、書き込んでいたんじゃないですか？」

違う。東城ゆなも、ログインできなかったはずだ。だって、女優たちのブログはスタッフで用意したものだから。だからＩＤもパスワードも、女優たちには一切知らせていない。ログインできるのは、越谷芽美のようなプロダクションお抱えのライターたちだけだ。

あ。

齋藤瑞穂《さいとうみずほ》。

そうだ。齋藤瑞穂なら、ログインできたはず。彼女にも、ブログのゴーストライターを頼んでいたことがある。

「齋藤瑞穂って、あのモアイ像のような顔の、おばさんライター？　なんか、あの人、ちょっと苦手なんですよね。アドバイスがある……って、先輩風吹かせて私にメールをよこしてきたり。そんなに親しいわけでもないのに。……ああ、そういえば、あの人、州房出版で、見かけたことあります。派遣で行っているみたいだけど。……大変ですね、掛け持ちなんて」

芽美が、意地悪く言った。

「あのおばさん、顔はあんなだけど、スタイルは抜群にいいですよね」

スタイルだけじゃないのよ。顔もね、昔はとても美しかったの。あなたなんかよりもね、数倍も。

でも、彼女は自ら、今の顔を選んだのよ。

そんなことを言おうとしたとき、タブレットの画面に、ある文字列を見つけた。

そう、東城ゆなの、ブログだ。日付は……今日だ。

なにか、素敵なことをしたいな☆
銀ぶら?
サーフィン?
クライミング?
ランニング?
もっともっと
ときめきたいな☆

エピローグ　最後の采配

二〇一四年四月八日火曜日。派遣会社のコーディネーターによる、月一回の面会日。

「残念ながら、今回は更新はありません」

私より二回りは年下の女性が、特に残念な様子もなく、そんなことを言った。こういうところが、まだまだ若い。ここは演技でも、眉を八の字に下げて、申し訳なさそうな表情をするものだ。

だから私も、残念だという表情は封印して、棒読みで返した。

「『週刊全貌』、いよいよ廃刊になるんですね」

「はい、そのようです」

コーディネーターは素直に応えた。この正直さも、若さゆえか。

「それで、齋藤さん、来月からは？」

「そうですね。当分は、アルバイトのほうで、なんとか凌ぎます」

「アルバイトされているんですか？」

「フリーライターみたいなことを」

「ああ、それなら、よかった。こちらも、ご紹介できる仕事がありましたら、すぐにご連絡いたしますね」

「ありがとうございます。ところで、漫画編集局の倉本渚さんは、どうなりました？」

「倉本さんですか？　彼女は、あと三ヵ月、更新が決定しました」

「そうですか、それはよかった。彼女、ご主人が大変なようですから、彼女まで職を失ったら……」

「ご主人が大変って？」

コーディネーターが、青い好奇心をむんむん放ちながら、体をこちらに寄せてきた。私は、そんな彼女の期待に応えるように、少々大袈裟に言った。

「なんでも、借金が……すごいみたいなんです」

「借金？」

「事業を立ち上げようと、旦那さんがあちこちからお金を借りているみたいで」

「旦那さんが？」

「倉本さん、どんなことをしても男に尽くすタイプなものですから、旦那の借金も自分でなんとかしようと、頑張っているんです。ですから、倉本さんの契約が切れないように、お願いしますね」

コーディネーターが、訝《いぶか》しげな表情で私の顔を窺っている。

「……仲が、よろしいんですね、倉本さんと」

「ええ、まあ。派遣先で、ちょくちょく一緒になるものですから、なんとなく、意気投合しまして」

「でも、本当に、齋藤さんと倉本さんって、派遣先がよく一緒になりますよね。二人は、運命の友なのかもしれませんね」

運命？　そうかもしれない。派遣先で初めてあの子と出会ったのは二年前のことだが、あれは偶然だったのか、それとも、私自身が選んだことなのか。たぶん、後者だ。なぜならば、私の人生は、あの十八歳の穢れた夜から、復讐の女神に捧げられているのだから。

私と同じ境遇の女がもう一人。

鮫川しずかの人生も、あの女の歪んだ愛情によって、穢された。

しかし、私たちは、まったく別々の道を歩んだ。それぞれの〝復讐心〟を抱いて。

私たちは、数ある分岐点を横目に、ただひたすら、復讐という名の一本道を歩んできたのだ。

お互い、考え直して別の道を行くことだってできた。が、私たちは「人生は逃げ道のない一本道」と決めつけて、それを〝運命〟と呼んで、黙々と、歩んできたのだ。

だから、私たちが、プロダクションZEGENで、女社長とお抱えライターとして出会うのは時間の問題だったのだ。

私たちの復讐は、静かに動きだした。

まずは、あの女の親戚だという馬場映子に近づき、「東城ゆな」という源氏名でＡＶに沈めた。次に東城ゆなのブログを利用して、「週刊全貌」の女編集者を動かし、『アルテーミスの采配』プロジェクトを始動させた。このプロジェクトにはふたつの目的がある。ひとつめは、不良債権化した五人の女優を自殺に追い込み、さらにそれを連続殺人鬼の仕業にみせかけ、彼女たちに掛けた生命保険金をせしめる……というもの。もうひとつが、私と鮫川を穢したあの女の娘を罠にハメ、私たちと同じ苦しみを味わわせる……というもの。手塩にかけて育てた娘が、東大にまで入れた娘が、社会の底辺に堕とされるのだ。あの悪党たちの嘆きと絶望を思うと、心が晴れる。さらに、娘が苦界に沈められたとしたら、結局はあの二人のステータスも台無しになるのだ。これほどの復讐はない。

越谷芽美は、今回のことは自分自身が書いたシナリオだと思い込んでいるようだが、違う。書かせたのは、私だ。簡単だ。提案だと言って、その方向性を与えただけだ。

あの女は、なにかと役に立つ。なにしろ、あの歪んだ正義感は、ただものではない。正義感ほど、操りやすいものはないのだ。そして、その夫の〝ホソノ〟も。鮫川しずかも、そうやって、越谷夫婦を便利に使っている。そうして何億という金を懐に入れてきたというのだから、とんだ海千山千のやり手だ。あれほど純朴だった田舎娘も、三十一年も経つとこのざまだ。

しかし、鮫川しずかも、歳をとった。彼女の悪事の動機は、もはや、復讐ではない。ただの金儲けだ。だから、彼女は倉本渚に関しては、消極的だ。「娘には罪はないのだから、もういいじゃないの」とまで言いだす始末だ。

今更、善人ぶってどうする？

鮫川しずかがどう言おうと、もう引き返せない。私の人生には、分岐点などないのだから。

私は、この復讐に、すべてを捧げる覚悟なのだ。人としての善意も良識も、そして名誉もなくしてもいい。この肉体が滅んで怨霊となってもいい。それほどの覚悟をしなくてはならないほどの深くおぞましい憎しみを、倉本渚の両親は、私に植えつけたのだ。私の中にはもはや、赦《ゆる》しなどという言葉はない。そんなものでは、私は救われない。私が救われるとするならば、倉本渚が私と同じ恨みを抱くその瞬間だ。その瞬間、私の復讐はようやく終わる。

＋

「どうしよう。……東城ゆなのブログに、私の名前が」

四谷三丁目のカラオケボックス。倉本渚が、血の気のない顔で言った。

「うん、私も見たわ」

私は善意の第三者の顔で、倉本渚の手を握る。

「なんで？　東城ゆなは死んだのに。なんで、ブログが更新されているの？　なんで、私の名前が刻まれているの？　そもそも、連続殺人事件は、解決したんですよね？　西園寺ミヤビが犯人で、でも、その人も自殺して。……なのに、なんで？」

倉本渚は混乱の眼差しで、私の手を握り返した。その手は気持ちが悪いほどびっしょりと濡れ、小気味がいいほど震えている。東大にまで行く頭はあっても、所詮、甘やかされて育ったお嬢さんなのだ。そのメンタルは脆弱だ。

「東城ゆなは、死んでないのよ」

私は、言った。

「どういうこと？」

「こういう話を聞いたわ。死んだのは〝ヤマダサオリ〟のほうで、東城ゆなは生きているって」

「ヤマダサオリ？」

「そう。東城ゆなが、成り済ましていた人物。ヤマダサオリっていうのはね、実在する歯科衛生士なの。東城ゆな……つまり馬場映子と同じ職場で働いていた人物。彼女、今、失踪中だって聞いた」

もちろん、作り話だ。聡《さと》い人物ならばその矛盾点にいち早く気づいて顔をしかめるだろう。が、倉本渚は、先が気になるお伽噺《とぎばなし》を聞く子供の表情で、瞳孔を極限まで広げながら、食いついてくる。

この女は、今ではすっかり、私を信用している。その表情には、微塵も疑いの影は認められない。

「つまりね。三月十二日に馬場映子の部屋で発見されたのは、ヤマダサオリなのよ」

「どういうことです？」

ここで、倉本渚の眉間に少しだけ懐疑の影が差した。

「死体は腐敗も激しく、赤鬼のようにパンパンに膨れ上がっていて、もはや誰か判別できないほどだったって。でも、馬場映子の部屋で死んでいたのは確かなので、家族も本人だと認めてしまったんでしょうね。馬場家は代々医者の一族ですもの、そんな人たちが『本人』だと認めてしまったからには、警察も素直に信じてしまったんでしょうね。ろくすっぽ死体を確認することなく、馬場映子だと断定したんだと思う」

我ながら、惚れ惚れするような、でっちあげだ。倉本渚も、完全に信じ込んでしまったようだ。

「じゃ、本物の馬場映子……東城ゆなはまだ生きているってこと？」

「そう。その証拠に、ブログが更新されたでしょう？　あのブログは、本人でなければ更新できない。ＩＤとパスワードを知っている、本人でなければ」

もちろん、嘘だ。ＩＤとパスワードを持っているのは、この私だ。震える倉本渚の手をさらに握りしめると、私は続けた。

「東城ゆなは、今やモンスターとなってしまったのよ。無差別殺人鬼。……ううん、快楽殺人鬼。獲物の名前を予告するなんて手の込んだことをして、殺人を楽しんでいる」

「……私が、獲物に？」

「そう」

「なんで？」

「分からない。きっと、復讐なんじゃない？」

「復讐？」

「そう。覚えはなくても、知らず知らずのうちに人から恨みを買っているものなのよ。……逆恨みってやつ。……あなたたち、遠い親戚なんでしょう？　きっと、それもなにかの理由かもね」

「私、どうしたらいい？　警察に行ったほうがいい？」

「ダメよ。こんな話、警察がまともに聞き入れるはずもない。門前払いよ」

「じゃ、どうしたら？」

「とにかく、しばらくは、身を隠しましょう」

「どこに？」

「いいところがあるの。小田原にある別荘なんだけど」

「小田原？」

「そう。そこにいれば、とりあえずは安全。東城ゆなの目も届かないわ。しばらくはそこに身を寄せて、今後のことを考えましょう。……どうする？　行く？　行くなら、今すぐに、車を用意するわよ？」

「……でも、夕飯を作らなくちゃ。夫が家で待っているから」

こんなときでも、夫か。私はイライラと足を揺らした。が、それを止めると、

「旦那さんは、一足先に、その別荘に行っているわ」

我ながら突飛な展開だったが、恐怖の混乱のまっただ中にいる倉本渚は、あっさり信じた。

「夫もいるんですか？……なら、行きます。今すぐ、連れていってください」

「分かった。今すぐ、車を用意するね。……あ、そうだ。コーヒーは、好き？」

「はい、好きです」

「なら、コーヒーも、持っていくね」

「ありがとうございます。本当に、ありがとうございます、なにからなにまで、……ありがとうございます！」

倉本渚の顔に、うっすらと笑みが蘇る。

その顔、母親にそっくりね。あの女もね、そんな可愛らしい顔をして、私を騙したのよ。

「ううん。いいの。今だから言うけど。私、あなたのお母さんにとてもお世話になったことがあるの。だから、これは、ほんの恩返しなのよ。……感謝するなら、お母さんにするといいわ」

「母と、知り合いだったんですか？」

「そう。学生の頃。八王子でね、あなたのお母さんと、……そしてお父さんに会ったのよ」

「……父にも？」

「そう。当時は、電器屋でバイトしていてね、あなたのお父さん」

「そうだったんですか！　もっと早く言ってくれればよかったのに」

倉本渚のその瞳には、もう影などひとつもない。完全に、私を信用しきっている。

その表情は、まさに、あのときの私だ。疑いなどひとつも持つことなく、あの女のワンルームマンションを訪ねた、十八歳の哀れな私。そして、私を待ち受けていたのは……地獄だった。

あなたもまた、同じ運命を辿るのよ。そして、私の苦しみを味わうといいわ。地獄の苦しみをね！

私は、倉本渚の視線をはぐらかしながら、膝上のスマートフォンでメールを打った。

「逸材が出ました。東大出身のＡＶ女優誕生です。今から撮影です。デビューまでの経緯を記事にしませんか？」

宛先は、複数のマスコミ。きっと、食いつきはいいだろう。特に、あの「週刊全貌」は、ここぞとばかり、食いついてくるに違いない。……おめでとう。これで、あなたも、スターね。

「あ、そういえば」

倉本渚が、身支度を整えながら言った。もう、その顔には、怯えはない。

「そういえば、あとひとつってなんですか？　ずっと気になっていて」

「え？」

「前に、ここでこうして話したとき、名賀尻龍彦の原稿にはおかしなところが三つある……って。そのふたつは聞いたけど、あとの一つは聞いてないな……と思って」

「ああ、それ。……えっと、あとのひとつはね――」

【参考文献】

『職業としてのAV女優』（中村淳彦著）／幻冬舎新書
『性的唯幻論序説』（岸田秀著）／文春文庫
『累犯障害者』（山本譲司著）／新潮文庫
『封印されたアダルトビデオ』（井川楊枝著）／彩図社
『裸心――なぜ彼女たちはAV女優という生き方を選んだのか？』（黒羽幸宏著）／集英社
『最貧困女子』（鈴木大介著）／幻冬舎新書
『社会はなぜ左と右にわかれるのか――対立を超えるための道徳心理学』（ジョナサン・ハイト著、高橋洋訳）／紀伊國屋書店
『ものぐさ精神分析』（岸田秀著）／中公文庫

この作品は「ポンツーン」（平成二十六年四月号～平成二十七年三月号）の連載に加筆・修正したものです。

装丁　鈴木成一デザイン室
装画　水野暁
「Tangential line（piece1）」

〈著者紹介〉
真梨幸子　1964年宮崎県生まれ。多摩芸術学園映画科（現・多摩美術大学映像演劇学科）卒業。2005年「孤虫症」で第32回メフィスト賞を受賞しデビュー。11年に文庫化された『殺人鬼フジコの衝動』がベストセラーに。その他の著書に、『人生相談。』『お引っ越し』『あの女』（『四〇一二号室』を改題）、『鸚鵡楼の惨劇』など多数。人間の業や執念をエンターテインメントに昇華した独特のミステリで人気を集める。

GENTOSHA

アルテーミスの采配
2015年9月10日　第1刷発行

著　者　真梨幸子
発行者　見城 徹

発行所　株式会社 幻冬舎
〒151-0051 東京都渋谷区千駄ヶ谷4-9-7

電話：03（5411）6211（編集）
03（5411）6222（営業）
振替：00120-8-767643
印刷・製本所：図書印刷株式会社

検印廃止

ISBN978-4-344-02816-6 C0093
幻冬舎ホームページアドレス　http://www.gentosha.co.jp/

この本に関するご意見・ご感想をメールでお寄せいただく場合は、
comment@gentosha.co.jpまで。